UM MISTÉRIO DA

RAINHA DO

CRIME

Publicado originalmente em 1924

O HOMEM DO TERNO MARROM

⚓

AGATHA CHRISTIE

· TRADUÇÃO DE ·
Petê Rissatti

Rio de Janeiro, 2024

Copyright © 1924 by Agatha Christie Limited. All rights reserved.
Todos os direitos reservados.
Copyright da tradução © 2024 por Casa dos Livros Editora LTDA.
Todos os direitos reservados.

Título original: The Man in The Brown Suit

AGATHA CHRISTIE and the AC Monogram Logo are registered trademarks of Agatha Christie in the UK and elsewhere. All rights reserved.

Todos os direitos desta publicação são reservados à Casa dos Livros Editora LTDA. Nenhuma parte desta obra pode ser apropriada e estocada em sistema de banco de dados ou processo similar, em qualquer forma ou meio, seja eletrônico, de fotocópia, gravação etc., sem a permissão dos detentores do copyright.

COPIDESQUE	Luíza Carvalho
PRODUÇÃO EDITORIAL	Mariana Gomes
REVISÃO	Allanis Carolina Ferreira e Amanda Tiemi Nakazato
DESIGN DE CAPA E MIOLO	Túlio Cerquize
IMAGEM DE CAPA	Vispro
DIAGRAMAÇÃO	Abreu's System

Dados Internacionais de Catalogação na Publicação (CIP)
(Câmara Brasileira do Livro, SP, Brasil)

Christie, Agatha, 1890-1976
  O homem do terno marrom / Agatha Christie ; tradução Petê Rissatti. – 1. ed. – Rio de Janeiro : HarperCollins Brasil, 2024.

  Título original: The Man in the Brown Suit.
  ISBN 978-65-5511-571-0

  1. Ficção policial e de mistério (Literatura inglesa) I. Título.

24-208065   CDD-823.0872

Índice para catálogo sistemático:
1. Ficção policial e de mistério : Literatura inglesa   823.0872
Bibliotecária responsável: Aline Graziele Benitez - Bibliotecária - CRB-1/3129

HarperCollins Brasil é uma marca licenciada à Casa dos Livros Editora Ltda. Todos os direitos reservados à Casa dos Livros Editora LTDA.

Rua da Quitanda, 86, sala 601A - Centro,
Rio de Janeiro/RJ - CEP 20091-005
Tel.: (21) 3175-1030
www.harpercollins.com.br

Para E.A.B.
Em memória de uma viagem, algumas histórias de leões
e o pedido para que algum dia eu escrevesse
"O mistério da casa do moinho".

Prólogo

Nadina, a dançarina russa que havia conquistado Paris, oscilou ao som dos aplausos e se curvou em agradecimento várias e várias vezes. Os olhos pretos da mulher se estreitaram ainda mais, os cantos de sua boca escarlate se curvaram levemente para cima. Entusiasmados, os franceses continuaram a bater com os pés no chão para celebrá-la enquanto a cortina caía com um farfalhar, escondendo os detalhes vermelhos, azuis e magenta da estranha *décor*. Em um redemoinho de cortinas azuis e laranja, a dançarina saiu do palco. Um cavalheiro barbudo recebeu-a com entusiasmo em um abraço. Era o empresário.

— Magnífico, *petite*, magnífico! — exclamou ele. — Esta noite você se superou.

Galante, ele a beijou nas duas faces de um jeito um tanto prosaico.

Madame Nadina aceitou os elogios com a naturalidade de um hábito antigo e se dirigiu ao camarim, onde havia buquês amontoados por toda parte, roupas maravilhosas de corte futurista penduradas em cabides, e o ar estava quente e doce com o perfume de tantas flores e com os aromas e as essências mais sofisticadas. Jeanne, a costureira, cuidava de sua patroa, falando de forma incessante e derramando uma torrente de elogios esfuziantes.

Uma batida à porta interrompeu a tagarelice. Jeanne foi atender e voltou segurando um cartão.

— Madame vai receber?

— Deixe-me ver.

A dançarina estendeu a mão lânguida, mas ao ver o nome no cartão, "Conde Sergius Paulovitch", um súbito lampejo de interesse surgiu em seus olhos.

— Vou vê-lo. O *peignoir* amarelo, Jeanne, rápido. E quando o conde chegar, você pode ir.

— *Bien, madame.*

Jeanne trouxe o *peignoir*, uma peça levíssima e requintada de *chiffon* e arminho cor de milho. Nadina vestiu-o e se sentou, sorrindo para si mesma, enquanto uma longa mão branca dava batidinhas lentas no vidro da penteadeira.

O conde prontamente se valeu do privilégio que lhe fora concedido. Era um homem de estatura mediana, muito magro, muito elegante, muito pálido, de aparência entediada. Em feições havia pouco para se registrar, um homem difícil de reconhecer em um segundo encontro, não fossem seus maneirismos. Ele curvou-se diante da mão da dançarina com exagerada cortesia.

— Madame, é realmente um prazer.

Foi tudo o que Jeanne ouviu antes de sair, fechando a porta. A sós com seu visitante, uma mudança sutil ocorreu no sorriso de Nadina.

— Por mais compatriotas que sejamos, não falaremos em russo, creio eu — observou ela.

— Já que nenhum de nós sabe uma palavra da língua, talvez seja melhor — concordou o convidado.

Por consenso, passaram para o inglês, e ninguém, agora que os maneirismos do conde haviam desaparecido, poderia duvidar de que aquela era sua língua nativa. Na verdade, ele havia começado a vida como mágico nos cafés-concertos de Londres.

— Foi um grande sucesso esta noite — comentou ele. — Meus parabéns.

— Mesmo assim — retrucou a mulher —, estou perturbada. Minha posição não é mais a de antes. As suspeitas levantadas durante a guerra nunca se apagaram. Sou continuamente vigiada e espionada.

— Mas nunca foi feita uma acusação de espionagem contra você?

— Nosso chefe traça seus planos com muito cuidado para chegar a esse ponto.

— Vida longa ao "Coronel" — comemorou o conde, sorrindo. — Notícia surpreendente, não é, de que ele pretende se aposentar? Aposentar-se! Como um médico, um açougueiro, um encanador...

— Ou como qualquer outro empresário — concluiu Nadina. — Não deveria nos causar espanto. O "Coronel" sempre foi exatamente isso: um excelente empresário. Organizou o crime como qualquer outro homem talvez organizasse uma fábrica de botas. Sem se comprometer, planejou e dirigiu uma série de golpes estupendos que abrangeram todos os ramos do que poderíamos chamar de sua "profissão". Roubos de joias, falsificações, espionagem (esta última muito lucrativa em tempos de guerra), sabotagem, assassinatos discretos, não há quase nada em que ele não tenha tocado. O mais sábio de tudo é que ele sabe quando parar. Se o jogo começa a ficar perigoso? Ele se aposenta graciosamente e com uma fortuna enorme!

— Hum! — resmungou o conde de forma duvidosa. — É bastante... perturbador para todos nós. Ficaremos à deriva, por assim dizer.

— Mas estamos sendo recompensados... em uma escala muito generosa!

Alguma coisa, uma sensação zombeteira em seu tom, fez com que o homem olhasse para ela de um jeito severo. Ela estava sorrindo para si mesma, e a qualidade de seu sorriso despertou a curiosidade dele. No entanto, ele procedeu com diplomacia:

— Sim, o "Coronel" sempre foi um pagador generoso. Atribuo grande parte de seu sucesso a isso e ao plano invariável de fornecer um bode expiatório adequado. Um grande cérebro, sem dúvida, um grande cérebro! E um apóstolo da máxima: "Se quer que algo seja feito com segurança, não faça você mesmo!". Aqui estamos nós, incriminados até os ossos e à mercê dele, e nenhum de nós tem provas contra o homem.

Ele fez uma pausa, quase como se esperasse que ela discordasse, mas a mulher permaneceu em silêncio, sorrindo para si como antes.

— Nenhum de nós — refletiu ele. — Mesmo assim, você sabe, o velho é bastante supersticioso. Anos atrás, creio eu, ele procurou uma dessas cartomantes, que profetizou uma vida inteira de sucesso, mas declarou que a queda dele seria provocada por uma mulher.

Neste momento ela se interessou e ergueu os olhos de forma ansiosa.

— Isso é estranho, muito estranho! Por uma mulher, você disse?

Ele sorriu e deu de ombros.

— Sem dúvida, agora que... se aposentou, ele vai se casar com alguma bela jovem da sociedade, que gastará seus milhões mais rápido do que ele os conquistou.

Nadina negou com a cabeça.

— Não, não, não vai ser desse jeito. Escute, meu amigo, amanhã irei a Londres.

— Mas e seu contrato aqui?

— Ficarei fora apenas uma noite. E eu fico incógnita, como a realeza. Ninguém jamais saberá que deixei a França. E por que acha que eu vou até lá?

— Nesta época do ano, dificilmente por prazer. Janeiro, um mês nevoento detestável! Deve ser a negócios, não?

— Exatamente. — Ela se levantou e parou diante dele, cada uma de suas linhas graciosas carregando uma arrogância orgulhosa. — Você acabou de dizer que nenhum de nós tinha nada contra o chefe, mas você estava errado. Eu tenho. Eu, uma mulher, tive a inteligência e, também, a coragem... pois é preciso coragem... para enganá-lo. Você se lembra dos diamantes De Beers?

— Sim, eu me lembro. Em Kimberley, pouco antes do início da guerra? Não tive nada a ver com isso e nunca soube dos detalhes, o caso foi abafado por algum motivo, não foi? Inclusive, uma bela aquisição.

— Cem mil libras em pedras. Dois de nós trabalhamos nisso... sob as ordens do "Coronel", claro. E foi então que vi minha chance. Veja só, o plano era substituir alguns diamantes De Beers por amostras de diamantes trazidas da América do Sul por dois jovens garimpeiros que, por acaso, estavam em Kimberley na época. A suspeita sem dúvida recairia sobre eles.

— Muito inteligente — admitiu o conde com aprovação.

— O "Coronel" é sempre esperto. Bem, eu fiz a minha parte... mas também fiz uma coisa que o "Coronel" não havia previsto. Guardei algumas pedras sul-americanas... uma ou duas são únicas e se pode facilmente provar que nunca passaram pelas mãos De Beers. Com esses diamantes em minha posse, tenho meu estimado chefe na palma da mão.

"Assim que os dois jovens forem inocentados, certamente suspeitarão da participação dele no caso. Eu não disse nada durante todos esses anos, fiquei satisfeita por saber que tinha essa carta na manga, mas agora a situação é diferente. Quero o meu preço... e será alto, quase poderia dizer assustador.

— Extraordinário — admitiu o conde. — E sem dúvida você carrega esses diamantes com você para todo canto, certo?

Os olhos dele vagaram suavemente pelo cômodo desordenado.

Nadina riu baixinho.

— Nem precisa fazer tais deduções. Não sou estúpida. Os diamantes estão em um lugar seguro onde ninguém sequer sonhará procurá-los.

— Nunca pensei que você fosse tola, minha cara senhora, mas posso me arriscar a dizer que é um tanto imprudente? Você sabe bem que o "Coronel" não é o tipo de homem que aceita ser chantageado.

— Não tenho medo dele — disse ela, rindo. — Havia apenas um homem que eu temia... e ele está morto.

O visitante olhou para ela com curiosidade.

— Esperemos que ele não volte à vida, então — observou ele, com um ar despreocupado.

— O que quer dizer?! — exclamou a dançarina, enfática.

O conde pareceu um tanto surpreso.

— Só quis dizer que a ressurreição seria ruim para você — explicou ele. — Uma piada boba.

Ela deu um suspiro de alívio.

— Ah, não, ele está morto, sim. Morreu na guerra. Foi um homem que certa vez... me amou.

— Na África do Sul? — perguntou o conde, descuidado.

— Sim, já que você perguntou, na África do Sul.

— É seu país natal, não é?

Ela fez que sim com a cabeça. O visitante levantou-se e estendeu a mão para pegar o chapéu.

— Bem — observou ele —, você sabe melhor de seus assuntos, mas, se eu fosse você, temeria muito mais o "Coronel" do que qualquer amante desiludido. Ele é um homem fácil de... subestimar.

Ela riu com desdém.

— Como se eu não o conhecesse depois de todos esses anos!

— Eu me pergunto se conhece — disse ele, em tom suave. — Pergunto-me se conhece mesmo.

— Ora, não sou idiota! E não estou nesta sozinha. O barco postal sul-africano atraca amanhã em Southampton, e a bordo dele estará um homem que veio especialmente da África a meu pedido e executou algumas ordens minhas. O "Coronel" não terá que lidar com um de nós, mas com dois.

— É sensato?

— É necessário.

— Confia nesse homem?

Um sorriso bastante peculiar surgiu no rosto da dançarina.

— Bastante. É ineficiente, mas perfeitamente confiável. — Ela fez uma pausa e acrescentou em um tom de voz indiferente: — Na verdade, ele é meu marido.

Capítulo 1

Todos ficaram em cima de mim, a torto e a direito, para escrever esta história, desde os grandes (representados por Lorde Nasby) até os pequenos (representados por nossa falecida criada pau para toda obra, Emily, que vi quando estive pela última vez na Inglaterra. "Meu Deus, que livro lindo a senhorita poderia fazer com tudo isso... exatamente como nos filmes!").

Admito que tenho algumas qualificações para a tarefa, pois estive envolvida no caso desde o início, estive no meio de tudo e estava de forma triunfante "presente no momento da morte". Muita sorte minha, também, que as lacunas que não posso preencher com meu conhecimento são cobertas amplamente pelo diário de Sir Eustace Pedler, do qual ele gentilmente me implorou que fizesse uso.

Então, vamos lá. Anne Beddingfeld começa a narrar suas aventuras.

Eu sempre ansiei por aventuras. Veja bem, minha vida era uma mesmice terrível. Meu pai, Professor Beddingfeld, foi uma das maiores autoridades vivas da Inglaterra sobre o homem primitivo, realmente era um gênio... todo mundo admite isso. Sua mente buscava morada no Paleolítico, e a inconveniência da vida para ele era que seu corpo habitava o mundo moderno. Papai não gostava do homem moderno, desprezava até mesmo o homem neolítico como um mero pastor de gado, e não se entusiasmava até chegar ao período Musteriano.

Infelizmente, é impossível dispensar inteiramente os homens modernos. Somos obrigados a tratar com açougueiros, padeiros, leiteiros e feirantes. Portanto, estando papai imerso no passado e tendo mamãe morrido quando eu era bebê, coube a mim assumir o lado prático da vida. Francamente, eu odeio o homem paleolítico, seja ele aurignaciano, musteriano, cheliano ou qualquer outro, e, embora eu tenha datilografado e revisado a maior parte de seu livro *O homem de Neandertal e seus ancestrais*, os próprios homens de Neandertal me enchem de aversão, e sempre penso que circunstância feliz foi eles terem sido extintos em eras remotas.

Não sei se papai sabia dos meus sentimentos quanto ao assunto, provavelmente não, e, de qualquer forma, não teria se interessado. A opinião de outras pessoas nunca o interessou, e acredito que esse era um sinal de sua grandiosidade. Da mesma forma, vivia desapegado das necessidades da vida cotidiana. Comia o que lhe punham à frente de maneira exemplar, mas parecia um pouco contrariado quando lhe era apresentada a questão de pagar pelo que comera. Parecia que nunca tínhamos dinheiro. Sua fama não gerava retorno financeiro. Embora fosse membro de quase todas as sociedades importantes e tivesse fileiras de letras denotando títulos após seu nome, o público em geral mal sabia de sua existência, e os longos livros eruditos, ainda que contribuíssem de forma significativa à soma total do conhecimento humano, não exerciam atração sobre as massas. Apenas em uma ocasião os olhos do público se voltaram para ele. Havia lido um artigo sobre filhotes de chipanzé perante alguma sociedade. Os filhotes da raça humana apresentam algumas características antropoides, enquanto os filhotes de chimpanzé se aproximam mais dos humanos do que os chimpanzés adultos. Isso parece demonstrar que, embora nossos antepassados fossem mais símios que nós, os dos chimpanzés eram de uma espécie superior ao da espécie atual... Em outras palavras, o chimpanzé é um degenerado. Aquele jornal empreendedor, o *Daily Budget*, em busca de algo com valor de choque, imediatamente apareceu com manchetes em letras garrafais: "*Nós* não descendemos dos macacos, mas os macacos descendem de *nós*? Eminente professor diz que os chimpanzés são humanos decadentes". Pouco depois, um repórter visitou papai e tentou induzi-lo a escrever uma série de artigos populares sobre a teoria. Poucas vezes vi papai tão zangado. Ele expulsou o repórter de casa com pouca cerimônia, para minha secreta tristeza, já que estávamos sem dinheiro naquele momento. Na verdade, por um momento pensei em correr atrás do jovem e lhe informar que meu pai havia mudado de ideia e enviaria os artigos em questão. Eu poderia tê-los escrito com facilidade, e a probabilidade era que papai nunca soubesse da transação, visto que não era um leitor do *Daily Budget*. No entanto, rejeitei essa ação por ser demasiado arriscada, e por isso coloquei meu melhor chapéu e desci com tristeza até o vilarejo para conversar com o dono da mercearia, que com toda razão estava enraivecido.

O repórter do *Daily Budget* foi o único rapaz que viera a nossa casa. Houve ocasiões em que invejei Emily, nossa criada, que sempre que surgia uma oportunidade "saía" com um marinheiro grandalhão de quem estava noiva. Nos intervalos, para "não perder o jeito", como ela mesma dizia, ela saía com o rapaz da mercearia e com o ajudante da farmácia. Refleti com tristeza que eu não tinha ninguém com quem "não perder o jeito". Todos os amigos de papai eram professores idosos – geralmente com barbas compridas. É verdade que certa vez o Professor Peterson me abraçou cheio de afeto, disse que eu tinha uma "cinturinha de pilão" e, em seguida, tentou me beijar. A frase por si só serviu para que ele parecesse irremediavelmente velho. Nenhuma mulher que se preze havia tido uma "cinturinha de pilão" desde que eu saí do berço.

Eu ansiava por aventura, por amor, por romance, e parecia condenada a uma existência monótona e utilitária. O vilarejo contava com uma biblioteca cheia de obras de ficção surradas, e eu me deleitava com os perigos e com o amor carnal de terceiros, e adormecia sonhando com rodesianos severos e silenciosos e com homens fortes que sempre "derrubavam o oponente com um único golpe". Não havia alguém na aldeia que parecesse capaz de "derrubar" um oponente, nem com um único golpe tampouco com vários.

Também havia o cinema, com um episódio semanal de *Os perigos de Pamela*. Pamela era uma jovem magnífica e nada a intimidava. Ela pulava de aviões, aventurava-se em submarinos, escalava arranha-céus e se esgueirava pelo submundo sem que um fio de cabelo saísse do lugar. Na verdade, ela não era esperta: o mestre do crime a capturava todas as vezes, mas como ele parecia relutante em lhe golpear a cabeça, e sempre a condenava à morte em uma câmara de gás tóxico ou por algum meio novo e maravilhoso, o herói sempre conseguia resgatá-la no início do episódio da semana seguinte. Eu saía de lá com a cabeça em um turbilhão delirante, e, em seguida, chegava em casa e encontrava um aviso da companhia de gás, ameaçando cortar nosso fornecimento se a conta pendente não fosse paga!

E, no entanto, embora eu não suspeitasse, cada instante trazia a aventura para mais perto de mim.

É possível que existam muitas pessoas no mundo que nunca tenham ouvido falar da descoberta de um antigo crânio na mina do monte Partido, ao norte da Rodésia. Certa manhã, desci e encontrei papai entusiasmado a ponto de ter uma apoplexia. Ele despejou sobre mim a história inteira.

— Entendeu, Anne? Sem dúvida, existem certas semelhanças com o crânio de Java, mas superficiais... apenas superficiais. Não, aqui temos o que sempre defendi... a forma ancestral da raça Neandertal. Você concorda que o crânio de Gibraltar é o mais primitivo dos crânios de Neandertal já encontrados? Por quê? Porque a África foi o berço da raça. Passaram, então, para a Europa...

— Não ponha marmelada no arenque defumado, papai — falei, às pressas, segurando sua mão distraída. — Sim, o que o senhor estava dizendo mesmo?

— Então, passaram para a Europa em...

Neste momento, ele parou de falar com um engasgo sério, resultado de uma bocada nada modesta de ossos de arenque.

— Mas precisamos partir de imediato — declarou ele, levantando-se ao final da refeição. — Não há tempo a perder. Devemos estar lá... sem dúvida, há descobertas incalculáveis no entorno. Tenho interesse em observar se os instrumentos são típicos do período Musteriano... Devo dizer que haverá remanescentes do boi primitivo, mas não de rinoceronte-lanudo. Sim, um pequeno exército estará partindo em breve. Precisamos sair na dianteira. Vai escrever para a Agência Cook hoje, Anne?

— E quanto ao dinheiro, papai? — questionei delicadamente.

Ele me devolveu um olhar de reprovação.

— Seu ponto de vista sempre me deprime, minha filha. Não devemos ser avarentos. Não, não, na causa da ciência não se deve ser avarento.

— Acho que Cook pode ser avarento, papai.

Papai pareceu angustiado.

— Anne, minha querida, você vai pagar em dinheiro vivo.

— Não tenho dinheiro em caixa.

Papai ficou exasperado.

— Minha filha, de verdade, não posso ser incomodado por esses detalhes vulgares relacionados a dinheiro. O banco... ontem recebi alguma coisa do gerente dizendo que eu tinha 27 libras.

— Imagino que seja seu saque a descoberto.

— Ah, já sei! Escreva para meus editores.

Concordei, cheia de dúvidas, pois os livros de papai traziam mais glória do que dinheiro. Mas adorava a ideia de ir para a Rodésia.

— Homens severos e silenciosos — murmurei para mim mesma em êxtase.

Então, alguma coisa na aparência de meu pai me pareceu esquisita.

— Você está com uma bota de cada par, papai — falei. — Tire a marrom e calce a outra preta. E não se esqueça de seu cachecol, está fazendo muito frio.

Em poucos minutos, papai saiu com as botas certas e bem agasalhado.

Voltou tarde naquela noite e, para minha consternação, vi que o cachecol e seu sobretudo haviam desaparecido.

— Meu Deus, Anne, você tinha razão. Eu os tirei para entrar na caverna. Qualquer um fica imundo lá.

Concordei com a cabeça, lembrando-me de uma ocasião em que papai retornara coberto da cabeça aos pés com uma rica argila do Plioceno.

O principal motivo para nos estabelecermos em Little Hampsley foi a proximidade com a Caverna de Hampsley, uma gruta rica em depósitos da cultura aurignaciana. Tínhamos um pequeno museu no vilarejo, e o curador e papai passavam a maior parte dos dias perambulando no subsolo e trazendo à luz porções de rinocerontes-lanudos e ursos das cavernas.

Papai tossiu muito a noite toda e, na manhã seguinte, vi que estava com febre e mandei buscar o médico.

Pobre papai, não teve a menor chance. Pegou uma pneumonia dupla e faleceu quatro dias depois.

Capítulo 2

Todo mundo foi muito gentil comigo. Atordoada como eu estava, fiquei muito agradecida. Não senti uma dor avassaladora, pois papai nunca me amou, eu sabia disso muito bem. Se tivesse amado, eu podia ter retribuído esse amor. Não, não havia amor entre nós, mas pertencíamos um ao outro, e eu cuidava dele e admirava secretamente seu conhecimento e sua devoção intransigente à ciência. Me doeu que papai tivesse morrido justo quando o interesse da vida estava no auge para ele. Teria ficado mais feliz se pudesse enterrá-lo em uma caverna, com pinturas de renas e instrumentos de pedra, mas a força da opinião pública me obrigou a construir um túmulo bem-cuidado (com laje de mármore) no hediondo cemitério de nossa igreja local. As palavras de consolo do vigário, embora bem-intencionadas, não serviram de consolo.

Demorei algum tempo para perceber que tinha conseguido aquilo que sempre desejei: a liberdade. Eu era órfã e não tinha um tostão, mas estava livre. Ao mesmo tempo, percebi a extraordinária gentileza de todas essas boas pessoas. O vigário fez o possível para me convencer de que sua mulher precisava urgentemente de uma acompanhante. Nossa pequena biblioteca local de repente decidiu ter uma bibliotecária assistente. Por fim, o médico me visitou e, depois de apresentar várias desculpas ridículas por não ter enviado uma conta adequada, rouquejou, gaguejou bastante e, de repente, sugeriu que eu me casasse com ele.

Fiquei muito surpresa. O médico estava mais próximo dos 40 anos que dos 30, e era um homenzinho redondo e atarracado. Não se parecia em nada com o herói de *Os perigos de Pamela*, e muito menos com um rodesiano severo e silencioso. Refleti por um instante e perguntei por que ele queria se casar comigo, o que pareceu perturbá-lo bastante, e ele murmurou que uma esposa era de grande ajuda para um clínico geral. A posição parecia ainda menos romântica do que antes, mas alguma coisa em mim pedia que eu aceitasse. Segurança, era isso que me estava sendo oferecido. Segurança e um lar confortável. Agora, pensando bem, acredito que cometi uma injustiça com o homenzinho. Ele estava sinceramente apaixonado por mim, mas uma delicadeza equivocada impediu que ele insistisse no assunto. De qualquer forma, meu amor pelo romance se rebelou.

— É extremamente gentil de sua parte — respondi —, mas impossível! Nunca poderia me casar com um homem a menos que o amasse perdidamente.

— Não acha que...?

— Não, não acho — retruquei com firmeza.

Ele suspirou.

— Mas, minha querida criança, o que você pretende fazer?

— Aventurar-me e conhecer o mundo — afirmei sem a menor hesitação.

— Senhorita Anne, a senhorita ainda é uma menina. Não entende...

— As dificuldades práticas? Sim, entendo, doutor. Não sou uma pupila sentimental... sou uma víbora mercenária e teimosa! Saberia disso caso se casasse comigo!

— Eu gostaria que reconsiderasse...

— Não posso.

Ele suspirou de novo.

— Tenho mais uma proposta a fazer. Uma tia minha que mora no País de Gales precisa de uma jovem que a ajude. O que acha disso?

— Não, doutor, vou para Londres. Se tem um lugar onde as coisas acontecem, esse lugar é Londres. Vou ficar de olhos abertos e, o senhor verá, alguma coisa vai acontecer! O senhor ouvirá falar de mim na China ou em Tombuctu.

Meu próximo visitante foi Mr. Flemming, advogado de papai em Londres. Veio especialmente da cidade para me ver. Ele próprio um fervoroso antropólogo, era um grande admirador do trabalho de papai. Era um homem alto e magro, com rosto fino e cabelo grisalho. Ele levantou-se para me receber quando entrei na sala e, pegando minhas mãos nas dele, lhes deu tapinhas afetuosos.

— Coitadinha — disse ele. — Coitadinha de você.

Sem hipocrisia consciente, me vi assumindo a atitude de uma órfã enlutada. Ele me hipnotizou para fazê-lo. Era benigno, gentil e paternal, e, sem a menor dúvida, me considerava uma garota tola, deixada à deriva para enfrentar um mundo cruel. Desde o início, senti que era inútil tentar convencê-lo do contrário. No final das contas, talvez tenha sido melhor mesmo não ter feito isso.

— Minha querida menina, acha que consegue me ouvir enquanto tento esclarecer algumas coisas para você?

— Ah, sim.

— Seu pai, como sabe, era um grande homem. A posteridade vai valorizá-lo. Mas não era um bom homem de negócios. — Eu sabia disso tão bem, senão melhor do que Mr. Flemming, mas me contive para não o dizer. Ele continuou: — Suponho que não entenda muito desses assuntos. Tentarei explicar da forma mais clara possível.

Não havia necessidade de uma explicação tão longa. Conclusão: parecia que eu tinha que enfrentar a vida com a soma de 87 libras, dezessete xelins e quatro *pence*. Parecia uma quantia estranhamente insatisfatória. Aguardei com certa apreensão o que viria a seguir, pois temia que Mr. Flemming tivesse uma tia na Escócia que necessitasse de uma acompanhante jovem e esperta. Porém, pelo visto, não tinha.

— A questão é o futuro — continuou ele. — Pelo que entendi, a senhorita não tem parentes vivos, certo?

— Estou sozinha no mundo — admiti e fiquei impressionada de novo com o quanto eu me assemelhava a uma heroína de cinema.

— Tem amigos?

— Todos foram muito gentis comigo — respondi, agradecida.

— Quem não seria gentil com uma moça tão jovem e encantadora? — perguntou Mr. Flemming, galanteador. — Ora, ora, minha querida, precisamos ver o que pode ser feito. — Ele hesitou por um minuto e, em seguida, disse: — Suponhamos... como seria se a senhorita viesse ficar conosco por um tempo?

Agarrei aquela oportunidade. Londres! O lugar onde as coisas acontecem.

— É muito gentil de sua parte — agradeci. — Posso mesmo? Apenas enquanto estiver em busca de algo para fazer. Preciso começar a ganhar minha vida, sabe?

— Sim, sim, minha querida. Entendo perfeitamente. Vamos procurar alguma coisa... que seja adequada.

Por instinto, senti que as ideias de Mr. Flemming sobre "alguma coisa adequada" e as minhas provavelmente seriam muito divergentes, mas, sem dúvida, não era o momento de expor minhas opiniões.

— Está resolvido, então. Por que já não vem comigo hoje?

— Ah, obrigada, mas, Mrs. Flemming...

— Minha esposa vai recebê-la com todo prazer.

Fico imaginando se os maridos sabem tanto sobre suas esposas quanto pensam que sabem. Se eu tivesse um marido, odiaria que trouxesse órfãos para casa sem me consultar primeiro.

— Mandaremos um telegrama para ela da estação de trem — continuou o advogado.

Meus poucos pertences pessoais foram arrumados bem rápido. Contemplei meu chapéu com tristeza antes de colocá-lo. Originalmente, era o que eu chamava de chapéu de "Mary", querendo dizer que é o modelo de chapéu que empregadas domésticas deveriam usar em seu dia de folga, mas não usam! Uma coisinha mole de palha preta com a aba caída para combinar. Inspirada, eu o havia socado e amassado, e prendido nele algo parecido com uma cenoura exagerada no sonho de um cubista. O resultado havia sido distintamente chique. A cenoura eu já havia retirado, claro, e agora começava a desfazer o restante do meu trabalho. O chapéu de "Mary" retomou sua situação anterior, com uma aparência surrada adicional que o deixou ainda mais deprimente do que antes. Talvez eu tivesse a aparência máxima da concepção popular de órfã. Fiquei um pouco nervosa com a recepção de Mrs. Flemming, mas esperava que minha aparência pudesse surtir efeito suficiente e desarmá-la.

Mr. Flemming também estava nervoso. Percebi quando subimos as escadas da casa alta em uma praça tranquila de Kensington. Mrs. Flemming me cumprimentou com bastante simpatia. Era uma mulher corpulenta e plácida, do tipo "boa esposa e mãe". Levou-me até um quarto impecável forrado de chita, disse que esperava que fosse do meu agrado, me informou que o chá estaria pronto em cerca de quinze minutos e me deixou a sós.

Ouvi sua voz, ligeiramente elevada, quando entrou na sala de estar do primeiro andar, logo abaixo de onde eu estava.

— Bem, Henry, por que diabos... — Perdi o restante da frase, mas a dureza no tom era evidente. E, alguns minutos depois, outra frase chegou até mim, com uma voz ainda mais ácida: — Concordo com você! Sem dúvida, ela é muito bonita.

É realmente uma vida muito difícil. Os homens não serão gentis se você não for bonita, e as mulheres não a tratarão com gentileza se for.

Com um suspiro profundo, comecei a arrumar meu cabelo. Eu tenho um cabelo bonito. É preto — preto de verdade, não castanho-escuro — e cresce bem no alto da minha testa, descendo até as orelhas. Com uma mão implacável, puxei-o todo para cima. Por falar em orelhas, as minhas são ótimas, mas, sem dúvida, orelhas estão fora de moda. São como as "pernas da Rainha da Espanha" na juventude do Professor Peterson. Quando terminei, parecia o tipo de orfã que sai enfileirada com outras orfãs pela rua com uma touquinha e uma capa vermelha comprida.

Quando desci, notei que os olhos de Mrs. Flemming pousaram em minhas orelhas expostas com uma expressão bastante gentil. Mr. Flemming pareceu confuso. Não tive dúvidas de que ele estava pensando: "O que a menina *fez* consigo mesma?".

De forma geral, o restante do dia transcorreu bem. Ficou combinado que eu deveria começar a procurar algo para fazer.

Quando fui para a cama, olhei atentamente para meu rosto no espelho. Eu era realmente bonita? Sinceramente, eu não conseguia dizer que pensava dessa forma! Não tinha o nariz reto dos gregos, nem a boca em forma de botão de rosa, tampouco nenhuma das coisas que se deveria ter. É verdade que um vigário certa vez me disse que meus olhos eram como o "brilho do sol aprisionado em uma floresta muito, muito escura", mas os vigários sempre dispõem de muitas citações e as lançam ao acaso. Eu preferiria ter os olhos azuis dos irlandeses aos verde-escuros pontilhados de amarelo! Mesmo assim, o verde é uma boa cor para quem gosta de aventuras.

Vesti uma roupa preta bem justa ao meu corpo, deixando braços e ombros nus e, em seguida, penteei meu cabelo para trás e o puxei bem para baixo sobre as orelhas de novo. Apliquei bastante pó no rosto para que a pele ficasse ainda mais branca que o normal. Procurei até encontrar uma pomada labial velha, e passei uma quantidade generosa nos lábios. Depois, passei pó de cortiça queimada nas pálpebras. Por fim, preguei uma fita vermelha no ombro nu, encaixei uma pena escarlate no cabelo e coloquei um cigarro no canto da boca. Todo aquele efeito me agradou muito.

— Anne, a Aventureira — falei em voz alta, apontando para meu reflexo. — Anne, a Aventureira. Episódio I, "A casa em Kensington"!

Que tolinhas são as garotas.

Capítulo 3

Nas semanas seguintes, fiquei bastante entediada. Mrs. Flemming e suas amigas me pareciam desinteressantes ao extremo. Falavam durante horas de si mesmas e dos filhos e das dificuldades de conseguir bom leite para as crianças e do que diziam ao leiteiro quando o leite estava ruim. Depois, passavam a falar dos criados e das dificuldades de arranjar bons criados e do que tinham dito à mulher da agência de serviços de limpeza e do que a mulher da agência tinha respondido. Nunca pareciam ler jornais ou se importar com o que acontecia no mundo. Não gostavam de viajar. Tudo era tão diferente da Inglaterra. A Riviera era boa, claro, porque lá encontravam todos os amigos.

Eu escutava e me continha com dificuldade. Muitas dessas mulheres eram ricas. Todo o belo e imenso mundo estava à disposição delas para passear, e elas deliberadamente permaneciam na suja e monótona Londres e conversavam sobre leiteiros e criados! Penso agora, em retrospecto, que talvez eu estivesse sendo um pouquinho intolerante. Mas elas *eram* estúpidas, até mesmo no trabalho que haviam escolhido: a maioria delas mantinha as contas da administração doméstica da forma mais extraordinariamente inadequada e confusa.

Meus negócios não progrediam muito rápido. A casa e os móveis haviam sido vendidos, e o valor arrecadado apenas cobriu nossas dívidas. Até aquele momento, eu não havia tido sucesso em encontrar um posto para mim. Não que eu realmente quisesse um! Tinha a firme convicção de que, se eu fosse em busca de aventura, ela me encontraria no meio do caminho. Tenho uma teoria de que a gente sempre consegue o que deseja.

Minha teoria estava prestes a ser comprovada na prática.

Era início de janeiro. Dia 8, para ser exata. Eu estava voltando de uma entrevista malsucedida com uma senhora que disse que precisava de uma acompanhante e secretária, mas, na verdade, parecia precisar de uma faxineira forte que trabalhasse doze horas por dia por 25 libras ao ano. Depois de ter me despedido trocando indelicadezas veladas mútuas, desci a Edgware Road (a entrevista ocorrera em uma casa em St John's Wood) e atravessei o Hyde Park até o Hospital St. George. Lá, entrei na estação de metrô de Hyde Park Corner e comprei uma passagem para Gloucester Road.

Assim que cheguei à plataforma, caminhei até o extremo dela. Minha mente curiosa queria verificar se realmente *havia* desvios e uma abertura entre os dois túneis logo depois da estação na direção de Down Street. Fiquei boba de satisfação ao descobrir que eu tinha razão. Não havia muitas pessoas na plataforma e, na extremidade, estávamos apenas eu e um homem. Ao passar por ele, torci o nariz, cheia de dúvida. Se há um cheiro que não suporto é o de naftalina! O sobretudo pesado daquele homem simplesmente fedia a naftalina. E, no entanto, a maioria dos homens já começa a usar os sobretudos de inverno antes de janeiro e, como consequência, àquela altura o cheiro já devia ter desaparecido. O homem estava parado depois de mim, perto da beirada do túnel. Parecia absorto em pensamentos, e eu consegui encará-lo sem ser grosseira. Era um homenzinho magro, de rosto marrom, olhos azul-claros e uma barba rente e escura.

Deduzi que ele havia acabado de chegar do exterior. Por isso o sobretudo cheirava daquele jeito. Tinha vindo da Índia e não era um militar. Se fosse, não teria barba. Talvez fosse dono de uma plantação de chá.

Nesse momento, o homem se virou como se quisesse refazer seus passos ao longo da plataforma. Olhou para mim e, em seguida, seus olhos se voltaram para algo atrás de mim, e seu rosto mudou. Ficou distorcido pelo medo, quase em pânico. Ele deu um passo para trás, como se recuasse de forma involuntária diante de algum perigo, e, esquecendo que estava parado na extremidade da plataforma, caiu e rolou.

Veio um clarão vívido vindo dos trilhos e um estalar crepitante. Gritei. As pessoas vieram correndo. Dois funcionários da estação pareceram se materializar do nada e assumiram o comando.

Fiquei onde estava, paralisada no mesmo lugar por uma espécie de fascínio horrível. Parte de mim ficou chocada com o desastre repentino, e a outra parte continuou fria e desapaixonadamente interessada nos métodos empregados para içar o homem do trilho e devolvê-lo à plataforma.

— Deixem-me passar, por favor. Sou médico.

Um homem alto de barba castanha passou por mim e se inclinou sobre o corpo imóvel.

Conforme ele o examinava, uma curiosa sensação de irrealidade pareceu tomar conta de mim. Não era real, não podia ser. Por fim, o médico ficou de pé e balançou a cabeça.

— Bateu mesmo as botas. Não há o que ser feito.

Tínhamos todos chegado mais perto, e um carregador ofendido levantou a voz.

— Ora essa, fiquem para trás, está bem? Qual é o sentido de se aglomerar aqui?

Uma náusea repentina tomou conta de mim, virei-me sem rumo e subi de novo a escada em direção ao elevador. Senti que aquela situação era horrível demais, que precisava sair para respirar. O médico que examinou o corpo estava logo à minha frente. O elevador estava prestes a subir, depois de outro ter descido, e ele disparou a correr. Ao fazer isso, deixou cair um pedaço de papel.

Parei, peguei o papel e corri atrás dele, mas as portas do elevador bateram na minha cara, e eu fiquei com o papel erguido na mão. Quando o elevador que peguei chegou ao nível da rua, não havia sinal de quem eu perseguia. Torci para que ele não tivesse perdido nada de importante e, pela primeira vez, examinei o papel.

Era meia folha de um papel de carta comum com alguns números e palavras rabiscadas a lápis. Este é um fac-símile:

1 7·1 2 2 Castelo de Kilmorden

À primeira vista, certamente não parecia ter qualquer importância, mas, ainda assim, hesitei em jogá-lo fora. Enquanto eu estava ali, segurando-o, involuntariamente enruguei o nariz, enojada. Naftalina de novo! Ergui o papel com hesitação perto das narinas. Sim, era um cheiro bem forte de naftalina. Então... dobrei o papel com cuidado e o enfiei na bolsa. Voltei para casa devagar, refletindo sobre o acontecido.

Expliquei à Mrs. Flemming que havia testemunhado um terrível acidente no metrô, estava bastante perturbada e que iria para o meu quarto me deitar. A gentil mulher insistiu para que antes eu tomasse uma xícara de chá. Depois disso, fui deixada a sós e comecei a executar o plano que havia traçado ao voltar para casa. Queria saber o que me causara aquela curiosa sensação de irrealidade enquanto eu observava o médico examinar o corpo. Primeiro, me deitei no chão na posição do cadáver, em seguida, deixei uma almofada em meu lugar e comecei a replicar, até onde me lembrava, todos os movimentos e gestos do médico. Quando terminei, consegui o que queria. Ajoelhei-me, jogando o peso do corpo sobre os calcanhares, e franzi a testa para as paredes opostas.

Houve uma nota breve nos jornais vespertinos de que um homem havia morrido no metrô, em que se expressava dúvida sobre ter sido suicídio ou acidente. Aquilo pareceu deixar claro o meu dever, e quando Mr. Flemming ouviu minha história, concordou comigo por inteiro.

— Sem dúvida você será procurada durante o inquérito. Você diz que não havia alguém tão perto quanto você para testemunhar o que aconteceu?

— Tive a sensação de que alguém estava vindo atrás de mim, mas não tenho certeza... e, de qualquer forma, não teria ficado tão perto quanto eu.

O inquérito foi realizado. Mr. Flemming tomou todas as providências e me levou até lá. Parecia temer que fosse uma grande provação para mim, e precisei esconder dele minha total frieza.

O falecido foi identificado como L. B. Carton. Nada foi encontrado em seus bolsos, exceto o pedido de um corretor imobiliário para ver uma casa às margens do rio, perto de Marlow. Estava em nome de L. B. Carton, Hotel Russell. O recepcionista do hotel identificou o homem como tendo chegado no dia anterior e reservado um quarto com esse nome. Estava registrado como L. B. Carton, de Kimberley, África do Sul. Era óbvio que havia saído direto do navio.

Eu era a única pessoa que tinha visto alguma coisa do caso.

— Acha que foi um acidente? — perguntou-me o legista.

— Tenho certeza. Algo o deixou alarmado e ele recuou às cegas, sem pensar no que estava fazendo.

— Mas o que poderia tê-lo alarmado?

— Isso eu não sei, mas havia alguma coisa. Ele parecia em pânico.

Um jurado impassível sugeriu que alguns homens tinham pavor de gatos. Talvez aquele homem tivesse visto um gato. Não achei a sugestão dele muito inteligente, mas pareceu ser aprovada pelos membros do júri, que obviamente estavam com pressa para voltar para casa e muito satisfeitos em poder dar um veredito de acidente em vez de suicídio.

— Parece-me bastante incomum — disse o legista — que o primeiro médico que examinou o corpo não tenha se apresentado. Seu nome e endereço deviam ter sido anotados na hora. Uma irregularidade grave não terem feito isso.

Por dentro, eu estava sorrindo, pois tinha uma teoria própria em relação ao médico. Por isso, decidi fazer uma visita à Scotland Yard o mais rápido possível.

No entanto, a manhã seguinte trouxe uma surpresa. Os Flemming recebiam o *Daily Budget*, e o jornal parecia estar tendo um dia dos bons.

SEQUÊNCIA EXTRAORDINÁRIA DO
ACIDENTE NO METRÔ:

MULHER ENCONTRADA ESTRANGULADA
EM CASA DESABITADA

Li cheia de ansiedade:

Uma descoberta sensacional foi feita ontem na Casa do Moinho, em Marlow. A Casa do Moinho, propriedade de Sir Eustace Pedler, membro do Parlamento, está no momento sem nenhum inquilino, e um pedido para ver esta propriedade foi encontrado no bolso do homem que, a princípio, supostamente havia cometido suicídio atirando-se nos trilhos elétricos na estação de metrô Hyde Park Corner. Ontem, em um dos cômodos superiores da Casa do Moinho, foi descoberto o corpo estrangulado de uma bela jovem. Ela é considerada estrangeira, mas até o momento não foi identificada. Há relatos de que a polícia tem uma pista. Sir Eustace Pedler, proprietário da Casa do Moinho, está passando o inverno na Riviera.

Capítulo 4

Ninguém se apresentou para identificar a mulher morta, e o inquérito revelou os seguintes fatos.

Pouco depois das treze horas do dia 8 de janeiro, uma mulher bem-vestida, com um leve sotaque estrangeiro, entrou nos escritórios dos senhores Butler e Park, corretores imobiliários, em Knightsbridge. Ela explicou que queria alugar ou comprar uma casa perto do Tâmisa, com fácil acesso a Londres. Os detalhes de vários imóveis foram fornecidos a ela, incluindo os da Casa do Moinho. Ela identificou-se como Mrs. de Castina e deu como endereço o Ritz, mas se descobriu que não havia ninguém com esse nome hospedado lá, e o pessoal do hotel não conseguiu identificar o corpo.

Mrs. James, esposa do jardineiro de Sir Eustace Pedler, que atuava como zeladora da Casa do Moinho e morava na pequena edícula na rua principal, prestou depoimento. Por volta das quinze horas, uma senhora foi ver a casa. Apresentou um pedido dos agentes imobiliários e, como era costume, Mrs. James lhe entregou as chaves da casa. Ela ficava a alguma distância da edícula, e a mulher não tinha o hábito de acompanhar possíveis inquilinos do lugar. Poucos minutos depois, um jovem chegou. Mrs. James descreveu-o como alto e de ombros largos, rosto bronzeado e olhos cinza-claros. Estava barbeado e usava um terno marrom. Explicou a Mrs. James que era amigo da senhora que fora dar uma olhada na casa, mas que antes passara no correio para enviar um telegrama. Ela conduziu-o até a casa e não pensou mais naquele assunto.

Cinco minutos depois, o jovem reapareceu, lhe devolveu as chaves e explicou que, infelizmente, achava que a casa não seria adequada para eles. Mrs. James não viu a senhora, mas pensou que já tivesse ido embora. O que ela notou foi que o jovem parecia muito perturbado com alguma coisa. "Parecia um homem que tinha visto um fantasma. Achei que ele estava doente."

No dia seguinte, outra senhora e um senhor foram dar uma olhada na propriedade e descobriram o corpo caído no chão de um dos quartos do andar de cima. Mrs. James identificou-o como sendo o da senhora que havia comparecido no dia anterior. Os agentes imobiliários também reconheceram-no como sendo o de "Mrs. de Castina". O legista da polícia expediu um laudo no qual constava que a mulher estava morta havia cerca de 24 horas. O *Daily Budget* chegou à conclusão de que o homem no metrô havia assassinado a mulher e depois cometido suicídio. No entanto, como a vítima do metrô morreu às quatorze horas, e a mulher estava viva e bem às quinze, a única conclusão lógica a que se chegou foi que as duas ocorrências nada tinham a ver uma com a outra, e que o pedido para ver a casa em Marlow encontrado no bolso do morto foi apenas uma daquelas coincidências que tantas vezes transcorrem nesta vida.

Foi expedida uma declaração de "homicídio doloso contra pessoa ou pessoas desconhecidas", e à polícia (e ao *Daily Budget*) restou buscar o "homem do terno marrom". Como Mrs. James tinha certeza de que não havia ninguém na casa quando a senhora entrou, e que ninguém, exceto o jovem em questão, entrou nela até a tarde seguinte, parecia lógico concluir que ele era o assassino da infeliz Mrs. de Castina. Ela havia sido estrangulada com um pedaço de cordão preto e resistente e, evidentemente, fora pega de surpresa, sem tempo para gritar por socorro. A bolsa de seda preta que carregava continha uma carteira bem cheia de notas de dinheiro e alguns trocados, um lenço de renda fina, sem identificação, e uma passagem de primeira classe de volta para Londres. Não havia muito a que se agarrar naquele momento.

Essas foram as informações noticiadas pelo *Daily Budget*, e "procura-se o homem do terno marrom" era seu grito de guerra diário. Em média, cerca de quinhentas pessoas escreviam todos os dias para anunciar seu sucesso nessa busca, e jovens altos com rostos bronzeados amaldiçoavam o dia em que os alfaiates os convenceram a usar um terno marrom. O acidente no metrô, considerado uma coincidência, desapareceu da mente do público.

Foi uma coincidência? Eu não tinha tanta certeza assim. Sem dúvida, minhas ideias eram enviesadas — o incidente do metrô era meu mistério predileto —, mas certamente me parecia haver algum tipo de conexão entre as duas fatalidades. Em cada uma delas havia um homem de rosto bronzeado — claro, um inglês que morava no exterior — e outros elementos. Foi a consideração desses outros elementos que finalmente me levou ao que julguei um passo ousado. Apresentei-me na Scotland Yard e solicitei falar com quem estava conduzindo o caso da Casa do Moinho.

Levou algum tempo para compreenderem o que eu havia pedido, pois eu havia selecionado inadvertidamente o Departamento de Achados e Perdidos, mas, por fim, fui levada a uma saleta e apresentada ao Detetive-inspetor Meadows.

O Inspetor Meadows era um homem pequeno, ruivo e com modos que considerei especialmente irritantes. Um assistente, também à paisana, estava sentado em um canto com toda a discrição.

— Bom dia — falei, nervosa.

— Bom dia. Sente-se, por favor. Pelo que entendi, a senhorita tem algo a me dizer que pode ser útil para nós.

O tom dele parecia indicar que seria extremamente improvável, e eu senti uma irritação crescente em mim.

— Vocês devem saber do homem que foi morto no metrô, certo? O homem que tinha no bolso um pedido para ver essa mesma casa em Marlow.

— Ah, sim! — exclamou o inspetor. — Miss Beddingfeld, aquela que prestou depoimento no inquérito. Sem dúvida, o homem tinha um pedido no bolso. Muitas outras pessoas podiam ter também... só que não foram assassinadas.

Reuni minhas forças.

— Os senhores não acharam estranho o fato de que esse homem não tinha uma passagem no bolso?

— A coisa mais fácil do mundo é deixar cair um bilhete do bolso. Já aconteceu comigo.

— E não tinha dinheiro.

— Ele tinha alguns trocados no bolso da calça.

— Mas não tinha carteira.

— Alguns homens não carregam carteira nem caderneta.

Tentei outra abordagem.

— Vocês não acham estranho que o médico não tenha se apresentado depois?

— Um médico ocupado muitas vezes não lê os jornais. Provavelmente se esqueceu do acidente.

— Na verdade, inspetor, o senhor está determinado a não considerar nada como estranho — falei, com delicadeza.

— Ora, estou inclinado a pensar que Miss Beddingfeld está afeita demais a essa palavra. As jovens são românticas, eu sei disso, adoram mistérios e coisas assim. Mas como sou um homem ocupado...

Entendi a deixa e me levantei.

O homem no canto levantou uma voz mansa.

— Que tal se a jovem nos contasse brevemente quais são as ideias dela sobre o assunto, inspetor?

O inspetor aceitou a sugestão de pronto.

— Sim, vamos lá, Miss Beddingfeld, espero que não tenha se ofendido. A senhorita fez perguntas e insinuou algumas coisas. Basta ser curta e grossa e dizer o que tem na cabeça.

Oscilei entre a dignidade ferida e o desejo avassalador de expressar minhas teorias, e a dignidade ferida foi às favas.

— A senhorita comentou no inquérito que tinha certeza de que não foi suicídio?

— Sim, tenho certeza disso. O homem estava assustado. O que será que o assustou? Não fui eu. Mas alguém talvez estivesse vindo pela plataforma em nossa direção... alguém que ele reconhecera.

— A senhorita não viu ninguém?

— Não — admiti. — Não virei a cabeça para olhar. Então, assim que o corpo foi retirado dos trilhos, um homem abriu caminho para examiná-lo, dizendo que era médico.

— Até aí, nada de incomum — disse o inspetor de um jeito ríspido.

— Mas ele não era médico.

— Como assim?

— Ele não era médico — repeti.

— Como sabe disso, Miss Beddingfeld?

— É difícil dizer exatamente. Trabalhei em hospitais durante a guerra e vi médicos manuseando corpos. Há uma espécie de insensibilidade profissional ágil que aquele homem não tinha. Além disso, um médico em geral não apalpa o coração do lado direito do corpo.

— Ele fez isso?

— Fez, não me atentei a isso especialmente naquele momento, mas senti que havia algo errado. Compreendi quando cheguei em casa e percebi por que a coisa toda me pareceu tão atabalhoada naquele momento.

— Hum — resmungou o inspetor.

Ele estendeu lentamente a mão para pegar caneta e papel.

— Ao correr as mãos pela parte superior do corpo do homem, teve muitas oportunidades de tirar dos bolsos dele tudo o que quisesse.

— Não me parece provável — retrucou o inspetor. — Mas... bem, a senhorita consegue descrevê-lo?

— Era alto, tinha ombros largos, usava um sobretudo escuro, botas pretas e um chapéu-coco. Tinha barba escura e pontiaguda e óculos de aros dourados.

— Se tirar o sobretudo, a barba e os óculos, não vai restar muito para reconhecê-lo — resmungou o inspetor. — Ele poderia alterar a aparência com facilidade em cinco minutos, se quisesse, o que faria, se fosse o excelente batedor de carteiras que a senhorita sugere.

Eu não pretendia sugerir nada parecido, mas, a partir desse momento, desisti do inspetor por considerar impossível lidar com ele.

— Não há mais nada que a senhorita possa nos contar sobre o homem? — questionou ele quando me levantei para ir embora.

— Há, sim — confirmei. Aproveitei a oportunidade para disparar o tiro derradeiro. — Sua cabeça era notadamente braquicefálica. Não vai ser tão fácil para ele alterar essa característica.

Observei com prazer como vacilava a caneta do inspetor Meadows. Era óbvio que ele não sabia como soletrar a palavra "braquicefálica".

Capítulo 5

No calor inicial da indignação, achei inesperado o quanto foi fácil dar o próximo passo. Eu tinha um plano incompleto na cabeça quando fui para a Scotland Yard, que seria levado adiante se minha entrevista lá fosse insatisfatória (tinha sido profundamente insatisfatória). Quer dizer, se eu tivesse coragem de ir em frente.

Coisas que normalmente se evitaria tentar ficam fáceis de enfrentar em meio a um ataque de fúria. Sem me dar tempo para refletir, segui direto para a residência de Lorde Nasby, o proprietário milionário do *Daily Budget*.

Ele tinha outros jornais. Vários, na verdade, mas o *Daily Budget* era seu rebento preferido. Ele era conhecido por todos os chefes de família do Reino Unido por essa qualidade: proprietário do *Daily Budget*. Pouco tempo antes, havia sido publicado o cotidiano dos homens de mais destaque do país, por isso eu sabia exatamente onde encontrá-lo naquele momento. Era hora de despachar em casa, ditando mensagens à secretária.

Claro, não imaginei que qualquer jovem decidida a pedir uma entrevista com ele seria imediatamente admitida na augusta presença, mas eu havia atentado a esse lado da questão. Na bandeja de cartões no vestíbulo da casa dos Flemming, observei o cartão do Marquês de Loamsley, um dos nobres esportistas mais famosos da Inglaterra. Peguei o cartão, limpei-o cuidadosamente com miolo de pão e escrevi a lápis as palavras: "Por favor, conceda a Miss Beddingfeld alguns momentos de seu tempo". As aventureiras não devem ser escrupulosas demais em seus métodos.

E o truque funcionou. Um lacaio empoado recebeu o cartão e levou-o embora. Logo um secretário pálido apareceu, eu o enfrentei com muito êxito. Ele se retirou, derrotado, e reapareceu, pedindo-me que eu o acompanhasse, o que fiz. Entrei em uma sala grande, um taquígrafo de aparência assustadiça passou às pressas por mim tal qual um visitante do mundo espiritual. Em seguida, a porta se fechou, e fiquei face a face com Lorde Nasby.

Um homem grande. Grande de cabeça. De rosto. De bigode. De barriga. Eu me recompus, pois não estava ali para comentar sobre a pança de Lorde Nasby. Ele já estava berrando comigo.

— Ora, o que está acontecendo? O que Loamsley quer? A senhorita é secretária dele? Do que se trata?

— Antes de qualquer coisa — enunciei, com a maior aparência de frieza que pude —, não conheço Lorde Loamsley, e, com certeza, ele não sabe nada de mim. Peguei o cartão dele na bandeja da casa das pessoas com quem estou morando e escrevi essas palavras nele. Era importante que eu conversasse com o senhor.

Por um momento, pareceu haver uma chance considerável de Lorde Nasby estar à beira da apoplexia. No final, ele engoliu em seco duas vezes e superou o choque.

— Admiro sua frieza, jovenzinha. Bem, já está falando comigo! Se me interessar, vai continuar falando comigo por exatos dois minutos.

— Vai ser mais do que suficiente — respondi. — E eu vou interessá-lo. É sobre o mistério da Casa do Moinho.

— Se você encontrou o "homem do terno marrom", escreva para o editor — interrompeu ele de um jeito apressado.

— Se o senhor me interromper, vou demorar mais de dois minutos — falei com toda a seriedade. — Não encontrei o "homem do terno marrom", mas é bem provável que o encontre.

Com o mínimo de palavras possível, apresentei-lhe os fatos do acidente do metrô e as conclusões que deles havia tirado. Quando terminei, ele disse, de um jeito inesperado:

— O que a senhorita sabe sobre crânios braquicefálicos?

Mencionei papai.

— O homem do macaco? Não é? Bem, a senhorita parece ter algumas ideias no lugar, minha jovem. Mas é tudo muito vago ainda, sabe? Não há muito o que fazer. E, do jeito que está... não tem serventia para nós.

— Tenho plena ciência disso.

— O que quer, então?

— Quero um trabalho em seu jornal para investigar esse assunto.

— Não posso fazer isso. Temos nosso homem especial cuidando disso.

— E eu tenho meu conhecimento especial.

— Que acabou de me contar, não é?

— Ah, não, Lorde Nasby. Ainda tenho umas cartinhas na manga.

— Ah, tem mesmo? Parece uma garota inteligente. Bem, o que é, então?

— Quando esse suposto médico entrou no elevador, deixou cair um pedaço de papel. Eu o peguei, cheirava a naftalina, assim como o homem que morreu, e não como o médico. Então, percebi que o médico devia tê-lo retirado do corpo. Tinha três palavras escritas e alguns números.

— Deixe-me vê-lo.

Lorde Nasby estendeu a mão, indiferente.

— Creio que não — falei, sorrindo. — É uma descoberta minha, entende?

— Entendo. Você é uma garota *brilhante*. Muito inteligente não entregar o ouro. Sem receios por não o ter entregado à polícia?

— Fui lá esta manhã para fazê-lo. Insistiram em considerar que a coisa toda não tinha a ver com o caso de Marlow, então pensei que, dadas as circunstâncias, eu tinha uma justificativa para manter comigo tal documento. Além disso, o inspetor me deu nos nervos.

— Homenzinho míope. Bem, minha querida, aqui está tudo o que consigo fazer por você. Continue trabalhando nesta sua linha. Se conseguir alguma coisa... qualquer coisa que possa ser publicada... envie-a e terá sua chance. Sempre há espaço para talentos de verdade no *Daily Budget*, mas precisa mostrar um bom trabalho primeiro. Entende?

Agradeci e pedi desculpas pelos meus métodos.

— Não tem problema, gosto bastante do atrevimento... de uma garota formosa. A propósito, a senhorita disse dois minutos, e já se passaram três, deixando as interrupções de lado. Para uma mulher, isso é bastante notável! Deve ser sua formação científica.

Eu estava na rua de novo, respirando com dificuldade, como se tivesse corrido. Ainda que eu tivesse acabado de conhecer Lorde Nasby, eu havia achado bastante cansativo.

Capítulo 6

Voltei para casa exultante. Meu plano tivera um êxito muito maior do que eu podia esperar. Lorde Nasby fora realmente genial. Agora apenas me restava "mostrar um bom trabalho", como ele expressou. Uma vez trancada em meu quarto, peguei meu precioso pedaço de papel e o estudei com toda a atenção. Ali estava a pista para o mistério.

Para começar, o que representavam os números? Eram cinco, e um ponto depois dos dois primeiros.

— Dezessete... cento e vinte e dois — murmurei.

Não parecia me levar a lugar nenhum.

Em seguida, fiz um cálculo, somando todos eles. Com frequência, isso acontece em obras de ficção e leva a deduções surpreendentes.

— Um e sete são oito e um é nove e dois são onze e dois são treze!

Treze! Número fatídico! Era um aviso para eu deixar tudo de lado? Muito possivelmente. De qualquer forma, exceto como um aviso, parecia excepcionalmente inútil. Recusei-me a acreditar que qualquer conspirador adotaria essa forma de escrever treze na vida real. Se quisesse anotar o número treze, escreveria o treze. "13", bem assim.

Havia um espaço entre o um e os dois. Consequentemente, subtraí 22 de 171. O resultado foi 159. Fiz a subtração de novo e cheguei a 149. Esses exercícios aritméticos eram, sem dúvida, uma prática excelente, mas, no que se refere à solução do mistério, pareciam totalmente ineficazes. Deixei a aritmética de lado, sem tentar divisões ou multiplicações sofisticadas, e passei para as palavras.

Castelo de Kilmorden. Aqui tínhamos algo de concreto. Um lugar. Provavelmente o berço de uma família aristocrática. (Herdeiro desaparecido? Pretendente a um título?) Ou possivelmente uma ruína pitoresca. (Tesouro enterrado?)

Sim, no geral, tinha uma inclinação para a teoria do tesouro enterrado. Números sempre acompanham um tesouro enterrado. Um passo para a direita, sete passos para a esquerda, cave trinta centímetros, desça 22 degraus. Essa espécie de ideia. Eu poderia resolver isso mais tarde. A questão era chegar ao Castelo de Kilmorden o mais rápido possível.

Fiz uma saída estratégica do meu quarto e voltei carregada de livros de referência. O guia de referência de pessoas proeminentes *Who's Who*, o almanaque *Whitaker*, uma lista de nomes geográficos, um livro sobre a genealogia de famílias escocesas e outro das Ilhas Britânicas.

O tempo voou. Procurei de forma diligente, mas cada vez mais aborrecida. Por fim, fechei o último livro com uma batida seca. Parecia não existir um lugar chamado Castelo de Kilmorden.

O que trazia um obstáculo inesperado, pois esse lugar *tinha* que existir. Por que alguém inventaria um nome como esse e o escreveria em um pedaço de papel? Absurdo!

Mais uma ideia me ocorreu. Possivelmente era uma abominação acastelada em uma área interiorana com um nome pomposo inventado pelo dono. Mas, se fosse assim, seria extraordinariamente difícil de encontrar. Ajoelhada, joguei com tristeza o peso do corpo nos calcanhares (sempre me sento no chão para fazer qualquer coisa que realmente importe) e imaginei como deveria começar a fazê-lo.

Havia alguma outra linha que eu pudesse seguir? Refleti com seriedade e, em seguida, me levantei, extasiada. Claro!

Precisava fazer uma visita à "cena do crime". Era o que os melhores detetives sempre empreendiam! E não importava quanto tempo passasse, sempre encontravam alguma coisa que a polícia deixou passar batido. Meu rumo era claro, precisava ir a Marlow.

Mas como eu entraria na casa? Descartei vários métodos aventureiros e optei pela simplicidade austera. A casa estava para alugar — provavelmente ainda estava —, e eu me apresentaria como uma possível inquilina.

Também decidi ir atrás dos agentes imobiliários locais, por trabalharem com uma quantidade menor de casas.

Porém, não compartilhei essa empresa com meu anfitrião. Um funcionário simpático concedeu-me detalhes quanto à meia dúzia de propriedades desejáveis. Custou-me toda a minha engenhosidade para inventar objeções a todas elas. No final, temia não conseguir nenhuma.

— E o senhor realmente não tem mais nada à disposição? — perguntei, fitando os olhos do balconista de um jeito patético. — Alguma coisa bem às margens do rio, com um belo jardim e um chalezinho — acrescentei, resumindo as características principais da Casa do Moinho, conforme as havia recolhido nos jornais.

— Bem, claro, há a casa de Sir Eustace Pedler — respondeu o homem, cheio de dúvida. — A Casa do Moinho, a senhorita deve saber.

— Não... não foi onde... — hesitei.

(Realmente, hesitar está se tornando meu ponto forte.)

— Essa! Onde aconteceu aquele assassinato. Mas talvez a senhorita não queira...

— Ora, acho que não preciso me importar — retruquei com um tom de descaso. Senti que minha boa-fé agora estava bem estabelecida. — E talvez eu consiga um preço mais em conta... dadas as circunstâncias.

"Uma jogada de mestra", pensei.

— Bem, é possível. Não há como fingir que será fácil alugá-la agora... por conta dos serviçais e tudo mais, a senhorita sabe como é. Se gostar do lugar depois de conhecê-lo, aconselho que faça uma oferta. Devo fazer um pedido para a senhorita?

— Por favor.

Quinze minutos depois, eu estava no chalé da Casa do Moinho. Atendendo à batida, uma mulher alta de meia-idade abriu a porta e saltou para fora da casa.

— Ninguém pode entrar nesta casa, está ouvindo? Estou realmente farta de vocês, repórteres. As ordens de Sir Eustace são...

— Pelo que sei, a casa está para alugar — falei com frieza, estendendo para ela meu pedido. — Claro, se já tiver sido alugada...

— Ora, mil perdões, senhorita. Tenho sido bastante incomodada com essa gentinha dos jornais. Não tenho um minuto de paz. Não, a casa não está alugada... e, agora, provavelmente não será mais.

— Algo de errado com os ralos? — perguntei em um sussurro ansioso.

— Ah, Jesus, os *ralos* estão ótimos, senhorita! Mas com certeza a senhorita já ouviu falar daquela senhora estrangeira que foi morta aqui?

— Acredito que li alguma coisa assim nos jornais — falei de um jeito descuidado.

Minha indiferença provocou a boa mulher. Se eu tivesse revelado algum interesse, provavelmente teria se fechado como uma ostra. Do jeito que estava, sem dúvida diria umas verdades.

— Deve ter lido, sim! Saiu em todos os jornais. O *Daily Budget* ainda está tentando capturar o culpado. Segundo eles, parece que nossa polícia não presta para nada. Bem, espero que peguem o homem... embora fosse um sujeito bem apessoado, sem dúvida. Tinha uma espécie de aparência soldadesca... ora, bem, ouso dizer que foi ferido na guerra, às vezes, eles ficam um pouco estranhos depois disso, como ficou o filho da minha irmã. Talvez ela tenha abusado dele... são pura perversidade essas estrangeiras. Embora fosse uma mulher lindíssima. Estava bem aí, onde a senhorita está agora.

— Tinha cabelo escuro ou claro? — Arrisquei perguntar.

— Não dá para saber por esses retratos de jornal.

— Cabelo escuro e um rosto muito branco... branco demais para ser natural, eu achei, e os lábios com batom vermelho davam um toque de crueldade. Não gosto de ver esse tipo de coisa... um pouco de pó de arroz de vez em quando ainda vai.

Então, estávamos conversando como velhas amigas. Fiz outra pergunta.

— Ela parecia nervosa ou chateada?

— Nem um pouco. Estava sorrindo para si mesma, silenciosa, como se estivesse se divertindo com alguma coisa. Por isso mesmo fiquei transtornada quando, na tarde seguinte, aquela gente toda saiu correndo, gritando para chamarem a polícia e dizendo que um homicídio havia acontecido. Jamais vou superar aquela situação e, depois de escurecer, eu não pisaria o pé nesta casa, nem que fosse obrigada. Ora, eu não ficaria nem aqui no chalé se Sir Eustace não tivesse se posto de joelhos diante de mim.

— Pensei que Sir Eustace Pedler estivesse em Cannes.

— Ele estava, senhorita. Voltou para a Inglaterra quando soube da notícia, e, quanto a se ajoelhar, foi uma figura de linguagem, pois seu secretário, Mr. Pagett, ofereceu pagamento dobrado para ficarmos, e, como diz meu marido John, dinheiro nunca deixa de ser dinheiro.

Concordei de todo coração com a observação nada original de John.

— O jovem — disse Mrs. James, voltando subitamente a um ponto anterior da conversa —, ele estava *perturbado*. Os olhos dele, aqueles olhos claros, estavam, os notei em particular, estavam que estavam um brilho que só. Agitados, pensei. Mas nunca sonhei que algo estivesse errado, nem mesmo quando ele saiu de novo com uma aparência estranha.

— Quanto tempo ele permaneceu na casa?

— Ora, não muito, uns cinco minutos, talvez.

— A senhora acha que era de que altura? Cerca de um metro e oitenta?

— Talvez seja isso.

— Estava bem barbeado, a senhora disse?

— Sim, senhorita... nem mesmo um desses bigodinhos que parecem uma escova de dente.

— O queixo dele estava todo brilhante? — perguntei em um impulso repentino.

Mrs. James olhou para mim com admiração.

— Bem, agora que a senhorita mencionou, estava. Mas como sabia?

— É curioso, mas os assassinos costumam ter queixos brilhantes — expliquei de um jeito atabalhoado.

Mrs. James aceitou aquela declaração de boa-fé.

— Ora essa, senhorita, eu nunca tinha ouvido falar disso antes.

— Suponho que não tenha percebido que tipo de cabeça ele tinha, certo?

— Do tipo comum, senhorita. Vou buscar as chaves para a senhorita, está bem?

Aceitei-as e segui meu caminho até a Casa do Moinho. Considerei que minhas reconstruções até aquele momento eram boas. O tempo todo eu havia percebido que as diferenças entre o homem que Mrs. James havia descrito e meu "médico" do metrô eram aquelas que fugiam do essencial. Sobretudo, barba, óculos de aros dourados. O "médico" parecia de meia-idade, mas me lembrei de que ele se curvara sobre o corpo como um homem comparativamente jovem. Havia uma flexibilidade que denunciava articulações jovens.

A vítima do acidente (o homem-naftalina, como eu o chamava) e a estrangeira, Mrs. de Castina, ou qualquer que fosse seu nome verdadeiro, marcaram um encontro na Casa do Moinho. Foi assim que juntei todas as peças da questão. Ou porque temiam estar sendo vigiados ou por algum outro motivo escolheram o método bastante engenhoso de ambos conseguirem um pedido para visitar a mesma casa. Assim, o encontro deles ali poderia parecer puro acaso.

O fato de o homem-naftalina ter subitamente avistado o "médico" e de o encontro ter sido inesperado e alarmante para ele era outra situação que eu sabia ter acontecido com certeza. E o que se deu depois? O "médico" tirou o disfarce e seguiu a mulher até Marlow, mas era possível que, se o tivesse removido às pressas, vestígios do grude da barba ainda tivessem permanecido em seu queixo. Daí a minha pergunta à Mrs. James.

Enquanto estava absorta em meus pensamentos, cheguei à porta baixa e antiquada da Casa do Moinho. Destrancando-a com a chave, entrei. O corredor era baixo e escuro, e o lugar cheirava a abandono e mofo.

Mesmo sem querer, estremeci. Perguntei-me se a mulher que entrara ali "sorrindo para si mesma" alguns dias antes não sentira um arrepio de premonição ao entrar naquela casa. Será que o sorriso desapareceu de seus lábios e um pavor inominável envolveu seu coração? Ou ela subiu as escadas, ainda sorrindo, inconsciente da catástrofe que estava prestes a lhe acometer? Meu coração palpitou um pouco mais rápido. A casa estava realmente vazia? A catástrofe também estava esperando por mim? Pela primeira vez, compreendi o significado de uma palavra muito usada: "atmosfera". Havia uma atmosfera naquela casa, uma de crueldade, de ameaça, de maldade.

Capítulo 7

Deixando de lado aqueles sentimentos que me oprimiram, subi rapidamente as escadas. Não tive dificuldade em encontrar o cômodo da tragédia. No dia em que o corpo foi descoberto chovia muito, e grandes botas enlameadas pisotearam o assoalho sem carpete em todas as direções. Imaginei se o assassino teria deixado alguma pegada no dia anterior. Era provável que a polícia tivesse ficado reticente quanto a ele ter ou não feito isso, mas, pensando bem no assunto, decidi que era improvável. O tempo estava bom e seco.

Não havia nada de interessante naquele cômodo. Era quase quadrado, com duas grandes janelas salientes, paredes brancas e lisas e assoalho à mostra, com as tábuas manchadas nas bordas onde o carpete terminava. Procurei com cuidado, mas não havia nem um alfinete pelo chão. Não parecia que a jovem e talentosa detetive descobriria uma pista negligenciada.

Levei comigo um lápis e um caderno. Não parecia haver muito o que anotar, mas tracei um breve esboço da sala para encobrir a decepção pelo fracasso da busca.

Conforme eu devolvia o lápis para a bolsa, ele escorregou de meus dedos e rolou pelo chão.

A Casa do Moinho era realmente antiga, e o assoalho era bastante irregular. O lápis rolou continuamente, com uma velocidade cada vez maior, até parar embaixo de uma das janelas. Na reentrância de cada janela havia um banco amplo, embaixo do qual havia um armário. O lápis ficou encostado na porta de um dos armários. Estava fechado, mas, de repente, me ocorreu que, se estivesse aberto, ele teria rolado para dentro. Abri a porta, e o lápis imediatamente rolou e se abrigou de forma modesta no canto mais distante. Peguei-o, notando que, devido à falta de luz e ao formato peculiar do armário, não era possível enxergá-lo e, para encontrá-lo, era preciso tatear o assoalho. Com exceção do lápis, o armário estava vazio, mas, sendo meticulosa por natureza, resolvi olhar o que havia embaixo da janela oposta.

À primeira vista, parecia que o armário também estava vazio, mas procurei com perseverança e fui recompensada ao sentir minha mão se fechar ao redor de um cilindro de papel duro que ficava em uma espécie de calha, ou depressão, no canto mais distante do armário. Assim que o tomei na mão, soube o que era: um rolo de filme Kodak. Eis um achado!

Percebi, claro, que esse filme poderia muito bem ser um rolo antigo pertencente a Sir Eustace Pedler, que havia rolado até ali e não fora encontrado quando esvaziaram o armário. Mas eu não acreditava nisso, pois o papel vermelho tinha uma aparência de muito novo. Estava empoeirado como se tivesse estado ali por apenas dois ou três dias, ou seja, desde o assassinato. Se estivesse ali por algum tempo, teria uma camada espessa de poeira.

Quem o havia deixado cair? A mulher ou o homem? Lembrei-me de que o conteúdo da bolsa da mulher parecia estar intacto. Se tivesse sido aberta durante a confusão e o rolo de filme tivesse caído, parte do dinheiro solto também teria se espalhado, certo? Não, não tinha sido a mulher que abandonara o filme ali.

De repente, cheirei o tubo com desconfiança. Será que o cheiro de naftalina estava se tornando uma obsessão para mim? Eu podia jurar que o rolo de filmes também tinha esse odor. Levantei o tubo debaixo do nariz. Tinha, como sempre, um cheiro forte e próprio, mas, fora isso, consegui detectar claramente o odor que tanto me desagradava. Logo descobri a causa. Um minúsculo pedaço de pano havia ficado preso em uma borda áspera da bobina de madeira central, e esse pedaço estava impregnado com o cheiro de naftalina. Em um momento ou outro, o filme esteve no bolso do sobretudo do homem morto no metrô. Havia sido ele quem o deixara cair ali? Dificilmente. Todos os movimentos dele foram registrados.

Não, era o outro homem, o "médico". Ele havia pegado o filme quando tirou o papel de lá. Foi ele quem o deixou cair aqui durante a luta com a mulher.

Consegui minha pista! Mandaria revelar aquele rolo de filme e, então, teria mais descobertas com que trabalhar.

Muito exultante, saí da casa, devolvi as chaves a Mrs. James e me dirigi o mais rápido possível para a estação de trem. No caminho de volta para a cidade, peguei o papel e o examinei mais uma vez. De repente, os números adquiriram um novo significado. Talvez eles fossem um encontro? 17.1.22. 17 de janeiro de 1922. Certamente devia ser isso! Estúpido da minha parte não ter pensado nisso antes. Mas, nesse caso, eu *precisava* descobrir onde ficava o Castelo de Kilmorden, pois já era, na verdade, dia 14. Faltavam três dias. Era pouco, quase impossível quando não se fazia ideia de onde procurar!

Já estava tarde demais para deixar o rolo de filme para revelar naquele dia. Tive que correr até Kensington para não me atrasar para o jantar. Ocorreu-me que havia uma maneira fácil de verificar se algumas das minhas conclusões estavam corretas. Perguntei ao Mr. Flemming se havia uma câmera entre os pertences do defunto. Eu sabia que ele havia se interessado pelo caso e que estava a par de todos os detalhes.

Para minha surpresa e aborrecimento, ele respondeu que não havia câmera. Todos os pertences de Carton haviam sido examinados com muito cuidado, na esperança de encontrar algo que pudesse esclarecer seu estado de espírito.

Ele tinha certeza de que não havia qualquer tipo de dispositivo fotográfico.

Foi um grande retrocesso para minha teoria. Se ele não tinha câmera, por que estaria carregando um rolo de filme?

Saí bem cedo na manhã seguinte para levar meu precioso rolo para ser revelado. Estava tão agitada que fui até a grande loja da Kodak na Regent Street. Entreguei o rolo e pedi uma impressão de cada fotografia. O homem terminou de fazer uma pilha de rolos de filme embalados em cilindros de estanho amarelo para uso nos trópicos e pegou o meu.

Ele olhou para mim.

— Acho que a senhorita se enganou — disse ele, sorrindo.

— Ah, não — respondi. — Tenho certeza de que não me enganei.

— A senhorita me deu o rolo errado. Este rolo *não foi* usado.

Saí com toda a dignidade que pude reunir. Ouso dizer que, de vez em quando, é bom perceber a própria estupidez! Mas ninguém gosta desse processo.

E, então, bem quando estava passando por uma das grandes companhias marítimas, estaquei de repente. Na vitrine havia um belo modelo de um dos barcos da empresa, cujo nome era *Castelo de Kenilworth*. Uma ideia maluca passou pela minha cabeça. Empurrei com tudo aquela porta e entrei. Fui até o balcão e, com voz hesitante (desta vez genuína!), murmurei:

— *Castelo de Kilmorden?*

— No dia 17, vindo de Southampton. Para a Cidade do Cabo? Primeira ou segunda classe?

— Quanto custa?

— Primeira classe, 87 libras...

Eu o interrompi. Tinha sido demais para mim aquela coincidência. Exatamente o valor da minha herança! Iria apostar todas as minhas fichas ali.

— Primeira classe — pedi.

Agora eu estava comprometida com a aventura.

Capítulo 8

(Excertos do diário de Sir Eustace Pedler, membro do Parlamento)

É extraordinário como parece que nunca terei paz. Sou um homem que gosta de uma vida tranquila, adora ir ao clube, aprecia uma partida de bridge, uma refeição bem-preparada, um vinho decente. Gosto da Inglaterra no verão e da Riviera no inverno. Não tenho desejo algum de participar de eventos sensacionais. Às vezes, diante de uma lareira quentinha, não me oponho a ler sobre eles no jornal, mas estou disposto a ir apenas até aí. Meu objetivo de vida é ficar confortável. Para chegar a esse fim, tenho dedicado uma certa quantidade de esforços cerebrais e uma quantia considerável de dinheiro, mas não posso dizer que sempre consigo alcançá-lo. Se as coisas não acontecem diretamente comigo, se desenrolam ao meu redor e, muitas vezes, ainda que totalmente contra a minha vontade, me vejo envolvido. Odeio estar envolvido.

Tudo porque Guy Pagett entrou esta manhã no meu quarto com um telegrama na mão e uma feição tão sorumbática quanto a de carpideira em funeral.

Guy Pagett é meu secretário, sujeito zeloso, meticuloso e trabalhador, admirável em todos os aspectos. Não conheço ninguém que me irrite mais do que ele. Estou há tempos quebrando a cabeça para saber como me livrar dele. Mas não se pode demitir um secretário porque ele prefere trabalhar a se divertir, porque gosta de madrugar e, sem dúvida, não nutre vícios. A única coisa divertida no sujeito é seu rosto. Tem cara de envenenador do século XIV, o tipo de homem que os Bórgia contratavam para fazer servicinhos escusos por eles.

Eu não me importaria muito se Pagett não me fizesse trabalhar também. Minha ideia de trabalho é algo que deve ser realizado de maneira leve e despreocupada, na verdade, como um passatempo! Duvido que Guy Pagett alguma vez tenha se divertido com qualquer coisa na vida. Ele leva tudo a sério. É isso que torna tão difícil a convivência com ele.

Na semana passada, tive a brilhante ideia de mandá-lo para Florença. Ele sempre falou da cidade e do quanto queria viajar até lá.

"Meu caro amigo", gritei, "você irá para lá amanhã! Pagarei todas as suas despesas."

Janeiro não é a época costumeira para ir a Florença, mas não faria diferença para Pagett. Eu conseguia imaginá-lo perambulando lá, com o guia na mão, percorrendo religiosamente todas as galerias de arte. E uma semana de liberdade foi barata pelo preço que me custou.

Foi uma semana deliciosa. Fiz tudo o que queria e nada que não quisesse fazer. Mas quando pisquei os olhos e percebi Pagett parado entre mim e a luz das sobrenaturais nove horas desta manhã, percebi que a liberdade havia terminado.

"Meu caro amigo", falei, "o funeral já aconteceu ou será mais perto da hora do almoço?"

Pagett não aprecia esse humor mordaz. Apenas me encarou.

"Então, o senhor já sabe, Sir Eustace?"

"Sei do quê?", perguntei, irritado.

Pela expressão em seu rosto, deduzi que um de seus parentes próximos e queridos estava prestes a ser enterrado nesta manhã.

Pagett ignorou o ataque o tanto quanto foi possível.

"Achei que o senhor pudesse não saber dessa informação."
Ele deu uma batidinha de dedos no telegrama. "Sei que o se-
nhor não gosta de ser acordado cedo... mas são nove horas"
(Pagett insiste em considerar nove horas como praticamen-
te o meio do dia), "e pensei que dadas as circunstâncias..."
Ele bateu com os dedos novamente no telegrama.
"O que é isso aí?", perguntei.
"É um telegrama da polícia de Marlow. Uma mulher foi as-
sassinada em sua casa."
Isso fez com que eu despertasse de verdade.
"Que insolência colossal!", exclamei. "Por que logo na mi-
nha casa? Quem a assassinou?"
"Não dizem. Suponho que devemos voltar para a Inglater-
ra imediatamente, não é, Sir Eustace?"
"Não precisa supor nada disso. Por que deveríamos voltar?"
"A polícia..."
"O que diabos eu tenho a ver com a polícia?"
"Ora, a casa é do senhor."
"Parece ser mais um infortúnio do que minha culpa", falei.
Guy Pagett balançou a cabeça de um jeito sombrio.
"Será um verdadeiro infortúnio para o eleitorado", obser-
vou ele em tom lúgubre.
Não vejo por que seria assim... mas ainda assim tenho a
sensação de que, nessas questões, os instintos de Pagett estão
sempre certos. A princípio, um membro do Parlamento conti-
nuará sendo eficiente ainda que uma jovem perdida seja as-
sassinada em uma casa vazia que pertence a ele... mas não
há como antever a opinião que o respeitável público britâni-
co terá de um determinado assunto.
"Além disso, ela é estrangeira, o que piora tudo", continuou
Pagett, daquele jeito sombrio.
De novo, acredito que ele tenha razão. Se é vergonhoso
ter uma mulher assassinada em sua casa, fica ainda mais ver-
gonhoso se a mulher for estrangeira. Outra ideia me ocorreu.

"Meu Deus!", exclamei. "Espero que esse fato não deixe Caroline chateada."

Caroline é a senhora que cozinha para mim. Aliás, é esposa de meu jardineiro. Não sei que tipo de esposa ela é, mas como cozinheira é excelente. James, por outro lado, não é um bom jardineiro... mas eu o apoio em sua ociosidade e permito que more gratuitamente na edícula apenas por conta da excelente comida de Caroline.

"Acredito que não ficará depois disso", comentou Pagett.

"Você sempre foi um sujeito otimista", retruquei.

Acho que terei que voltar à Inglaterra. É óbvio que Pagett pretende que eu o faça. E ainda preciso tranquilizar Caroline.

Três dias depois.

Para mim é incrível que qualquer um com possibilidade de fugir da Inglaterra no inverno não o faça! É um clima abominável. Tudo isso é um imenso aborrecimento. Os corretores imobiliários dizem que será quase impossível alugar a Casa do Moinho depois de toda a publicidade. Caroline foi tranquilizada com um pagamento em dobro. Para tanto, podíamos ter lhe enviado um telegrama de Cannes. Na verdade, como eu sempre disse, não havia propósito concebível para nossa vinda, por isso volto a Cannes amanhã.

Um dia depois.

Várias coisas muito surpreendentes aconteceram. Para começar, conheci Augustus Milray, o exemplo mais perfeito de velho asno que o atual governo já produziu. Seus modos vazavam sigilo diplomático quando me arrastou para um canto tranquilo no clube. Ele falou por um bom tempo da África do Sul e da situação industrial lá, dos rumores crescentes de uma revolta na região de Witwatersrand, das causas secretas que estão criando essa sublevação. Eu o escutei com a maior pa-

ciência que pude. Por fim, ele baixou a voz até virar um sussurro e explicou que haviam surgido certos documentos que deviam ser levados às mãos do General Smuts.

"Não tenho dúvidas de que o senhor está certo", falei, reprimindo um bocejo.

"Mas como vamos levá-los até ele? Nossa posição nesse assunto é delicada... muito delicada."

"O que há de errado com o correio?", perguntei de um jeito animado. "Coloque um selo de dois pence e deixe o envelope na caixa de correio mais próxima."

Ele pareceu bem chocado com a sugestão.

"Meu caro Pedler! Postagem comum!"

Sempre foi um mistério para mim a razão por que os governos empregam mensageiros reais e deixam tão óbvio que seus documentos são confidenciais.

"Se não gosta dos correios, envie um de seus jovens colegas do Ministério das Relações Exteriores. Ele vai adorar o passeio."

"Impossível", retrucou Milray, fazendo que não com a cabeça de um jeito senil. "Existem motivos, meu caro Pedler... eu lhe garanto que existem bons motivos."

"Bem", falei, levantando-me, "tudo isso é muito interessante, mas tenho que ir...".

"Um minuto, meu caro Pedler, um minuto, eu lhe peço. Diga-me uma coisa, cá entre nós: não é verdade que o senhor pretende visitar a África do Sul em breve? O senhor tem grandes interesses na Rodésia, disso eu sei, e a questão da adesão da Rodésia à União é uma questão na qual o senhor tem interesse vital."

"Bem, eu pensei em ir até lá daqui a um mês."

"Não conseguiria partir antes? Neste mês? Nesta semana, na verdade?"

"Poderia", respondi, olhando para ele com certo interesse. "Mas não sei se quero."

"O senhor estaria prestando um grande serviço ao governo... um serviço grande de verdade. E ele não se mostraria... hum... ingrato."

"Quer dizer, o senhor quer que eu faça as vezes de carteiro?"

"Exatamente. Sua posição não é oficial, será uma viagem de boa-fé. Sem dúvida, tudo seria satisfatório."

"Bem", falei com vagar, "não me importo de carregar esses documentos. A única coisa que estou ansioso por fazer é me mandar daqui da Inglaterra o mais rápido possível."

"Vai achar delicioso o clima da África do Sul... muito delicioso."

"Meu caro amigo, sei tudo sobre o clima. Estive lá pouco antes da guerra."

"Fico muito grato ao senhor, Pedler. Enviarei o pacote por mensageiro, que deve chegar às mãos do General Smuts, entendeu? O Castelo de Kilmorden parte no sábado. É uma embarcação muito boa."

Acompanhei-o por um curto trecho ao longo de Pall Mall, antes de nos despedirmos. Ele apertou minha mão calorosamente e me agradeceu de novo de um jeito efusivo.

Voltei para casa em meio a reflexões sobre os curiosos atalhos da política governamental.

Foi na noite seguinte que Jarvis, meu mordomo, me informou que um cavalheiro desejava me ver para tratar de assuntos particulares, mas se recusou a revelar seu nome. Sempre tive uma grande apreensão com corretores de seguros, então pedi a Jarvis que dissesse que não poderia vê-lo. Infelizmente, Guy Pagett, quando pelo menos uma vez poderia ter sido útil de verdade, sofreu uma crise biliosa. Esses jovens sérios e trabalhadores, com estômagos fracos, estão sempre sujeitos a crises biliosas.

Jarvis retornou.

"O cavalheiro me pediu para lhe dizer, Sir Eustace, que chegou até o senhor através de Mr. Milray."

Aquilo mudou tudo de figura. Poucos minutos depois, eu estava defronte ao meu visitante na biblioteca. Era um jovem bem-constituído, com rosto bem bronzeado. Uma cicatriz corria na diagonal do canto de um dos olhos até o queixo, des-

figurando o que teria sido um semblante bonito, embora um tanto temerário.

"Bem", disse eu, "o que deseja?"

"Mr. Milray enviou-me até o senhor, Sir Eustace. Devo acompanhá-lo à África do Sul como seu secretário."

"Meu caro", comentei, "já tenho um secretário. Não quero outro."

"Acho que quer sim, Sir Eustace. Onde está seu secretário neste momento?"

"Sofreu uma crise biliosa", expliquei.

"Tem certeza de que foi apenas uma crise biliosa?"

"Claro que tenho. Sempre sofre com elas."

Meu visitante sorriu.

"Pode ou não ser uma crise biliosa. O tempo dirá. Mas posso lhe dizer uma coisa, Sir Eustace: Mr. Milray não se surpreenderia se essa tivesse sido uma tentativa de tirar seu secretário do caminho. Ora, o senhor não precisa temer por sua segurança." Acredito que uma expressão alarmada momentânea cruzou meu rosto. "O senhor não está em risco. Com seu secretário fora do caminho, o acesso ao senhor ficaria mais fácil. De qualquer forma, Mr. Milray deseja que eu o acompanhe. O dinheiro da passagem ficará por nossa conta, claro, mas o senhor tomará as providências necessárias em relação ao passaporte, como se tivesse decidido que precisava dos serviços de um segundo secretário."

Ele parecia um jovem determinado. Nós nos encaramos, e ele me olhou de cima a baixo.

"Muito bem", falei, sem muita reação.

"O senhor não dirá uma palavra a ninguém sobre minha companhia."

"Muito bem", repeti.

No fim das contas, talvez fosse melhor que esse sujeito me acompanhasse, mas tive a premonição de que estava mergulhando em águas profundas. Justamente quando pensei que havia alcançado a paz!

Parei meu visitante quando ele estava dando meia-volta para partir.

"Talvez fosse melhor se eu soubesse o nome do meu novo secretário", observei com um tom sarcástico.

Ele considerou por um minuto.

"Harry Rayburn parece um nome bastante adequado", observou ele.

Foi uma maneira curiosa de atender à minha demanda.

"Muito bem", falei pela terceira vez.

Capítulo 9

(Aqui a narrativa de Anne é retomada)

É uma situação deveras indigna que uma heroína fique enjoada em um navio. Nos livros, quanto mais se sacode e se joga de um lado para o outro, mais a heroína gosta. Quando todos os outros passam mal, ela cambaleia sozinha pelo convés, enfrentando as intempéries e se regozijando com a tempestade. Lamento dizer que, na primeira chacoalhada que o *Kilmorden* deu, empalideci e desci para a cabine às pressas. Uma camareira simpática me recebeu. Sugeriu torradas puras e gengibirra.

Passei três dias dentro da cabine, gemendo. Minha busca ficou esquecida, eu não tinha mais interesse em resolver mistérios. Eu era uma Anne totalmente diferente daquela que voltou correndo para a praça de South Kensington, tão exultante, saindo da companhia marítima.

Agora, abro um sorriso ao me lembrar da minha entrada abrupta na sala de estar. Mrs. Flemming estava lá, sozinha, e virou a cabeça quando entrei.

— É você, Anne, minha querida? Quero ter uma conversa com você.

— Pois não? — perguntei, controlando minha impaciência.

— Miss Emery está indo embora. — Miss Emery era a governanta. — Como você ainda não conseguiu encontrar nenhuma ocupação, gostaria de saber se, por acaso, você se importaria... seria tão bom se você ficasse conosco...

Fiquei tocada, pois eu sabia que ela não me queria ali. Tinha sido pura caridade cristã que motivara aquela oferta. Senti remorso por minhas críticas secretas a ela. Por impulso, me levantei e atravessei a sala correndo, envolvendo seu pescoço em meus braços.

— A senhora é uma querida — falei. — Querida, querida, querida! Eu agradeço muito, muito mesmo. Mas está tudo bem agora, vou para a África do Sul no sábado.

Meu surto abrupto deixou a boa senhora assustada. Ela não estava acostumada a demonstrações repentinas de afeto, e minhas palavras a assustaram ainda mais.

— Para a África do Sul? Anne, minha querida. Teríamos que examinar qualquer coisa desse tipo com muito cuidado.

Era a última coisa que eu queria. Expliquei que já havia comprado a passagem e que, ao chegar lá, me proporia a assumir as funções de uma empregada doméstica. Foi a única coisa em que consegui pensar no calor do momento. Comentei que havia uma grande procura por empregadas domésticas na África do Sul, garanti a ela que estava em condições de cuidar de mim mesma e, por fim, com um suspiro de alívio por eu sair de suas mãos, aceitou o projeto sem mais questionamentos. Na despedida, ela deixou um envelope em minha mão. Dentro dele, encontrei cinco notas novas e fresquinhas de cinco libras com os seguintes dizeres: "Espero que não se ofenda e aceite isso com todo o meu afeto". Era uma mulher muito boa e gentil. Eu não conseguiria ter continuado a morar na mesma casa que ela, mas reconheci seu valor essencial.

Então, ali estava eu, com 25 libras no bolso, enfrentando o mundo e buscando minha aventura.

Foi no quarto dia que a camareira finalmente me encorajou a subir ao convés. Com a impressão de que morreria mais rápido lá embaixo, recusei-me terminantemente a sair do beliche. Então, ela me provocou de novo com a chegada à ilha da Madeira. A esperança cresceu em meu peito, pois eu podia desembarcar e ser empregada ali, qualquer coisa para ficar em terra firme.

Toda encapotada e fraca das pernas como um gatinho recém-nascido, fui arrastada e deixada como uma massa inerte em uma espreguiçadeira. Fiquei ali deitada com os olhos fechados, odiando a vida. O comissário de bordo, um jovem loiro com rosto redondo de menino, veio e se sentou ao meu lado.

— Ei! Arrependida por ter vindo, hein?

— Sim — respondi, odiando-o.

— Bem, a senhorita nem vai se reconhecer daqui a um ou dois dias. Tivemos uma névoa bem chatinha aqui na baía, mas o tempo vai melhorar daqui para a frente. Vou levá-la ao jogo de malha amanhã.

Não respondi.

— Está achando que nunca vai se recuperar, hein? Mas já vi pessoas muito piores do que a senhorita e, dois dias depois, viraram a alegria do navio. Não vai ser diferente com a senhorita.

Não me senti belicosa o bastante para lhe dizer com franqueza que ele estava mentindo. Esforcei-me para transmitir esse recado com um olhar. Ele tagarelou à vontade por mais alguns minutos e depois, graças aos céus, partiu. As pessoas passavam de um lado para o outro, casais vigorosos "se exercitando", crianças saltitantes, jovens risonhos. Alguns outros pálidos sofredores permaneciam deitados, como eu, nas espreguiçadeiras.

O ar estava agradável, fresco, não muito frio, e o sol tinha um brilho intenso. Sem perceber, comecei a me sentir um pouco animada ao observar as pessoas. Uma mulher em especial atraiu minha atenção. Tinha cerca de trinta anos, era de estatura mediana e bem branca, com rosto redondo com covinhas e olhos muito azuis. Suas roupas, embora bastante simples, tinham aquele ar indefinível de um "corte" que remontava a suas origens parisienses. Além disso, de um jeito agradável, mas tranquilo, parecia ser a dona do navio!

Os camareiros de bordo corriam de um lado para o outro, obedecendo a seus comandos. Sua espreguiçadeira era especial e tinha uma quantidade aparentemente inesgotável de almofadas. Ela mudou de ideia umas três vezes sobre onde gostaria que fosse deixada. Durante todo esse tempo, ela continuou sendo atraente e charmosa. Parecia ser uma daquelas raras pessoas no mundo que sabem o que querem, se esforçam para alcançá-lo e conseguem fazê-lo sem serem agressivas. Decidi que, se algum dia me recuperasse — mas é claro que não aconteceria —, seria divertido conversar com ela.

Chegamos à ilha da Madeira por volta do meio-dia. Eu ainda estava letárgica demais para me mover, mas gostei dos mascates de aparência pitoresca que vieram a bordo e espalharam suas mercadorias pelo convés. Também havia flores. Enterrei meu nariz em um enorme buquê de violetas doces úmidas e me senti muito melhor. Na verdade, pensei que talvez eu durasse até o final da viagem. Quando minha camareira comentou sobre as benesses de um pouco de caldo de galinha, consegui apenas protestar com toda a minha fraqueza. Quando chegou, eu apreciei.

A mulher atraente havia desembarcado e voltou escoltada por um homem alto, de aparência militar, cabelo escuro e rosto bronzeado, que eu também notara andando de um lado para o outro no convés mais cedo naquele dia. Eu o considerei imediatamente um dos homens fortes e silenciosos da Rodésia. Tinha cerca de 40 anos, cabelo grisalho nas têmporas e, sem dúvida, era o homem mais bonito a bordo.

Quando a camareira me trouxe mais um cobertor, perguntei se ela sabia quem era a mulher atraente.

— Essa é uma senhora bem conhecida da sociedade, a excelentíssima Mrs. Clarence Blair. Deve ter lido alguma coisa sobre ela nos jornais.

Concordei com a cabeça, olhando para ela com interesse renovado. De fato, Mrs. Blair era muito conhecida como uma das mulheres mais inteligentes da época. Observei, com um tanto de divertimento, que ela era o centro de muitas atenções, e várias pessoas tentavam entabular uma conversa com a agradável informalidade que um barco permite. Admirei a forma educada como Mrs. Blair os desprezava. Parecia ter adotado o homem forte e silencioso como seu cavaleiro especial, e ele parecia ter a devida consciência do privilégio que lhe fora concedido.

Na manhã seguinte, para minha surpresa, depois de dar algumas voltas no convés com seu atento companheiro, Mrs. Blair parou ao lado de minha espreguiçadeira.

— Está se sentindo melhor esta manhã?

Agradeci e comentei que me sentia um pouco mais como um ser humano.

— Você parecia bem doente ontem. O Coronel Race e eu concluímos que teríamos a agitação de um funeral no mar... mas você acabou nos decepcionando.

Eu ri.

— Ficar aqui em cima, ao ar livre, me fez bem.

— Nada como ar fresco — comentou o Coronel Race, sorrindo.

— Ficar trancada naquelas cabines abafadas mataria qualquer um — declarou Mrs. Blair, sentando-se ao meu lado e dispensando seu companheiro com um pequeno aceno de cabeça. — Você está em uma aqui fora, espero?

Fiz que não com a cabeça.

— Minha querida menina! Por que não se muda? Há bastante espaço agora, muita gente desceu na ilha da Madeira, e o barco está muito vazio. Fale com o comissário sobre isso. Ele é um rapazinho gentil... ele me mudou para uma cabine linda porque eu não gostei daquela onde eu estava. Fale com ele na hora do almoço, quando descer.

Estremeci.

— Não posso me mudar.

— Que bobagem. Venha, dê um passeio comigo.

Ela abriu um sorriso com covinhas, encorajando-me. No início, senti as pernas muito fracas, mas, à medida que caminhávamos com vivacidade de um lado para o outro, comecei a me sentir mais leve e melhor.

Depois de uma ou duas voltas, o Coronel Race juntou-se a nós de novo.

— Dá para ver o Grande Pico de Tenerife do outro lado.

— Mesmo? Acha que consigo tirar uma fotografia?

— Não... mas isso não vai impedir que você tente. — Mrs. Blair riu.

— Não foi gentil de sua parte. Algumas das minhas fotografias são muito boas.

— Eu diria que cerca de três por cento delas.

Todos fomos para o outro lado do convés. Lá, brilhando branco e nevado, envolto em uma delicada névoa cor de rosa, se erguia o pináculo brilhante. Deliciada, quase soltei um gritinho. Mrs. Blair correu para pegar sua câmera.

Implacável com os comentários sarcásticos de Coronel Race, ela bateu chapas com vigor.

— Pronto, cheguei ao final do rolo. Ah — o tom dela mudou para um de desgosto —, fiquei com aquela coisa no meu "foco" o tempo todo.

— Sempre gosto de ver uma criança com um brinquedo novo — murmurou o coronel.

— Como você é horrível... mas eu tenho outro rolo.

Triunfante, ela o tirou do bolso do suéter. Um movimento repentino do barco tirou um tanto de seu equilíbrio e, quando ela se segurou na amurada para se firmar, o rolo de filme caiu pelo convés.

— Ah! — exclamou Mrs. Blair, de um jeito comicamente consternado. Ela se inclinou. — Acha que caiu no mar?

— Não, talvez tenha tido a sorte de acertar a cabeça de um camareiro azarado no convés inferior.

Um garotinho que havia chegado despercebido e estava alguns passos atrás de nós soprou em uma corneta ensurdecedora.

— Almoço — declarou Mrs. Blair em êxtase. — Não como desde o café da manhã, exceto duas xícaras de caldo de carne. Almoço, Miss Beddingfeld?

— Bem — falei, vacilante. — Sim, estou com *bastante* fome.

— Esplêndido. Sei que você está sentada à mesa do comissário. Fale com ele sobre a cabine.

Desci até o salão, comecei a comer com grande hesitação e terminei consumindo uma refeição enorme. Meu amigo de ontem me parabenizou pela recuperação. Ele me disse que todo mundo estava trocando de cabine naquele dia e prometeu que minhas coisas seriam transferidas para uma cabine externa sem mais demora.

Havia apenas quatro pessoas à nossa mesa: eu, duas senhoras idosas e um missionário que falava muito sobre "nossos pobres irmãos negros".

Olhei para as outras mesas ao redor. Mrs. Blair estava sentada à mesa do capitão. Coronel Race ao lado dela. Do outro lado do capitão, havia um homem de aparência distinta e cabelo grisalho. Eu já havia notado muitas pessoas no convés, mas havia um homem que não havia estado por ali antes. Se estivesse, dificilmente teria escapado à minha atenção. Era alto, de cabelo escuro e tinha um semblante tão peculiarmente sinistro que fiquei bastante atônita. Perguntei ao comissário, com alguma curiosidade, quem era.

— Aquele homem? Ora, é o secretário de Sir Eustace Pedler. Ficou muito mareado, coitado, por isso não apareceu antes. Sir Eustace trouxe dois secretários consigo, e o mar tem sido demais para os dois. O outro sujeito nem apareceu ainda. O nome desse aí é Pagett.

Então, Sir Eustace Pedler, proprietário da Casa do Moinho, estava a bordo. Provavelmente era uma mera coincidência, e ainda assim...

— Aquele é Sir Eustace — continuou meu informante —, sentado ao lado do capitão. Velho idiota pomposo.

Quanto mais eu examinava o rosto do secretário, menos eu gostava dele. Aquela palidez uniforme, os olhos reservados de pálpebras pesadas, a cabeça curiosamente achatada: tudo aquilo dava uma sensação de aversão, de apreensão.

Saindo do salão ao mesmo tempo que o homem, fiquei logo atrás dele enquanto subia ao convés. Estava falando com Sir Eustace e ouvi um ou dois fragmentos da conversa.

— Vou cuidar da questão da cabine neste instante, tudo bem? É impossível trabalhar na sua, com todos aqueles baús.

— Meu caro amigo — respondeu Sir Eustace. — Minha cabine é destinada para: (a) eu dormir; e (b) eu tentar me vestir. Nunca tive qualquer intenção de permitir que você se espalhasse por aí, fazendo aquela barulheira infernal com sua máquina de escrever.

— É exatamente o que eu digo, Sir Eustace, precisamos de um lugar para trabalhar...

Aqui me separei deles e desci para ver se minha mudança estava em andamento. Encontrei o camareiro ocupado com a tarefa.

— Uma cabine muito bonita, senhorita. No convés D. Número 13.

— Ah, não! — gritei. — Treze, *não*.

O número treze é minha única superstição. Era uma cabine agradável também. Eu a inspecionei, hesitei, mas aquela superstição tola prevaleceu. Apelei quase chorando para o camareiro.

— Não há outra cabine onde eu possa ficar?

O camareiro pensou por um momento.

— Bem, tem a 17, que fica a estibordo. Estava vazia hoje de manhã, mas imagino que tenha sido atribuída a alguém. Mesmo assim, como as coisas do cavalheiro ainda não chegaram, e como os cavalheiros não são tão supersticiosos quanto as damas, ouso dizer que não se importaria com a troca.

Recebi aquela proposta com gratidão, e o camareiro partiu para obter permissão do comissário. Ele retornou sorrindo.

— Tudo bem, senhorita. Podemos ir.

Ele seguiu à frente até a cabine 17. Não era tão grande quanto a de número 13, mas eu a achei satisfatória.

— Vou buscar suas coisas de imediato, senhorita — informou o camareiro.

Mas, naquele momento, o homem de rosto sinistro (como eu o apelidei) surgiu diante da porta.

— Com licença — disse ele —, mas esta cabine está reservada para uso de Sir Eustace Pedler.

— Tudo bem, senhor — explicou o camareiro. — Estamos ajeitando a cabine número 13.

— Não, eu deveria ficar com a de número 17.

— A cabine 13 é melhor, senhor... maior.

— Selecionei especialmente a de número 17, e o comissário me disse que eu poderia ficar com ela.

— Sinto muito — intrometi-me com frieza. — Mas a de número 17 foi atribuída a mim.

— Não posso concordar com isso.

O camareiro interveio.

— A outra cabine é idêntica, só que melhor.

— Insisto na de número 17.

— O que está havendo aqui? — questionou uma nova voz. — Camareiro, ponha minhas coisas aqui. Esta é a minha cabine.

Era o homem que estava ao meu lado na hora do almoço, Reverendo Edward Chichester.

— Perdão — retruquei. — É minha cabine.

— Foi atribuída a Sir Eustace Pedler — interveio Mr. Pagett.

Todos estávamos bastante acalorados.

— Lamento ter de contestar o assunto — falou Chichester, com um sorriso manso que não conseguiu mascarar sua determinação em conseguir o que queria.

Já havia percebido que os homens mansos são sempre obstinados.

Ele se aproximou pela lateral da entrada.

— O senhor pode ficar com a de número 28 a bombordo — sugeriu o camareiro. — Uma cabine muito boa, senhor.

— Receio ter que insistir. A de número 17 foi a cabine que me foi prometida.

Tínhamos chegado a um impasse. Nenhum de nós estava disposto a ceder. A rigor, de qualquer forma, eu podia ter me retirado daquela contenda e facilitado a situação, oferecendo-me para aceitar a cabine 28. Contanto que eu não ficasse na 13, era indiferente para mim qual outra cabine eu teria. Mas meu sangue já havia fervido e eu não tinha a menor intenção de ser a primeira a ceder. E eu não gostava de Chichester. Usava dentaduras que estalavam quando comia. Muitos homens tinham sido odiados por muito menos.

Todos repetimos as mesmas falas o tempo todo. O camareiro nos garantiu, com ainda mais veemência, que as outras duas cabines eram melhores. Nenhum de nós o levou em consideração.

Pagett começou a perder a paciência. Chichester manteve a própria de forma serena. Com dificuldade, também mantive a minha. E, ainda assim, nenhum de nós cedeu um milímetro.

Uma piscadela e uma palavra sussurrada do camareiro foram a minha deixa. Discretamente, desapareci daquela cena. Tive a sorte de encontrar o comissário quase imediatamente.

— Ah, por favor — falei —, o senhor disse que eu poderia ficar na cabine 17. Os outros não querem ir embora. Mr. Chichester e Mr. Pagett. O senhor vai me deixar ficar, *não é*?

Sempre digo que não existem pessoas como os marinheiros no quesito gentileza com as mulheres. Meu pequeno comissário entrou na celeuma de forma esplêndida. Foi até o local a passos largos e informou aos concorrentes que a cabine de número 17 era minha, que eles poderiam ficar com as de número 13 e 28, respectivamente, ou permanecer onde estavam, o que preferissem.

Deixei que meus olhos lhe dissessem que ele era meu herói e, em seguida, me instalei no novo domínio. Aquele encontro me fez bem sobremaneira. O mar estava calmo, e o clima esquentava a cada dia. A mareação já era coisa do passado!

Subi ao convés e fui apresentada aos mistérios do jogo de malha do convés. Registrei meu nome para participar de esportes diversos. O chá foi servido, e eu comi com avidez. Depois do chá, joguei *shovel-board* com alguns rapazes simpáticos. Foram extraordinariamente gentis comigo, e eu senti que a vida era satisfatória e prazerosa.

Tive um sobressalto quando ouvi a corneta do jantar e corri até minha nova cabine para me trocar para a ocasião. A camareira aguardava-me com uma expressão acabrunhada.

— Um cheiro terrível está saindo de sua cabine, senhorita. Não tenho a menor ideia do motivo, mas duvido que a senhorita será capaz de dormir aqui. Há uma cabine livre no convés C. Pode mudar-se para lá... ao menos por uma noite.

O cheiro estava realmente muito ruim, nauseante. Falei à camareira que pensaria na questão da mudança enquanto me trocava. Corri até o banheiro, fungando com desagrado enquanto me vestia.

Que *cheiro* era aquele? Rato morto? Não, pior que isso, e bem diferente. Mas eu já sabia! Era um cheiro que eu tinha encontrado antes. Alguma coisa que... Ah! Lembrei-me. Assa-fétida! Trabalhei por um breve período em um dispensário de hospital durante a guerra e me familiarizei com diversos remédios para náusea.

Assa-fétida, era isso. Mas como...

Afundei-me no sofá, de repente compreendendo a questão. Alguém havia deixado uma pitada de assa-fétida na minha cabine. Por quê? Para que eu a desocupasse? Por que estavam tão desesperados para me tirar dali? Pensei na cena daquela tarde a partir de um ponto de vista bastante diferente. O que havia na cabine 17 que deixara tantas pessoas ávidas para ocupá-la? As outras duas cabines eram melhores. Por que os dois homens insistiram em ficar com a 17?

Dezessete. Número insistente! Foi no dia 17 que parti de Southampton. No 17... Estaquei com um arfar repentino. Rapidamente, destranquei minha mala e peguei o precioso papel de seu esconderijo dentro de algumas meias enroladas.

17 1 22. Havia entendido esses números como uma data, a data de partida do *Castelo de Kilmorden*. E se eu estivesse errada? Pensando bem, será que alguém, ao anotar uma data, acreditaria ser necessário escrever também o ano e o mês? E se 17 significasse cabine 17? E o número 1? A hora... uma hora. Então 22 devia ser a data. Busquei um calendário em meu pequeno almanaque.

O dia seguinte era 22!

Capítulo 10

Fiquei extremamente agitada, pois tinha certeza de que, por fim, havia encontrado o caminho certo. Uma coisa estava clara: eu não deveria sair da cabine. Precisava suportar o odor da assa-fétida. Voltei a examinar os fatos.

O dia seguinte seria 22, e à uma hora da manhã ou da tarde alguma coisa aconteceria. Eu decidi por uma da manhã. Já eram dezenove horas. Em seis horas eu conheceria a verdade.

Não sei como passei aquela noite inteira. Recolhi-me para a cabine bem cedo. Havia dito à camareira que estava resfriada e que nenhum cheiro me incomodaria. Ela ainda parecia angustiada, mas eu fui firme.

Foi uma noite interminável. Fui para a cama como manda o figurino, mas, já pensando em possíveis emergências, me envolvi em um grosso roupão de flanela e mantive chinelos nos pés. Assim vestida, senti que poderia me levantar e agir, fosse lá o que acontecesse.

O que eu esperava que acontecesse? Nem eu mesma sabia. Fantasias vagas, a maioria delas completamente improváveis, passaram pela minha cabeça. Mas de uma coisa eu tinha plena convicção: à uma hora *alguma coisa* aconteceria.

Por várias vezes ouvi meus companheiros de viagem se retirando para a cama. Fragmentos de conversas, boas-noites em meio a risos entravam pela janela aberta. Então, o silêncio. A maioria das luzes apagou-se. Ainda havia uma na passagem externa e, portanto, uma certa quantidade de claridade na cabine. Ouvi oito sinos tocarem. A hora que se seguiu pareceu a mais longa que eu já tinha vivido. À socapa, consultei o relógio para ter certeza de que não havia passado da hora.

Se minhas deduções estivessem erradas, se nada acontecesse à uma hora, eu teria feito papel de boba e gastado todo o dinheiro que me restava com um tiro no escuro. Meu coração palpitava de maneira dolorosa.

Dois sinos tocaram no alto. Uma da manhã! E nada. Espere... o que foi isso? Ouvi o rápido e ligeiro bater de pés correndo ao longo da passagem.

Então, com a rapidez de um estilhaço de bomba, a porta da minha cabine se abriu, e um homem quase caiu lá para dentro.

— Salve-me — disse ele com voz rouca. — Estão atrás de mim.

Não foi um momento para discutir ou pedir explicações. Eu consegui ouvir os passos lá fora. Restavam-me cerca de quarenta segundos para agir. Eu havia me levantado com um pulo e estava diante do estranho no meio da cabine.

Uma cabine não tem muitos esconderijos para um homem de um metro e oitenta. Com um dos braços, eu puxei o baú da minha cabine, e o homem deslizou para trás dele, embaixo do beliche. Levantei a tampa, ao mesmo tempo que, com a outra mão, baixei o lavatório. Com um movimento ágil, meu cabelo já estava preso em um pequeno coque no topo da cabeça. Do ponto de vista da aparência, carecia de senso estético; por outro lado, estava ali presente uma obra-prima. Dificilmente poderiam suspeitar que uma senhora com o cabelo preso em um coque indecente e prestes a tirar do baú um pedaço de sabão com que, aparentemente, lavaria o pescoço abrigaria um fugitivo.

Houve uma batida à porta e, antes que eu dissesse "entre", ela se abriu.

Não sei o que esperava ver. Acho que tive vagas ideias sobre Mr. Pagett brandindo um revólver ou meu amigo missionário com um saco de areia ou alguma outra arma letal. Mas certamente eu não esperava ver uma camareira noturna com um rosto questionador e aparentando a essência da respeitabilidade.

— Desculpe, senhorita, pensei que tivesse gritado.

— Não — falei —, não gritei.

— Sinto muito por interrompê-la.

— Tudo bem. Eu não estava conseguindo dormir. Achei que faria bem me refrescar.

Parecia algo que eu nunca fazia no meu dia a dia.

— Sinto muito, senhorita — repetiu a camareira. — Mas há um cavalheiro por aqui que está bastante bêbado, e tememos que ele entre em uma das cabines das mulheres e a assuste.

— Que terrível! — exclamei, parecendo alarmada. — Ele não entrará aqui, certo?

— Ah, acredito que não, senhorita. Toque a sineta caso aconteça. Boa noite.

— Boa noite.

Abri a porta e espiei ao longo do corredor. Tirando a figura da camareira batendo em retirada, não havia ninguém à vista.

Bêbado! Então essa era a explicação. Meus talentos dramáticos foram desperdiçados. Puxei um pouco mais o baú da cabine e disse, com a voz ácida:

— Saia imediatamente, por favor.

Não houve resposta. Espiei embaixo do beliche. Meu visitante permaneceu imóvel. Parecia estar dormindo. Puxei seu ombro, mas ele não se mexeu.

"Tão bêbado que parece um defunto", pensei, irritada. "O que eu *vou* fazer?"

Então, vi uma coisa que me fez arfar: uma manchinha escarlate no assoalho.

Usando todas as minhas forças, consegui arrastar o homem para o meio da cabine. A palidez mortal de seu rosto indicava que ele havia desmaiado. Encontrei a causa de seu desmaio com bastante facilidade: ele havia sido esfaqueado embaixo da omoplata esquerda, um ferimento profundo e feio. Tirei seu casaco e comecei a cuidar dele.

Ao sentir a água fria, ele se mexeu e, em seguida, se sentou.

— Fique parado, por favor — pedi.

Era o tipo de rapaz que recupera as faculdades com muita rapidez. Ele se levantou e ficou ali parado, cambaleando um pouco.

— Obrigado, não preciso que faça nada por mim.

Seus modos eram rebeldes, quase agressivos. Nem mesmo uma palavra de agradecimento foi proferida, nem a gratidão esperada!

— A ferida está feia. Deixe-me fazer uma bandagem nela.

— Você não fará nada.

Ele lançou as palavras sobre mim como se eu estivesse implorando um favor a ele. Meu temperamento, nunca plácido, borbulhou.

— Não posso lhe elogiar pelos seus modos — ralhei com frieza.

— Posso, ao menos, poupá-la da minha presença.

Ele seguiu em direção à porta, mas, ao fazê-lo, cambaleou de novo. Com um movimento abrupto, empurrei-o para o sofá.

— Não seja estúpido — falei sem cerimônia. — Você não quer deixar um rastro de sangue pelo navio todo, quer?

Ele pareceu entender o sentido da minha frase, pois permaneceu sentado em silêncio enquanto eu enfaixava o ferimento da melhor maneira possível.

— Pronto — confirmei, dando um tapinha de leve sobre meu trabalho —, vai segurar por enquanto. Você está mais bem-humorado agora e se sente inclinado a me contar o que houve?

— Sinto muito por não poder satisfazer sua curiosidade tão natural.

— Por que não? — questionei, decepcionada.

Ele sorriu de um jeito maldoso.

— Se quiser que uma coisa seja espalhada por aí, conte para uma mulher. Caso contrário, mantenha a boca fechada.

— Não acredita que eu consigo guardar segredo?

— Não preciso acreditar... sei que não consegue.

Ele se pôs de pé.

— De qualquer forma — comentei, maldosamente —, poderei ao menos espalhar os acontecimentos desta noite.

— Não tenho dúvidas de que você vai espalhar — disse ele, indiferente.

— Como ousa! — gritei.

Ficamos frente a frente, olhando um para o outro com a ferocidade de inimigos ferrenhos. Pela primeira vez, observei os detalhes de sua aparência, o cabelo escuro e cortado à escovinha, o queixo fino, a cicatriz na bochecha bronzeada, os curiosos olhos cinza-claros que encaravam os meus com uma espécie de zombaria imprudente, difícil de descrever. Havia algo de perigoso nele.

— Você ainda não me agradeceu por salvar sua vida! — falei com falsa doçura.

Dei uma batidinha no local e o vi estremecer de forma bem clara. Intuitivamente, eu sabia que ele odiava sobremaneira ser lembrado de que devia sua vida a mim. Eu não me importava, pois queria machucá-lo. Nunca quis tanto machucar uma pessoa.

— Queria muito que não tivesse se prestado a isso! — Ele explodiu. — Seria melhor que eu estivesse morto e fora dessa situação.

— Fico feliz que você reconheça a dívida. Não poderá se safar. Salvei sua vida e estou esperando você dizer "obrigado".

Se um olhar pudesse matar, acho que ele teria apreciado me fuzilar com o dele. Ele passou por mim de forma grosseira e, quando chegou à porta, falou, olhando para trás:

— Não vou agradecer, nem agora nem em qualquer outro momento. Mas reconheço a dívida. Algum dia, eu pagarei.

Ele partiu, me deixando com as mãos cerradas e o coração galopando desenfreado.

Capítulo 11

Não houve mais emoções naquela noite. Tomei café da manhã na cama e me levantei tarde na manhã seguinte. Mrs. Blair cumprimentou-me quando cheguei ao convés.

— Bom dia, ciganinha, sente-se aqui perto de mim. Parece que não dormiu bem.

— Por que me chama assim? — perguntei, enquanto me sentava, obediente.

— Não gosta? Combina com você de alguma forma. Eu chamei você assim em minha mente desde o início. É o elemento cigano em você que a deixa tão diferente de qualquer outra pessoa. Decidi mentalmente que você e o Coronel Race eram as únicas pessoas a bordo que não me aborreceriam em uma conversa.

— Que engraçado — comentei. — Pensei o mesmo a seu respeito, só que, em seu caso, é mais compreensível. A senhora é… é um produto primorosamente acabado.

— Nada mal sua colocação — admitiu Mrs. Blair, concordando com a cabeça. — Conte-me tudo sobre você, menina cigana. Por que está indo para a África do Sul?

Contei para ela algo sobre o trabalho do meu pai.

— Então você é filha de Charles Beddingfeld? Achei mesmo que não fosse uma mera senhorita provinciana! Está indo ao monte Partido desenterrar mais crânios?

— Talvez — respondi com toda a cautela. — Também tenho outros planos.

— Que atrevida misteriosa você é. Mas parece cansada esta manhã. Não dormiu bem? Não consigo ficar acordada a bordo de um barco. Dizem que dormir dez horas é para um tolo! Eu poderia dormir até vinte!

Ela bocejou, parecendo uma gatinha sonolenta.

— Um camareiro idiota me acordou no meio da noite para devolver aquele rolo de filmes que deixei cair ontem e o fez da maneira mais melodramática, enfiou o braço pela escotilha de ventilação e o deixou cair em cima de minha barriga. Por um momento, pensei que fosse uma bomba!

— Aí está seu coronel — comentei quando a alta figura soldadesca do Coronel Race apareceu no convés.

— Ele não é meu coronel. Na verdade, ele *te* admira muito, ciganinha. Então, não fuja.

— Quero alguma coisa para amarrar na cabeça. Vai ser mais confortável do que um chapéu.

Saí às pressas. Por uma razão ou outra, me sentia pouco à vontade na presença do Coronel Race. Era uma das poucas pessoas capazes de me deixar tímida.

Desci para minha cabine e comecei a buscar uma faixa larga de fita, ou uma touca, com que pudesse prender meu cabelo rebelde. Ora, eu sou uma pessoa organizada, gosto que minhas coisas estejam sempre arrumadas de uma certa maneira, e eu as mantenho dessa forma. Mal abri minha gaveta e percebi que alguém havia bagunçado minhas coisas. Tudo estava revirado e espalhado. Procurei nas outras gavetas e no armarinho suspenso. Também haviam sido revirados. Era como se alguém tivesse feito uma busca apressada e ineficaz por alguma coisa.

Sentei-me na beirada do beliche com o rosto taciturno. Quem estava revistando minha cabine e o que procurava? Seria a meia folha de papel com números e palavras garatujadas? Fiz que não com a cabeça, frustrada. Com certeza, aquilo já tinha ficado para trás. Mas o que mais podia ser?

Quis pensar. Os acontecimentos da noite anterior, embora emocionantes, não contribuíram em nada para elucidar as questões. Quem era o rapaz que havia invadido minha cabine de forma tão abrupta? Eu não o tinha visto a bordo antes, nem no convés tampouco no salão. Era parte da tripulação empregada pela companhia marítima ou passageiro? Quem o esfaqueou? Por que o esfaquearam? E por que, pelo amor dos céus, a cabine número 17 devia figurar de forma tão proeminente? Era tudo um mistério, mas não havia dúvida de que algumas ocorrências muito peculiares estavam acontecendo no *Castelo de Kilmorden*.

Contei nos dedos as pessoas que eu precisaria vigiar a partir de então.

Deixando de lado meu visitante da noite anterior, mas prometendo a mim mesma que o descobriria a bordo antes que outro dia terminasse, selecionei as seguintes pessoas como dignas de minha atenção:

Sir Eustace Pedler. Era proprietário da Casa do Moinho, e sua presença no *Castelo de Kilmorden* parecia uma espécie de coincidência.

Mr. Pagett, secretário de aparência sinistra, cuja ânsia de ficar com a cabine 17 foi por demais conspícua. Importante. Descubra se ele estava com Sir Eustace em Cannes.

Reverendo Edward Chichester. Tudo o que eu tinha contra ele era sua obstinação em relação à cabine 17, e talvez se devesse a seu temperamento peculiar. A obstinação pode ser uma coisa incrível.

E decidi que uma conversinha com Mr. Chichester não seria nada mal. Amarrando meu cabelo às pressas com um lenço, subi de novo ao convés, cheia de determinação. Eu estava com sorte, pois minha presa estava recostada à grade, bebendo um caldo de carne. Fui até ele.

— Espero que tenha me perdoado pela história da cabine 17 — falei, com meu melhor sorriso.

— Considero anticristão guardar rancor — explicou Mr. Chichester friamente. — Mas o comissário de bordo havia me prometido aquela cabine da maneira mais clara possível.

— Os comissários são homens muito ocupados, não são? — comentei de forma vaga. — Acredito que às vezes se esquecem das coisas.

Mr. Chichester não respondeu.

— É a primeira visita do senhor à África do Sul? — perguntei, puxando conversa.

— À África do Sul, sim. Mas trabalhei durante os últimos dois anos entre as tribos canibais do interior da África Oriental.

— Que emocionante! Deve ter escapado várias vezes por um triz...

— Escapado?

— Digo, de ser devorado.

— A senhorita não devia tratar assuntos sagrados com leviandade, Miss Beddingfeld.

— Não sabia que o canibalismo era assunto sagrado — retruquei, magoada.

Quando as palavras saíram dos meus lábios, outra ideia me ocorreu. Se Mr. Chichester tinha mesmo passado os últimos dois anos no interior da África, como não estava mais queimado de sol? Sua pele era branca e rosada como a de um bebê. Com certeza havia algo suspeito ali. No entanto, seus modos e sua voz eram absolutamente impecáveis, talvez até demais. Ele era — ou não — um pouco como um clérigo *de mentira*?

Voltei a mente aos vigários que conheci em Little Hampsley. Gostava de alguns deles, de outros, não, mas, sem dúvida, nenhum deles era exatamente como Mr. Chichester. Eram mais humanos, ele era de um tipo endeusado.

Eu estava debatendo tudo isso na minha mente quando Sir Eustace Pedler passou pelo convés. Assim que chegou perto de Mr. Chichester, ele se abaixou e pegou um pedaço de papel que lhe entregou, comentando:

— O senhor deixou cair.

Ele seguiu em frente sem parar e, provavelmente, não percebeu a agitação de Mr. Chichester, mas eu percebi. Fosse lá o que ele havia deixado cair, tê-lo de volta o deixou consideravelmente agitado. Ficou com uma cor esverdeada enfermiça e amassou a folha de papel até formar uma bola. Minhas suspeitas multiplicaram vezes cem.

Ele percebeu meu olhar e se apressou em se explicar.

— Um... um... fragmento de um sermão que eu estava compondo — comentou ele, com aquele sorriso doentio.

— É mesmo? — respondi com toda a educação.

Um fragmento de um sermão, claro! Não, Mr. Chichester, que mentira mais deslavada!

Logo me deixou com uma desculpa murmurada. Desejei, ah, como desejei ter sido eu quem pegara aquele papel, e não Sir Eustace Pedler! Uma coisa era clara: Mr. Chichester não podia ficar fora da minha lista de suspeitos. Eu estava inclinada a deixá-lo entre os três principais.

Depois do almoço, quando subi ao salão para tomar café, notei Sir Eustace e Pagett sentados com Mrs. Blair e Coronel Race. Mrs. Blair cumprimentou-me com um sorriso, por isso fui ter com eles. Estavam falando da Itália.

— Mas isso nos *confunde* — insistiu Mrs. Blair. — *Acqua calda* devia ser água fria... não quente.

— A senhora não é uma estudiosa do latim — comentou Sir Eustace, sorrindo.

— Os homens são tão superiores no que diz respeito a seu latim — retrucou Mrs. Blair. — Mas, mesmo assim, noto que quando pedimos para que traduzam inscrições em igrejas antigas, nunca conseguem fazê-lo! Hesitam e, de alguma forma, conseguem fugir da tarefa.

— Bom — disse Coronel Race —, eu sempre traduzo.

— Mas eu adoro os italianos — continuou Mrs. Blair. — São tão prestativos... embora até isso tenha seu lado embaraçoso. Você pergunta para eles como faz para chegar a algum lugar e, em vez de dizerem "primeira à direita, segunda à esquerda" ou algo que se possa acompanhar, eles despejam uma enxurrada de instruções bem-intencionadas e quando a pessoa se mostra confusa, eles a tomam gentilmente pelo braço e a levam até lá.

— Essa foi sua experiência em Florença, Pagett? — perguntou Sir Eustace, virando-se com um sorriso para seu secretário.

Por algum motivo, a questão pareceu desconcertar Mr. Pagett, que gaguejou e enrubesceu.

— Ah, é verdade, sim... sim, é verdade.

Depois, com uma desculpa murmurada, se levantou e saiu da mesa.

— Começo a suspeitar que Guy Pagett tenha cometido algum feito obscuro em Florença — observou Sir Eustace, olhando para a imagem de seu secretário batendo em retirada. — Sempre que Florença, ou a Itália, é mencionada, ele muda de assunto ou foge em disparada.

— Talvez tenha assassinado alguém lá — sugeriu Mrs. Blair, esperançosa. — Ele parece... espero não estar ferindo seus sentimentos, Sir Eustace... mas ele tem a aparência de que poderia assassinar alguém.

— Sim, um personagem saído do *Cinquecento*! Às vezes isso me diverte, especialmente quando se sabe tão bem quanto eu o quão respeitável e obediente às leis o coitado realmente é.

— Já faz algum tempo que está com o senhor, não é, Sir Eustace? — questionou Coronel Race.

— Seis anos — respondeu ele com um suspiro profundo.

— Deve ser de um valor inestimável para o senhor — comentou Mrs. Blair.

— Ah, inestimável! Sim, de valor inestimável. — O pobre homem parecia ainda mais deprimido, como se o valor inestimável de Mr. Pagett fosse uma dor secreta para ele. Então, acrescentou com mais brusquidão: — Mas o rosto dele devia realmente lhe inspirar confiança, minha cara senhora. Nenhum assassino que se preze jamais consentiria em se parecer com um. Creio que Crippen era um dos sujeitos mais agradáveis que se podia imaginar.

— Foi capturado em um transatlântico, não foi? — perguntou Mrs. Blair em um murmúrio.

Houve um leve barulho atrás de nós. Rapidamente, eu me virei. Mr. Chichester havia deixado cair a xícara de café.

Nossa reunião logo terminou, Mrs. Blair desceu para dormir, e eu saí para o convés. Coronel Race me seguiu.

— Você é bem esquiva, Miss Beddingfeld. Procurei a senhorita em todos os lugares ontem à noite no baile.

— Fui cedo para a cama — expliquei.

— Vai fugir esta noite também? Ou vai dançar comigo?

— Terei muito prazer em dançar com o senhor — murmurei, tímida. — Mas Mrs. Blair...

— Nossa amiga Mrs. Blair não gosta de dançar.

— E o senhor?

— Gostaria de dançar com você.

— Ah! — exclamei com nervosismo.

Estava com um pouco de medo do Coronel Race, mas, mesmo assim, estava me divertindo. Era melhor do que discutir sobre crânios fossilizados com velhos professores enfadonhos! Na verdade, Coronel Race era meu ideal de rodesiano sério e silencioso. Talvez eu pudesse me casar com ele! Não havia sido pedida em casamento, é verdade, mas como dizem os escoteiros: "Esteja preparado!". E todas as mulheres, sem uma intenção sequer, consideram cada homem que encontram como um possível marido para si mesmas ou para sua melhor amiga.

Dancei várias vezes com ele naquela noite, pois Coronel Race dançava bastante bem. Quando o baile terminou e eu pensei em ir para a cama, ele sugeriu que déssemos uma

86 · AGATHA CHRISTIE ·

volta no convés. Caminhamos por três voltas e, por fim, nos acomodamos em duas espreguiçadeiras. Não havia mais ninguém por perto. Mantivemos conversas desconexas por algum tempo.

— Sabe, Miss Beddingfeld, acho que conheci seu pai. Um homem muito interessante... em sua especialidade, e essa especialidade me causa um fascínio especial. Do meu jeito humilde, eu mesmo já empreendi alguma coisa nessa linha. Ora, quando eu estava na região da Dordonha...

Nossa conversa assumiu um tom técnico, e a ostentação do Coronel Race não era à toa, pois sabia muito. Ao mesmo tempo, cometeu um ou dois erros curiosos, que eu quase podia ter pensado terem sido atos falhos. Mas ele foi rápido ao perceber minhas deixas e encobri-los. Em um certo momento, ele falou do período musteriano como sucessor do aurignaciano, um erro absurdo para quem conhecia alguma coisa sobre o assunto.

Era meia-noite quando fui para minha cabine. Ainda estava intrigada com essas estranhas discrepâncias. Seria possível que ele tivesse "trazido todo aquele assunto à tona" apenas para puxar conversa? Será que, na verdade, ele não sabia nada de arqueologia? Fiz que não com a cabeça, vagamente insatisfeita com aquela ideia.

Quando estava caindo no sono, me sentei de repente, acometida por outra ideia. Estaria ele tentando tirar alguma coisa de *mim*? Seriam essas pequenas imprecisões apenas testes para saber se eu realmente sabia do que estava falando? Em outras palavras, será que ele suspeitava que eu não fosse Anne Beddingfeld?

Por quê?

Capítulo 12

(Excertos do diário de Sir Eustace Pedler)

Há algo a ser dito sobre a vida a bordo de um navio. É pacífica. Felizmente, meu cabelo grisalho me isenta das indignidades de brincar de morder maçãs dentro de tinas d'água, correr de um lado para o outro com batatas ou ovos em colheres presas aos dentes no convés ou de jogos ainda mais vergonhosos. Sempre foi um mistério para mim que diversão as pessoas podem encontrar nesses procedimentos penosos. Mas existem tolos aos montes no mundo. É preciso dar graças a Deus por sua existência e ficar fora do caminho deles.

Felizmente, sou um excelente marinheiro. Já o coitado do Pagett não é. Começou a ficar esverdeado assim que saímos de Solent. Presumo que meu outro secretário, por assim dizer, também esteja enjoado. De qualquer forma, ainda não deu as caras por aqui. Mas talvez não se trate de enjoo, e sim de alta diplomacia. A melhor coisa é que eu não me preocupava com ele.

No geral, as pessoas a bordo são aborrecidíssimas. Apenas dois jogadores de bridge *decentes e uma mulher de aparência decente, Mrs. Clarence Blair. Eu a conheci na cidade, claro. É uma das únicas mulheres que conheço que pode reivindicar ter senso de humor. Gosto de conversar com ela e deveria gostar ainda mais se não fosse por um asno taciturno de pernas* compridas que se agarrou a ela como uma craca. Não consigo pensar como esse Coronel Race realmente a diverte. Ele é bonito à sua maneira, mas insosso como água parada. Um desses homens fortes e silenciosos com que as romancistas e as jovens sempre sonham.

Guy Pagett esforçou-se muito para subir ao convés depois de deixarmos a ilha da Madeira e começou a balbuciar sobre trabalho com voz rouca. Por que diabos alguém quer trabalhar a bordo de um navio? É verdade que prometi aos meus editores as minhas Reminiscências para o início do verão, mas e daí? Quem, de verdade, lê reminiscências? Velhinhas das áreas residenciais mais afastadas. E a que equivalem minhas reminiscências? Já esbarrei em um certo número de pessoas consideradas famosas durante a vida. Com a ajuda de Pagett, invento anedotas insípidas sobre elas. E a verdade é que Pagett é honesto demais para esse servicinho, pois não me deixa inventar anedotas sobre pessoas que eu poderia ter conhecido, mas não conheci.

Eu tentava ser gentil com ele.

"Você ainda está em pandarecos, meu caro", falei com tranquilidade. "Você está precisando de uma espreguiçadeira ao sol. Não... nem mais uma palavra. O trabalho deve esperar."

A próxima coisa que percebi foi que ele estava às voltas com problemas de uma cabine extra. "Não há espaço para trabalhar em sua cabine, Sir Eustace. Está cheia de baús."

Pelo tom dele, seria possível pensar que os baús eram besouros pretos, algo que não deveria estar ali.

Expliquei-lhe que, embora talvez ele não estivesse afeito a essa realidade, era comum levar consigo uma muda de roupa quando se viajava. Ele abriu aquele sorriso pálido com que sempre saúda minhas tentativas de pilhéria e depois voltou ao assunto em questão.

"E dificilmente poderíamos trabalhar no meu pequeno covil."

Conheço os "pequenos covis" de Pagett. Geralmente ele providencia para si a melhor cabine do navio.

"Lamento que o capitão não tenha ficado a seu lado desta vez", disse eu de um jeito sarcástico. *"Talvez queira colocar um pouco de sua bagagem extra na minha cabine?"*

É perigoso usar o sarcasmo para um homem como Pagett. De pronto, ele ficou todo animado.

"Bem, se eu pudesse me livrar da máquina de escrever e do baú de materiais de escritório..."

O baú de materiais de escritório pesa várias toneladas, causando desagrado sem fim aos carregadores, e o objetivo da vida de Pagett é impingir esse fardo a mim. É uma luta perpétua entre nós. Ele parece considerá-lo como minha propriedade pessoal especial. Eu, por outro lado, considero seu encargo como a única coisa para a qual um secretário se faz realmente útil.

"Vamos conseguir uma cabine extra", falei apressadamente.

A questão parecia bastante simples, mas Pagett é uma pessoa que adora criar mistérios. Ele veio até mim no dia seguinte com uma cara de conspirador da Renascença.

"O senhor lembra que me disse para usar a cabine 17 como escritório?"

"Bem, e daí? O baú de materiais ficou agarrado à porta?"

"As portas das cabines são todas do mesmo tamanho", respondeu Pagett com seriedade. *"Mas eu lhe digo, Sir Eustace, que há algo de muito estranho naquela cabine."*

Recordações da leitura de Na cabine do navio *flutuaram em minha mente.*

"Se quer dizer que é mal-assombrada, não vamos dormir lá, então não vejo problema. Fantasmas não gostam de máquinas de escrever."

Pagett disse que não era um fantasma e que, por fim, ele não havia conseguido a cabine 17. Ele me contou uma história longa e confusa. Aparentemente, ele, um certo Mr. Chichester e uma garota de sobrenome Beddingfeld quase brigaram por causa da tal cabine. Desnecessário dizer que a garota havia vencido, e pelo visto Pagett estava chateado com a questão.

"Tanto a 13 como a 28 são cabines melhores", reiterou ele. "Mas eles nem sequer as visitaram."

"Bem", falei, abafando um bocejo, "na verdade, você também não as visitou, meu caro Pagett."

Ele me lançou um olhar de reprovação.

"O senhor me disse para pegar a cabine 17."

Há um toque em Pagett de "garotinho em um convés em chamas".

"Meu caro amigo", retruquei, irritado, "mencionei o número 17 porque observei que estava vazio. Mas eu não quis que você se lançasse a uma contenda de vida ou morte por causa dela... a 13 ou a 28 teriam sido boas para nós da mesma forma."

Pelo visto, ele ficou magoado.

"Porém há mais uma coisa", insistiu ele. "Miss Beddingfeld ficou com a cabine, mas, nesta manhã, vi Mr. Chichester saindo de lá de um jeito um tanto furtivo."

Olhei para ele de uma forma severa.

"Se estiver tentando criar um escândalo desagradável em torno de Chichester, que é um missionário... embora seja uma pessoa completamente venenosa... e aquela menina tão atraente, Anne Beddingfeld, não acreditarei em uma palavra sequer", disse para ele com frieza. "Anne Beddingfeld é uma garota muito simpática... com pernas especialmente bonitas. Devo dizer que ela ostenta, de longe, as melhores pernas a bordo."

Pagett não gostou da minha referência às pernas de Anne Beddingfeld. É o tipo de homem que nunca nota as pernas... ou, se notar, morre antes de confessá-lo. Também acha frívola minha apreciação por tais coisas. Gosto de irritar Pagett, então continuei, de um jeito malicioso:

"Como você a conheceu, poderia convidá-la para jantar em nossa mesa amanhã à noite. É o baile à fantasia. A propósito, é melhor você ir ao barbeiro e escolher uma fantasia elegante para mim."

"*O senhor não irá fantasiado, certo?*", perguntou Pagett, em tom de horror.

Pude ver que aquele feito era bastante incompatível com a ideia que ele tinha da minha dignidade. Parecia chocado e aflito. Na verdade, eu não tinha a menor intenção de usar fantasias naquela noite, mas o completo desconforto de Pagett era tentador demais para ser ignorado.

"*Como assim?*", questionei. "*Claro que vou fantasiado. E você também.*"

Pagett estremeceu.

"*Então, vá ao barbeiro e providencie o que for necessário*", terminei.

"*Não creio que ele tenha tamanhos maiores*", murmurou Pagett, medindo minha silhueta com os olhos.

Às vezes, mesmo sem querer, Pagett consegue ser extremamente ofensivo.

"*E peça uma mesa para seis pessoas no salão*", acrescentei. "*Teremos conosco o capitão, a garota com pernas bonitas, Mrs. Blair...*"

"*Não terá a presença de Mrs. Blair sem Coronel Race*", interveio Pagett. "*Sei que ele a convidou para jantar.*"

Pagett sempre sabe de tudo. Com razão, fiquei irritado.

"*Quem é Race?*", questionei, exasperado.

Como disse antes, Pagett sempre sabe de tudo ou acredita que sabe. De novo, pareceu misterioso.

"*Dizem que é um sujeito do Serviço Secreto, Sir Eustace. Ótimo no gatilho também. Mas, claro, disso eu não tenho certeza.*"

"*Isso é típico do governo!*", exclamei. "*Temos um homem a bordo cujo trabalho é carregar documentos secretos, e eles o entregam a um homem pacífico, que só pede para ser deixado em paz.*"

Pagett portou-se de um jeito ainda mais misterioso. Aproximou-se um pouco e baixou a voz.

"*Se o senhor me permitir, a coisa toda é muito estranha, Sir Eustace. Veja minha enfermidade antes de partirmos...*"

"Meu caro amigo", interrompi com brutalidade, "aquilo foi uma crise biliosa. Você sempre tem essas crises biliosas."

Pagett sentiu um leve arrepio.

"Não foi o tipo habitual de crise biliosa. Desta vez…"

"Pelo amor de Deus, Pagett, não entre em detalhes sobre sua doença. Não quero ouvi-los."

"Muito bem, Sir Eustace. Mas acredito que fui envenenado deliberadamente!"

"Ah!", exclamei. "Você andou conversando com Rayburn."

Ele não negou.

"De qualquer forma, Sir Eustace, assim ele pensa… e ele teria mesmo que saber."

"A propósito, onde está o sujeito?", perguntei. "Não o vejo desde que subimos a bordo."

"Ele diz que está doente e fica o tempo todo em sua cabine, Sir Eustace." A voz de Pagett abaixou-se de novo. "Mas tenho certeza de que é camuflagem. Para que possa vigiar melhor."

"Vigiar?"

"Pela sua segurança, Sir Eustace. No caso de um ataque ser empreendido contra o senhor."

"Você é de uma alegria ímpar, Pagett", falei. "Sua imaginação não tem freios, tenho certeza. Se eu fosse você, iria ao baile como o esqueleto da morte ou um carrasco. Vai combinar com seu estilo pesaroso de beleza."

Minha frase calou-o por ora. Fui para o convés. A garota de sobrenome Beddingfeld estava em uma conversa profunda com o pároco missionário, Chichester. As mulheres sempre revoam ao redor dos párocos.

Um homem do meu porte odeia se curvar, mas tive a cortesia de pegar um pedaço de papel que pairava aos pés do pároco.

Não recebi nenhuma palavra de agradecimento pelo esforço que fiz. Na verdade, não pude deixar de ver o que estava escrito na folha de papel. Havia apenas uma frase:

"Se tentar avançar por conta própria, vai se dar mal".

Uma coisa boa para um pároco dizer, não é mesmo? Fico imaginando quem é esse tal Chichester. Parece suave como leite morno, mas as aparências enganam. Vou perguntar o que Pagett sabe sobre ele. Pagett sempre sabe de tudo.

Graciosamente, me afundei na minha espreguiçadeira ao lado de Mrs. Blair, interrompendo assim seu tête-à-tête com Race, e observei que eu não sabia o que o homem de Deus estava tramando naquele momento.

Então, eu a convidei para jantar comigo na noite do baile à fantasia. De um jeito ou de outro, Race conseguiu ser incluído no convite.

Depois do almoço, a garota Beddingfeld veio tomar um cafezinho conosco, e eu pude notar que estava certo sobre suas pernas: são as melhores do navio. Certamente também a convidarei para jantar.

Gostaria muito de saber que travessuras Pagett aprontou em Florença. Sempre que a Itália é mencionada, ele fica em pânico. Se eu não soubesse o quanto é respeitável, suspeitaria que tem algum amor indigno lá...

É o que imagino agora! Mesmo os homens mais respeitáveis... Isso me deixaria imensamente mais animado.

Pagett, com uma culpa secreta! Esplêndido!

Capítulo 13

Foi uma noite curiosa.

A única fantasia da barbearia que me serviu foi a de ursinho de pelúcia. Não me importo de brincar de urso com algumas jovens simpáticas em uma noite de inverno na Inglaterra, mas não é uma fantasia ideal para a linha abaixo do equador. Contudo, reuni uma boa parcela de animação e ganhei o primeiro prêmio por fantasia "de bordo" — um termo absurdo para um traje alugado para aquela noite. Ainda assim, como parecia que ninguém fazia a menor ideia se tinham sido feitas ou trazidas a bordo, não importava.

Mrs. Blair recusou-se a se fantasiar. Aparentemente, ela concorda com Pagett com relação a esse assunto. Coronel Race seguiu o exemplo dela. Anne Beddingfeld criou uma fantasia de cigana para si que lhe caiu extraordinariamente bem. Pagett avisou que estava com dor de cabeça e não compareceu. Para substituí-lo, convidei um sujeitinho esquisito chamado Reeves, um membro proeminente do Partido Trabalhista Sul-Africano. Homenzinho horrível, mas quero continuar a seu lado, pois ele me fornece as informações de que preciso. Quero entender esse negócio de Witwatersrand pelos dois lados.

O assunto quente da noite eram as danças. Dancei duas vezes com Anne Beddingfeld, e ela precisou fingir que gostou. Dancei uma vez com Mrs. Blair, que não se preocupou em fin-

gir, e vitimizei várias outras donzelas cuja aparência me impressionou de modo favorável.

Em seguida, descemos para o jantar. Pedi champanhe, o camareiro sugeriu o Clicquot 1911 como o melhor que havia no barco, e eu aceitei a sugestão. Parecia que tinha descoberto a única coisa que soltaria a língua do Coronel Race. Longe de ser taciturno, o homem virou um verdadeiro tagarela. Durante algum tempo, aquilo me divertiu, depois me ocorreu que Coronel Race, e não eu, estava virando a vida e a alma da festa. Ele me zombou durante um bom tempo sobre manter um diário.

"Um dia desses, isso vai revelar todas as suas indiscrições, Pedler."

"Meu caro Race", retruquei, "atrevo-me a sugerir que não sou exatamente o tolo que pensa que sou. Posso cometer indiscrições, mas não as ponho no papel de jeito nenhum. Após a minha morte, meus executores conhecerão minha opinião sobre muitas pessoas, mas duvido que encontrem alguma coisa que acrescente ou diminua a opinião que têm sobre mim. Um diário é útil para registrar as idiossincrasias de outras pessoas, mas não as nossas."

"Mas existe essa coisa de autorrevelação inconsciente."

"Aos olhos do psicanalista, todas as coisas são vis", respondi de forma concisa.

"O senhor deve ter tido uma vida muito interessante, Coronel Race", disse Miss Beddingfeld, encarando-o com olhos arregalados e brilhantes.

É assim que elas fazem, essas garotas! Otelo encantou Desdêmona ao contar suas histórias, mas, claro, Desdêmona não encantou Otelo pela maneira como o ouvia?

De qualquer forma, a garota provocou Coronel Race direitinho. Ele começou a contar histórias de leões. Um homem que caçou leões em grandes quantidades tem uma vantagem injusta sobre outros homens. Pareceu-me adequado naquele momento eu também contar uma história de leão. Uma de um personagem mais animado.

96 · AGATHA CHRISTIE ·

"A propósito", observei, "isso me lembra uma história bastante emocionante que ouvi. Um amigo meu estava em uma viagem de caça em algum lugar da África Oriental. Certa noite, ele saiu da tenda por algum motivo e foi surpreendido por um rosnado baixo. Virou-se bruscamente e viu um leão agachado, pronto para dar o bote. Ele havia deixado seu rifle na tenda. Em um estalar de dedos, ele se abaixou, e o leão saltou bem acima de sua cabeça. Irritado por não o ter encontrado, o animal rosnou e se preparou para saltar de novo, e mais uma vez ele se abaixou, e de novo o leão saltou sobre ele. Quando aconteceu pela terceira vez, ele já estava perto da porta de sua tenda, entrou correndo e pegou seu rifle. Quando saiu com o rifle na mão, o leão havia desaparecido. Aquilo o intrigou sobremaneira. Ele contornou a parte de trás da tenda, onde havia uma pequena clareira. E lá estava o leão, ocupado praticando seus botes."

A história foi recebida com aplausos estrondosos. Bebi um pouco de champanhe.

"Em outra ocasião", observei, "esse amigo meu teve uma segunda experiência curiosa. Estava viajando pelo país e, ansioso para chegar a seu destino antes do calor do dia, ordenou que seus rapazes atrelassem os animais enquanto ainda estava escuro. Tiveram alguma dificuldade em fazê-lo, pois as mulas estavam muito inquietas, mas, por fim, conseguiram, e a viagem começou. As mulas avançavam apressadas como o vento e, quando amanheceu, perceberam o porquê. Na escuridão, os meninos tinham atrelado um leão perto da roda da carroça."

Essa história também foi bem-recebida, uma onda de animação percorreu a mesa, mas não sei ao certo se a maior homenagem não veio do meu amigo, o membro do Partido Trabalhista, que permaneceu pálido e sério.

"Meu Deus!", exclamou ele, cheio de ansiedade. "Quem os desarmou?"

"Preciso ir para a Rodésia", disse Mrs. Blair. "Depois do que nos contou, Coronel Race, é simplesmente necessário. Mas é uma viagem terrível, cinco dias de trem."

"A senhora devia se juntar a mim em meu carro particular", sugeri, todo galante.

"Ah, Sir Eustace, que gentileza sua! Está realmente falando sério?"

"Estou falando sério!", exclamei em tom de censura e bebi outra taça de champanhe.

"Mais uma semana e estaremos na África do Sul", suspirou Mrs. Blair.

"Ah, a África do Sul", repeti em um tom sentimental e comecei a citar um discurso recente meu no Instituto Colonial. "O que a África do Sul tem a mostrar para o mundo? O quê? Suas frutas e fazendas, sua lã e suas acácias, seus rebanhos e peles, suas minas de ouro e diamantes..."

Eu estava apressado, porque sabia que, assim que fizesse uma pausa, Reeves se intrometeria e me informaria que as peles não valiam nada, porque os animais ficavam presos no arame farpado, ou algo parecido, estragaria todo o restante da história e terminaria falando das dificuldades dos mineiros de Witwatersrand. E eu não estava com vontade de ser ofendido por ser um capitalista. No entanto, a interrupção veio de outra fonte quando falei a palavra mágica "diamantes".

"Diamantes!", repetiu Mrs. Blair em êxtase.

"Diamantes!", suspirou Miss Beddingfeld.

As duas haviam se voltado ao Coronel Race.

"Suponho que já esteve em Kimberley?"

Eu também havia estado em Kimberley, mas não consegui dizer a tempo. Race estava sendo inundado de perguntas: Como eram as minas? Era verdade que os nativos eram mantidos trancados em complexos? E assim por diante.

Race respondeu às perguntas e mostrou um bom domínio do assunto, descreveu os métodos de alojamento dos nativos, as buscas instituídas e os diversos cuidados que a minerado-ra De Beers tomava.

"Então, é praticamente impossível roubar diamantes?", questionou Mrs. Blair com um ar de decepção tão nítido que era como se estivesse seguindo para lá com esse único objetivo.

"Nada é impossível, Mrs. Blair. Roubos acontecem... como o caso que lhe contei em que aquele kafir *escondeu a pedra em um ferimento."*

"Sim, mas em grande escala?"

"Uma vez, faz poucos anos. Pouco antes da guerra, na verdade. O senhor deve se lembrar do caso, Pedler. Estava na África do Sul naquela época?"

Concordei com a cabeça.

"Conte-nos", pediu Miss Beddingfeld. "Ora, conte-nos!"

Race sorriu.

"Muito bem, vou lhes contar essa história. Acredito que a maioria de vocês já ouviu falar de Sir Laurence Eardsley, o grande magnata da mineração sul-africana. Suas minas eram de ouro, mas ele entra na história através de seu filho. Talvez vocês se lembrem que, pouco antes da guerra, surgiram rumores sobre uma nova mina em potencial de Kimberley, escondida em algum lugar no solo rochoso das selvas da Guiana Britânica. Dois jovens exploradores, segundo relatos, haviam retornado daquela parte da América do Sul trazendo consigo uma notável coleção de diamantes brutos, alguns deles de tamanho considerável. Pequenos diamantes já haviam sido encontrados nas proximidades dos rios Essequibo e Mazaruni, mas esses dois jovens, John Eardsley e seu amigo Lucas, afirmaram ter descoberto leitos de grandes depósitos de carbono na nascente comum de dois riachos. Os diamantes eram de todas as cores, rosa, azuis, amarelos, verdes, pretos e do mais puro branco. John Eardsley e Lucas seguiram para Kimberley, onde apresentariam aquelas pedras preciosas para inspeção. Ao mesmo tempo, descobriu-se que um roubo sensacional havia ocorrido na De Beers. Para enviar diamantes à Inglaterra,

eles são reunidos em um pacote, que permanece no grande cofre, cujas duas chaves são guardadas por dois homens diferentes, enquanto um terceiro homem conhece a combinação. Eles são entregues ao banco, que os envia à Inglaterra. Cada pacote vale cerca de cem mil libras.

"Nesta ocasião, o banco ficou surpreso com um elemento um tanto incomum no selamento do pacote. Abriram-no e descobriram que ele continha torrões de açúcar!

"Não sei exatamente como as suspeitas acabaram recaindo sobre John Eardsley. Lembraram que ele havia sido muito desobediente em Cambridge e que seu pai havia pagado suas dívidas mais de uma vez. De qualquer forma, logo se descobriu que a história dos campos de diamantes na América do Sul era toda uma fantasia. John Eardsley foi preso. Em sua posse, foi encontrada parte dos diamantes da De Beers.

"Mas o caso nunca foi julgado em um tribunal. Sir Laurence Eardsley pagou uma quantia semelhante à dos diamantes perdidos, e a De Beers não levou o processo adiante. Nunca se soube como exatamente o roubo foi cometido, mas a ideia de que seu filho era um ladrão partiu o coração do velho. Teve um derrame pouco tempo depois. Quanto a John, seu destino foi de certa forma misericordioso. Ele se alistou no Exército, foi para a guerra, lutou bravamente e foi assassinado, apagando assim a mancha em seu nome. O próprio Sir Laurence teve um terceiro derrame e morreu há cerca de um mês sem deixar testamento, e sua vasta fortuna passou para o parente mais próximo, um homem que mal conhecia."

O coronel fez uma pausa. Eclodiu uma barafunda de exclamações e perguntas. Alguma coisa pareceu atrair a atenção de Miss Beddingfeld e ela se virou na cadeira. Ao pequeno suspiro que ela deu, eu também me virei.

Meu novo secretário, Rayburn, estava parado à porta e, embaixo de seu bronzeado, o rosto tinha a palidez de quem vira um fantasma. Era evidente que a história de Race o comoveu profundamente.

Quando de repente se deu conta de nosso escrutínio, se virou abruptamente e desapareceu.

"O senhor sabe quem é aquele?", perguntou Anne Beddingfeld também de repente.

"É meu outro secretário", expliquei. "Mr. Rayburn. Estava mal de saúde até agora."

Ela brincou com o pão que estava em seu prato.

"Ele é seu secretário faz muito tempo?"

"Não muito tempo", disse eu com toda a cautela, o que é inútil com uma mulher, pois quanto mais a pessoa se refreia, mais ela pressiona.

Anne Beddingfeld não perdeu tempo para fazê-lo.

"Quanto tempo?", perguntou ela sem rodeios.

"Bem... hum... eu o contratei pouco antes de partir. Um velho amigo meu o recomendou."

Ela não disse mais nada, apenas caiu em um silêncio pensativo. Virei-me para Race com a sensação de que era minha vez de demonstrar interesse por sua história.

"Quem é o parente mais próximo de Sir Laurence, Race? O senhor sabe?"

"Claro que sei", respondeu ele, com um sorriso. "Sou eu mesmo!"

Capítulo 14

(Aqui se retoma a narrativa de Anne)

Foi na noite do baile à fantasia que decidi que havia chegado a hora de confiar em alguém. Até aquele momento, eu havia jogado sozinha e gostado bastante. Mas, de repente, tudo mudou. Desconfiei do meu próprio julgamento e, pela primeira vez, um sentimento de solidão e desolação tomou conta de mim.

Sentei-me na beirada do meu beliche, ainda com meu vestido cigano, e considerei a situação. Pensei primeiro no Coronel Race. Ele parecia gostar de mim e seria gentil, com certeza. E não era bobo. No entanto, enquanto pensava nisso, vacilei. Era um homem de personalidade dominante e tiraria todo o assunto das minhas mãos. E este mistério era *meu*! Havia também outros motivos e seria difícil eu reconhecer para mim mesma, mas que tornavam desaconselhável confiar no Coronel Race.

Depois, pensei em Mrs. Blair. Ela também havia sido gentil comigo. Não me iludi acreditando que realmente significava alguma coisa, era provável que tivesse sido um mero capricho do momento. Mesmo assim, eu havia conseguido atrair seu interesse. Era uma mulher que havia experimentado a maioria das sensações comuns da vida. Propus-me a fornecer-lhe uma sensação extraordinária! E eu gostava dela, de seus modos descontraídos, de sua falta de sentimentalismo, da ausência nela de qualquer forma de afetação.

Eu havia tomado minha decisão e decidi procurá-la naquele momento. Sem dúvida ela ainda não havia se recolhido.

Então, me lembrei de que não sabia o número de sua cabine. Minha amiga, a camareira noturna, provavelmente saberia.

Toquei a campainha. Depois de algum tempo de espera, fui atendida por um homem, que me deu as informações que eu queria. A cabine de Mrs. Blair era a de número 71. Ele pediu desculpas pela demora em atender a campainha, mas explicou que estava com todas as cabines para atender.

— E a camareira, onde está? — perguntei.

— Todos saem do serviço às 22 horas.

— Não... quero dizer a camareira noturna.

— Não há camareiras à noite, senhorita.

— Mas... mas uma camareira apareceu outra noite... por volta de uma hora.

— A senhorita devia estar sonhando. Não há camareiras a serviço depois das 22 horas.

Ele retirou-se, e eu fiquei digerindo aquela informação. Quem tinha sido aquela mulher que foi até a minha cabine na noite do dia 22? Meu rosto ficou mais sério quando percebi a astúcia e a audácia de meus antagonistas desconhecidos. Depois, recompondo-me, saí da minha cabine e procurei Mrs. Blair. Bati à porta.

— Quem é? — perguntou sua voz lá de dentro.

— Sou eu... Anne Beddingfeld.

— Ora, entre, ciganinha.

Eu entrei. Havia uma grande quantidade de roupas espalhadas, e a própria Mrs. Blair estava vestida com um dos quimonos mais lindos que eu já tinha visto. Era todo laranja, dourado e preto, e me deu até uma pontada de inveja só de olhar.

— Mrs. Blair — falei —, quero lhe contar a história da minha vida, quer dizer, se não for tarde demais e a senhora não ficar entediada.

— Nem um pouco. Sempre detesto ir para a cama — confessou Mrs. Blair, com o rosto se enrugando naqueles sorrisos encantadores. — E eu adoraria ouvir a história de sua vida. Você é uma criatura muito incomum, ciganinha. A ninguém mais ocorreria vir até mim à uma da manhã para me contar a história de sua vida. Especialmente depois de ignorar minha curiosidade natural durante semanas, como você fez! Não estou acostumada a ser desprezada. Tem sido uma novidade bastante agradável. Sente-se no sofá e tire esse peso de seus ombros.

Contei a ela toda a história. Demorou algum tempo porque eu me atentei a todos os detalhes. Ela deu um suspiro profundo quando terminei, mas não falou nada do que eu esperava que ela dissesse. Em vez disso, olhou para mim, deu uma risadinha e disse:

— Sabia, Anne, que você é uma garota bastante incomum? Nunca teve receio?

— Receio? — questionei, intrigada.

— Sim, receio, receio, receio! Partiu assim, sozinha, praticamente sem dinheiro. O que vai fazer quando se encontrar em um país estranho e sem todo seu dinheiro?

— Não adianta me preocupar com isso até que aconteça. Ainda tenho bastante dinheiro. As 25 libras que Mrs. Flemming me deu estão praticamente intactas, e ontem ganhei a loteria do navio. São mais quinze libras. Ora essa, eu tenho *muito* dinheiro. Quarenta libras!

— Muito dinheiro! Meu Deus! — murmurou Mrs. Blair. — *Eu* não conseguiria, Anne, e, à minha maneira, coragem é o que não me falta. Eu não poderia partir alegremente com algumas libras no bolso e sem ideia do que fazer e aonde ir.

— Mas essa é a graça! — exclamei, completamente empolgada. — É o que dá uma esplêndida sensação de aventura.

Ela olhou para mim, assentiu com a cabeça uma ou duas vezes e depois sorriu.

104

— Anne, que sortuda! Não há muitas pessoas no mundo que sintam as coisas como você.

— Bem — falei com certa impaciência —, o que acha de tudo isso, Mrs. Blair?

— Acho que é a coisa mais emocionante que já ouvi! Agora, para começo de conversa, pare de me chamar de Mrs. Blair. Suzanne é sempre muito melhor. Combinado?

— Eu adoraria, Suzanne.

— Essa é minha garota. Agora, vamos ao que interessa. Você disse que reconheceu no secretário de Sir Eustace, não naquele Pagett de rosto comprido, no outro, o homem que foi esfaqueado e foi até sua cabine buscar abrigo?

Concordei com a cabeça.

— Isso nos dá dois elos que ligam Sir Eustace a toda a confusão. A mulher foi assassinada na casa *dele*, e *seu* secretário foi esfaqueado na mística uma hora da manhã. Não suspeito do próprio Sir Eustace, mas tudo isso não pode ser uma simples coincidência. Existe uma conexão em algum lugar, mesmo que ele próprio não tenha consciência disso. Depois, há a estranha história da camareira — continuou ela, pensativa. — Como ela era?

— Quase não notei como era. Eu estava tão animada e nervosa... e uma camareira parecia um anticlímax sem tamanho. Mas... sim... achei que o rosto dela era familiar. Se eu a tivesse visto por aí no navio, claro que seria.

— Então, o rosto dela parecia familiar para você — confirmou Suzanne. — Tem certeza de que não era um homem?

— Era muito alta — admiti.

— Hum. Creio que não era Sir Eustace, nem Mr. Pagett... Espere!

Ela pegou um pedaço de papel e começou a desenhar freneticamente. Em seguida, inspecionou o resultado com a cabeça inclinada para um lado.

— Bem parecido com o Reverendo Edward Chichester. Agora, vejamos as minúcias. — Ela passou o papel para mim.

— Esta é sua camareira?

— Ora essa, sim! — gritei. — Suzanne, como você é esperta! Ela desdenhou do elogio com um gesto leve.

— Sempre suspeitei desse tal Chichester. Você se lembra de como ele deixou cair a xícara de café e assumiu aquela coloração esverdeada quando estávamos discutindo Crippen outro dia?

— E ele tentou pegar a cabine 17!

— Sim, tudo se encaixa até agora. Mas o que tudo isso *significa*? O que realmente devia ter acontecido à uma hora na cabine 17? Não pode ser o esfaqueamento do secretário. Não faria sentido definirem uma hora especial, em um dia especial, em um lugar especial. Não, deve ter sido algum tipo de compromisso, e ele estava a caminho de cumpri-lo quando o esfaquearam. Mas com quem foi o encontro? Certamente não com você. Talvez tenha sido com Chichester. Ou pode ter sido com Pagett.

— Parece improvável — contestei —, eles podem se encontrar a qualquer momento.

Nós duas ficamos em silêncio por um minuto ou dois, então Suzanne começou a tomar outro rumo.

— Será que pode haver alguma coisa escondida na cabine?

— Isso parece mais provável — concordei. — Explicaria o fato de minhas coisas terem sido reviradas na manhã seguinte. Mas não havia nada escondido ali, tenho certeza.

— Será que o rapaz não colocou alguma coisa em uma gaveta na noite anterior?

Fiz que não com a cabeça.

— Eu teria percebido.

— Será que estavam procurando seu precioso pedaço de papel?

— Talvez, mas parece bastante sem sentido. Era apenas uma hora e uma data... e as duas já haviam passado.

Suzanne assentiu.

— Claro, é verdade. Não, não foi o papel. A propósito, você está com ele aí? Gostaria de vê-lo.

Eu havia levado o papel comigo como sendo a prova A e entreguei a ela. Ela examinou-o, franzindo a testa.

— Há um ponto depois do 17. Por que não há um ponto depois do 1 também?

— Tem um espaço — falei, apontando.

— Sim, tem um espaço, mas...

De repente, ela se levantou e encarou o papel, segurando-o o mais próximo possível da luz. Havia uma agitação reprimida em seus modos.

— Anne, isso não é um ponto! Isso é uma imperfeição no papel! Uma imperfeição no papel, entende? Então, você precisa ignorar essa imperfeição e simplesmente seguir os espaços... os espaços!

Nesse momento, eu já havia me levantado e parado ao lado dela. Li os números tal como os via agora.

— 1 71 22.

— Entende? — perguntou Suzanne. — É a mesma coisa, mas não exatamente. Ainda é uma hora, e o dia é 22... mas é a cabine 71! *Minha* cabine, Anne!

Ficamos olhando uma para a outra, tão satisfeitas com nossa nova descoberta e tão entusiasmadas que dava para pensar que havíamos resolvido todo o mistério. Então, voltei à realidade com um solavanco.

— Mas, Suzanne, não aconteceu nada aqui à uma hora do dia 22, certo?

Ela também caiu em si.

— Não, não aconteceu.

Outra ideia me ocorreu.

— Esta não é sua cabine, não é, Suzanne? Digo, não é aquela que você reservou originalmente?

— Não, o comissário me deu esta cabine.

— Pergunto-me se ela foi reservada antes da partida para outra pessoa... alguém que não apareceu. Suponho que possamos descobrir.

— Não precisamos descobrir, ciganinha — gritou Suzanne. — Eu sei quem foi! O comissário me contou. A cabine foi reservada em nome de Mrs. Grey... mas parece que Mrs. Grey era apenas um pseudônimo da famosa Madame Nadina. É uma dançarina russa famosa, sabe? Nunca apareceu em Londres, mas Paris está enlouquecida com ela. Teve um grande sucesso lá durante toda a guerra. Sua reputação não é das melhores, acredito eu, mas ela é das mais atraentes. O comissário expressou seu pesar da maneira mais sincera por ela não estar a bordo quando me deu sua cabine, e, em seguida, o Coronel Race me contou muitos fatos sobre ela. Parece que havia histórias muito estranhas circulando em Paris. Era suspeita de espionagem, mas não conseguiram provar nada. Imagino que o Coronel Race esteve lá simplesmente por esse motivo. Contou-me algumas coisas muito interessantes. Havia uma gangue bastante organizada que não tinha origem alemã. Na verdade, acreditava-se que seu chefe, um homem sempre referido como o "Coronel", era um inglês, mas nunca tiveram pistas de sua identidade. No entanto, não há dúvida de que controlava uma organização considerável de bandidos internacionais. Roubos, espionagem, agressões, ele empreendia tudo isso... e geralmente providenciava um bode expiatório inocente para sofrer a pena. Ele devia ser diabolicamente esperto! Essa mulher devia ser uma de suas agentes, mas não conseguiram encontrar nada que comprovasse. Sim, Anne, estamos no caminho certo. Nadina é a mulher certa para estar envolvida neste negócio. O encontro da manhã do dia 22 foi com ela nesta cabine, mas onde ela está agora? Por que não subiu a bordo deste navio?

Sobre mim, veio uma luz.

— Ela pretendia estar a bordo — disse eu, devagar.

— Então, por que não está?

— *Porque estava morta.* Suzanne, Nadina foi a mulher assassinada em Marlow!

Minha mente voltou para o quarto vazio da casa vazia e ali tomou conta de mim novamente a sensação indefinível de ameaça e maldade. Com ela, veio a lembrança da queda do lápis e a descoberta do rolo de filme. Um rolo de filme: isso fez ressoar uma nota mais recente. Onde eu tinha ouvido falar de um rolo de filme? E por que associei esse pensamento a Mrs. Blair?

De repente, avancei até ela e quase a sacudi de tanta empolgação.

— Seu filme! Aquele que foi passado para você pela escotilha? Não foi no dia 22?

— Aquele que eu perdi?

— Como sabe que era o mesmo? Por que alguém o devolveria dessa maneira... no meio da noite? É uma ideia maluca. Não... era uma mensagem, o filme fora retirado do invólucro amarelo e outra coisa colocada lá dentro. Ainda está com ele?

— Talvez eu tenha usado. Não, aqui está. Lembro que joguei no armário ao lado do beliche.

Ela o estendeu para mim.

Era um cilindro redondo comum de estanho, como os filmes que são acondicionados para os trópicos. Peguei-o com a mão trêmula, e, ao fazê-lo, meu coração deu um salto. Estava mais pesado do que devia ser.

Com dedos trêmulos, retirei a fita adesiva que o mantinha hermeticamente protegido. Tirei a tampa, e uma torrente de pedrinhas foscas e vítreas rolou sobre a cama.

— Seixos — falei, decepcionada.

— Seixos?! — exclamou Suzanne. O tom em sua voz me deixou agitada. — Seixos? Não, Anne, não são seixos! São *diamantes*!

Capítulo 15

Diamantes!

Encarei, fascinada, o montinho vítreo espalhado sobre o beliche. Peguei uma pedrinha que, se não fosse pelo peso, poderia ser um fragmento de garrafa quebrada.

— Tem certeza, Suzanne?

— Ah, tenho, minha querida. Já vi muitos diamantes brutos na vida, não tenho dúvida. E são lindos, Anne... e, admito, alguns deles são únicos. Existe uma história por trás disso.

— Aquela que ouvimos hoje à noite! — exclamei.

— Você está falando...

— A história do Coronel Race. Não pode ser uma coincidência. Ele contou aquela história com um objetivo.

— Para ver o efeito que causaria, é isso?

Concordei com a cabeça.

— O efeito sobre Sir Eustace?

— Exato.

Mas, enquanto eu confirmava, uma dúvida me agarrou: Sir Eustace fora submetido a um teste ou a história fora contada em *meu* benefício? Lembrei-me da impressão que tivera naquela noite anterior de ter sido deliberadamente "sondada". Por um ou outro motivo, Coronel Race ficou desconfiado. Mas aonde ele queria chegar? Que possível ligação ele poderia ter com o caso?

— Quem *é* o Coronel Race? — indaguei.

— É uma boa pergunta — respondeu Suzanne. — Ele é bastante conhecido como um caçador de grandes espécimes e, como você mesma o ouviu dizer hoje à noite, era um primo distante de Sir Laurence Eardsley. Na verdade, eu o conheci aqui, nesta viagem. Ele viaja bastante para a África. Dizem que ele trabalha no Serviço Secreto, mas não faço ideia se é verdade ou não. Sem dúvida, é uma pessoa bastante misteriosa.

— Creio que recebeu um bom dinheiro como herdeiro de Sir Laurence Eardsley?

— Anne, minha querida, ele deve estar *nadando* em dinheiro. Sabe de uma coisa? Ele seria um partido esplêndido para você.

— Com você a bordo, nem consigo dar em cima dele — falei, rindo. — Ah, essas mulheres casadas!

— Temos uma vantagem — murmurou Suzanne em um tom complacente. — E todo mundo sabe que sou absolutamente devota a Clarence... sabe, meu marido. É tão seguro e agradável fazer amor com uma esposa dedicada.

— Deve ser muito bom para Clarence estar casado com alguém como você.

— Bem, estou habituada a viver dessa forma! Mesmo assim, ele sempre dá uma escapada até o Ministério das Relações Exteriores, onde põe seu monóculo e vai dormir em uma poltrona imensa. Vamos enviar um cabograma para ele, pedindo para nos contar tudo o que sabe sobre Race. Adoro enviar cabogramas. E eles irritam tanto Clarence... Ele sempre diz que uma carta teria o mesmo efeito. Acredito que ele não nos diria nada, porque é terrivelmente discreto. Por isso é tão difícil conviver com ele por tanto tempo. Mas vamos continuar com nossa brincadeira de cupido. Tenho certeza de que Coronel Race está deveras atraído por você, Anne. Lance alguns olhares para ele com esses seus olhos maliciosos e a missão estará cumprida. Todo mundo arranja noivados a bordo de navios. Não tem mais nada para fazer mesmo.

— Não quero me casar.

— Não? — perguntou Suzanne. — Por que não? Eu adoro ser casada... mesmo que seja com Clarence!

Ignorei a irreverência dela.

— O que quero saber é o que Coronel Race tem a ver com isso — falei com determinação. — Ele está envolvido nessa questão de algum jeito.

— Não acha que foi mero acaso ele contar aquela história?

— Não, não foi — respondi em tom decidido. — Ele estava nos observando de perto. Você lembra que *alguns* dos diamantes foram recuperados, não todos. Talvez estes sejam os que faltam... ou talvez...

— Talvez o quê?

Não respondi de imediato.

— Eu gostaria de saber... o que aconteceu com o outro jovem. Não Eardsley, mas... qual era o nome dele...? Lucas!

— De qualquer forma, estamos jogando alguma luz sobre o caso. Essas pessoas todas estão atrás dos diamantes. Deve ter sido para conseguir botar a mão nessas pedras que o "homem do terno marrom" matou Nadina.

— Ele não a matou — falei de um jeito enfático.

— Claro que ele a matou. Quem mais pode ter sido?

— Não sei. Mas tenho certeza de que ele não a matou.

— Ele entrou na casa três minutos depois dela, e saiu branco como cera.

— Porque ele a encontrou morta.

— Mas ninguém mais entrou lá.

— Então, o assassino já estava na casa ou entrou de alguma outra forma. Não há necessidade de passar pela edícula, ele pode ter pulado o muro.

Suzanne virou-se para mim de uma vez.

— O "homem do terno marrom" — refletiu ela. — Quem será que ele era? De qualquer forma, era idêntico ao "médico" do metrô. Será que ele teve tempo de tirar a maquiagem e seguir a mulher até Marlow? Ela e Carton deviam ter se encontrado lá, os dois tinham pedido para visitar a mesma casa e, se tomaram precauções tão elaboradas para fazer com que seu encontro parecesse acidental, devem ter suspeitado que estavam sendo seguidos. Mesmo assim, Carton *não sabia* que seu observador era o "homem do terno marrom". Ao reconhecê-lo, o choque foi tão grande que perdeu completamente a cabeça e deu um passo para trás, caindo nos trilhos. Tudo parece bastante claro, não acha, Anne?

Não respondi.

— Sim, foi assim que aconteceu. Ele pegou o papel do morto e, na pressa de fugir, deixou-o cair. Depois disso, seguiu a mulher até Marlow. O que ele fez quando saiu de lá, quando a matou ou, segundo você, a encontrou morta? Aonde ele foi?

Continuei sem dizer nada.

— Fico me perguntando agora — comentou Suzanne, pensativa. — É possível que ele tenha induzido Sir Eustace Pedler a trazê-lo como seu secretário? Seria uma oportunidade única de sair da Inglaterra em segurança e evitar um alvoroço público. Mas como ele encurralou Sir Eustace? Parece que conseguiu alguma influência sobre ele.

— Ou sobre Pagett — sugeri, mesmo sem querer opinar.

— Você parece não gostar de Pagett, Anne. Sir Eustace diz que ele é um jovem muito capaz e trabalhador. E, realmente, por tudo o que sabemos, ele pode estar contra o homem. Bem, para continuar com minhas suposições. Rayburn é o "homem do terno marrom". Ele lera o papel que deixou cair. Portanto, enganado pelo pontinho como você foi, ele tenta chegar à cabine 17 às 13h do dia 22, tendo antes tentado tomar posse da cabine por meio de Pagett. No caminho até lá, alguém o esfaqueia...

— Quem? — perguntei, interrompendo.

— Chichester. Sim, tudo se encaixa. Envie um cabograma para Lorde Nasby, informando que você encontrou o "homem do terno marrom", e sua fortuna estará feita, Anne!

— Há várias coisas que você ignorou.

— Que coisas? Rayburn tem uma cicatriz, disso eu sei...
mas uma cicatriz pode ser falsificada com bastante facilidade. Ele tem a altura e a constituição adequadas. Qual é
o termo para o tipo de cabeça com o qual você reduziu a
Scotland Yard a pó?

Estremeci. Suzanne era uma mulher instruída e culta, mas
rezei para que não estivesse familiarizada com os termos técnicos da antropologia.

— Dolicocefálica — falei com indiferença.

Suzanne assumiu uma expressão de suspeita.

— Foi isso?

— Sim. Cabeça alongada, sabe? Uma cabeça cuja largura
é inferior a 75 por cento de seu comprimento — expliquei
com eloquência.

Houve uma pausa. Eu estava começando a respirar com
tranquilidade quando, de repente, Suzanne perguntou:

— Qual é o oposto?

— O que quer dizer com... o oposto?

— Bem, deve haver um oposto. Como você chama as cabe-
ças cuja largura é superior a 75 por cento de seu comprimento?

— Braquicefálico — murmurei de má vontade.

— É essa! Achei que tinha sido isso que você falou.

— Eu falei? Deve ter sido um lapso. Eu quis dizer dolico-
cefálico — respondi com toda a convicção que pude reunir.

Suzanne olhou para mim, questionadora. Então, riu.

— Você mente muito bem, ciganinha. Mas vai economizar
tempo e evitar problemas se me contar tudo.

— Não há o que contar — falei, contrariada.

— Não? — insistiu Suzanne com gentileza.

— Acho que vou ter que contar — falei devagar. — Não
me envergonho disso. Não se pode ter vergonha de algo que
simplesmente... acontece com a pessoa. Foi o que ele fez.
Foi detestável... rude e ingrato... mas acho que entendo. É
como se um cachorro que foi acorrentado... ou maltratado...
mordesse qualquer um. Ele era desse jeito: amargo e sempre

rosnando. Não sei por que me importo... mas me importo. Eu me importo de verdade. Só de vê-lo toda a minha vida virou de cabeça para baixo. Eu o amo. Eu o desejo. Vou andar descalça por toda a África até encontrá-lo e farei com que cuide de mim. Eu morreria por ele. Trabalharia para ele, seria sua escrava, roubaria para ele, até mendigaria ou pegaria dinheiro emprestado para ele! Pronto... agora você já sabe!

Suzanne olhou para mim por um longo tempo.

— Você não é muito inglesa, ciganinha — disse ela por fim. — Não há uma gota de sentimentalismo em você. Nunca conheci alguém que fosse ao mesmo tempo tão prática e tão apaixonada. Jamais me importarei assim com ninguém, Deus tenha piedade, e... ainda assim... e ainda assim invejo você, ciganinha. Significa muito ter a capacidade de amar. A maioria das pessoas não consegue. Mas que bênção para seu doutorzinho que você não tenha se casado com ele. Não me parece o tipo de pessoa que gostaria de ter explosivos perigosos em casa! Então, não vamos enviar nenhum cabograma para Lorde Nasby?

Fiz que não com a cabeça.

— E, ainda assim, acredita que ele é inocente?

— Também acredito que inocentes podem ser enforcados.

— Hum... sim. Mas, Anne, minha querida, você pode encarar os fatos agora, enfrentá-los. Apesar de tudo o que diz, ele pode ter assassinado a mulher.

— Não — respondi. — Ele não fez isso.

— Isso é sentimentalismo.

— Não, não é. Ele poderia tê-la matado. Talvez a tenha seguido até lá com essa ideia em mente. Mas não pegaria um pedaço de cordão preto e a estrangularia com ele. Se tivesse feito isso, ele a teria estrangulado com as próprias mãos.

Suzanne estremeceu um pouco. Seus olhos estreitaram-se em apreciação.

— Hum! Anne, estou começando a compreender por que acha esse seu jovenzinho tão atraente!

Capítulo 16

Tive a oportunidade de abordar o Coronel Race na manhã seguinte. A loteria a bordo tinha acabado de ser concluída, e fomos caminhar juntos pelo convés.

— Como está a cigana esta manhã? Ansiando por sua carroça em terra firme?

Fiz que não com a cabeça.

— Agora que o mar está se comportando tão bem, sinto que gostaria de permanecer nele para todo o sempre.

— Que entusiasmo!

— Bem, não está uma manhã linda?

Debruçamo-nos juntos sobre o corrimão. A vista era de uma calmaria cintilante, parecia que haviam espalhado óleo pelo mar. Havia grandes manchas coloridas nele, azuis, verde-claras, esmeralda, roxas e laranja profundo, como uma pintura cubista. Ocasionalmente, surgia um brilho prateado que indicava os peixes voadores. O ar estava úmido e quente, quase pegajoso. Cheirava a uma carícia perfumada.

— Muito interessante a história que você nos contou ontem à noite — falei, rompendo o silêncio.

— Qual delas?

— Aquela dos diamantes.

— Vejo como as mulheres estão sempre interessadas em diamantes.

— Claro que estamos. A propósito, o que aconteceu com o outro jovem? O senhor disse que eram dois.

— O jovem Lucas? Bem, claro que não podiam processar um sem o outro, então ele também ficou impune.

— E o que aconteceu com ele? Digo, no fim das contas. Alguém sabe?

O Coronel Race continuou olhando adiante, para o mar. Seu rosto estava tão desprovido de expressão quanto uma máscara, mas tive a impressão de que não havia gostado das minhas perguntas. No entanto, respondeu prontamente:

— Ele foi para a guerra e se portou com bravura. Foi dado como desaparecido e ferido... considerado morto.

Aquilo respondeu ao que eu desejava saber. Não perguntei mais nada, mas, mais do que nunca, imaginei o quanto o Coronel Race sabia. O papel que estava desempenhando em todo aquele imbróglio me intrigou.

Outra coisa que fiz foi entrevistar o camareiro noturno. Com um pouco de incentivo financeiro, logo consegui que abrisse o bico.

— A senhorita não estava assustada, certo? Parecia um tipo de piada inocente, uma aposta, ou pelo menos foi o que entendi.

Eu consegui tirar tudo dele, pouco a pouco. Na viagem da Cidade do Cabo para a Inglaterra, um dos passageiros lhe entregou um rolo de filme com instruções para que fossem deixados no beliche da cabine 71 à uma hora do dia 22 de janeiro durante a viagem de ida. Uma senhora estaria ocupando a cabine, e o caso foi descrito como uma aposta. Concluí que o camareiro foi pago generosamente por sua parte na transação. O nome da senhora não foi mencionado. Claro que, como Mrs. Blair foi direto para a cabine 71, interpelando o comissário assim que subiu a bordo, nunca ocorreu ao comissário de bordo que não fosse ela a senhora em questão. O nome do passageiro que havia combinado a transação era Carton, e sua descrição correspondia exatamente à do homem morto no metrô.

Dessa forma, em todo caso, um mistério foi esclarecido, e os diamantes eram obviamente a chave para desvendar a situação toda.

Aqueles últimos dias no *Kilmorden* pareceram passar muito rapidamente. À medida que nos aproximávamos da Cidade do Cabo, fui forçada a pensar com cuidado nos meus planos futuros, pois havia uma porção de pessoas que eu desejava observar de perto: Mr. Chichester, Sir Eustace, seu secretário e... sim, Coronel Race! O que eu devia fazer quanto a isso? Claro que foi Chichester quem primeiro chamou minha atenção. Na verdade, eu estava a ponto de dispensar, com relutância, Sir Eustace e Mr. Pagett de sua posição de suspeitos quando uma conversa casual despertou novas dúvidas em minha mente.

Eu não havia me esquecido da emoção incompreensível de Mr. Pagett com a menção à cidade de Florença. Na última noite a bordo, estávamos todos sentados no convés, e Sir Eustace lançou uma pergunta perfeitamente inocente ao secretário. Não me recordo do que se tratava, alguma coisa a ver com os atrasos nas estradas de ferro da Itália, mas reparei de pronto que Mr. Pagett demonstrou a mesma inquietação que antes me chamara a atenção. Quando Sir Eustace chamou Mrs. Blair para uma dança, corri para me sentar na cadeira ao lado do secretário. Eu estava determinada a chegar ao fundo da questão.

— Sempre quis visitar a Itália — comentei. — Especialmente Florença. O senhor gostou muito de lá, não foi?

— Decerto, gostei, Miss Beddingfeld. Se me der licença, tem uma correspondência de Sir Eustace que...

Segurei-o com firmeza pela manga do casaco.

— Ora, não precisa fugir! — exclamei naquele tom irritadiço de viúva idosa. — Tenho certeza de que Sir Eustace não gostaria que o senhor me deixasse sozinha, sem ninguém com quem conversar. Parece que nunca quer comentar sobre Florença. Ah, Mr. Pagett, será que o senhor tem um segredo daqueles?

Eu ainda estava com a mão em seu braço e consegui sentir o sobressalto repentino que ele sofreu.

— De forma alguma, Miss Beddingfeld, de forma alguma — disse ele, com seriedade. — Eu ficaria muito feliz em contar tudo à senhorita, mas, de verdade, há alguns cabogramas...

— Ah, Sr. Pagett, que desculpa esfarrapada! Direi a Sir Eustace...

Não consegui continuar, pois ele se sobressaltou de novo. Os nervos do homem pareciam estar em choque.

— O que a senhorita quer saber?

O martírio resignado de seu tom me fez sorrir por dentro.

— Ora essa, de tudo! As pinturas, as oliveiras... — Fiz uma pausa, um tanto perplexa, antes de perguntar: — Suponho que o senhor fale italiano?

— Nem uma palavra, infelizmente. Mas, claro, com porteiros de hotel e... hum... guias.

— Sim, claro — apressei-me em responder. — E qual foi seu quadro favorito?

— Ah, hum... a *Madonna*... bem, Rafael, a senhorita sabe.

— Minha velha e querida Florença — murmurei em um tom sentimental. — É tão pitoresco às margens do Arno. Um lindo rio. E o Duomo, o senhor se lembra do Duomo?

— É claro, é claro.

— Outro lindo rio, não é? — arrisquei. — Quase mais bonito que o Arno?

— Sem dúvida, devo dizer.

Encorajada pelo sucesso da minha armadilhazinha, continuei, mas havia pouco espaço para dúvidas. Mr. Pagett entregou-se de bandeja com cada palavra que pronunciou. O homem nunca havia estado em Florença na vida.

Mas, se não foi a Florença, onde esteve? Na Inglaterra? Para ser mais exata, na Inglaterra na época do mistério da Casa do Moinho? Decidi dar um passo ousado.

— O curioso é que pensei já ter visto o senhor antes em algum lugar. Mas devo estar enganada, já que o senhor estava em Florença na época. Mas, ainda assim...

Observei-o com seriedade. Havia uma expressão assustadiça em seus olhos. Ele correu a língua pelos lábios secos.

— Onde... hum... onde...

— Eu acho que já vi o senhor? — terminei a frase por ele.

— Em Marlow. O senhor conhece Marlow? Ora, claro, que estupidez da minha parte, Sir Eustace tem uma casa lá!

Então, com uma desculpa incoerente murmurada, minha vítima se levantou e fugiu.

Naquela noite, invadi a cabine de Suzanne, cheia de empolgação.

— Veja só, Suzanne — insisti, ao terminar a história —, ele estava na Inglaterra, em Marlow, na hora do assassinato. Agora, você tem certeza de que o "homem do terno marrom" é o culpado?

— De uma coisa tenho certeza — respondeu Suzanne, piscando, de forma inesperada.

— O quê?

— Aquele "homem do terno marrom" é mais bonito do que o coitado do Mr. Pagett. Não, Anne, não fique zangada, eu estava apenas brincando. Sente-se aqui. Brincadeiras à parte, acho que você fez uma descoberta muito importante. Até então, considerávamos que Pagett tinha um álibi. Agora, sabemos que não.

— Exatamente — confirmei. — Devemos ficar de olho nele.

— Assim como em todos os outros — comentou ela com um tom melancólico. — Aliás, essa é uma das coisas sobre as quais eu queria conversar com você. Sobre isso... e sobre as finanças. Não, não levante esse nariz assim. Sei que você é muito orgulhosa e independente, mas precisa ouvir a voz da razão nesse sentido. Somos parceiras... eu não lhe ofereceria um pêni porque gostei de você ou porque é uma garota sem amigos... o que desejo é uma emoção, e estou disposta a pagar por ela. Vamos entrar nisso juntas, independentemente das despesas. Para começar, você irá comigo ao Hotel Mount Nelson, por minha conta, e planejaremos nossa campanha.

Discutimos essa questão e, no final, eu cedi, mesmo a contragosto. Queria fazer tudo sozinha.

— Está combinado — disse Suzanne, por fim, levantando-se e se espreguiçando com um grande bocejo. — Estou exausta com minha própria eloquência. Agora, vamos discutir nossas vítimas. Mr. Chichester vai para Durban. Sir Eustace irá para o Hotel Mount Nelson, na Cidade do Cabo, e depois parte para a Rodésia. Vai pegar um vagão particular na ferrovia e, em um momento de extroversão, depois da quarta taça de champanhe em uma outra noite, me ofereceu um lugar nele. Ouso dizer que não quis fazê-lo de verdade, mas, mesmo assim, não conseguirá voltar atrás caso eu exija que a promessa se cumpra.

— Ótimo — falei em um tom aprovador. — Você ficará de olho em Sir Eustace e no Mr. Pagett, e eu ficarei com Chichester. Mas e o Coronel Race?

Suzanne encarou-me de um jeito estranho.

— Anne, não é possível que você suspeite...

— Suspeito. Eu suspeito de todo mundo. Desconfio até mesmo da pessoa mais improvável.

— O Coronel Race também vai para a Rodésia — revelou Suzanne, pensativa. — Se pudéssemos providenciar para que Sir Eustace o convidasse também...

— Você consegue. Você consegue fazer qualquer coisa.

— Amo lisonjas — ronronou Suzanne.

Separamo-nos no entendimento de que Suzanne deveria empregar seus talentos da melhor forma possível.

Fiquei muito animada e, por isso, não consegui ir para a cama de imediato. Era minha última noite a bordo. No dia seguinte bem cedo estaríamos na Baía da Mesa.

Esgueirei-me pelo convés. A brisa estava bem fresca. O barco balançava um pouco naquele mar agitado. Os conveses estavam escuros e desertos. Já passava da meia-noite.

Debrucei-me no corrimão, observando o rastro fosforescente de espuma. A nossa frente estava a África, estávamos singrando águas escuras na direção dela. Senti-me sozinha em um mundo maravilhoso. Envolta em uma estranha paz, fiquei ali parada, sem prestar atenção ao tempo, perdida em meio a um sonho.

E, de repente, tive uma curiosa premonição íntima de perigo próximo. Não ouvi nada, mas, por instinto, me virei. Uma forma sombria surgiu atrás de mim. Quando me virei, ela saltou. Uma das mãos agarrou minha garganta, abafando qualquer grito que eu pudesse dar. Debati-me em desespero, mas foi em vão. Estava meio sufocada pelo aperto em minha garganta, mas mordi, puxei e arranhei como apenas uma mulher poderia fazer. A figura não conseguia se defender, pois tinha que continuar me impedindo de gritar. Se tivesse conseguido me alcançar de surpresa, teria sido fácil para ele me atirar ao mar com um empurrão repentino. Os tubarões teriam cuidado do resto.

Senti-me enfraquecendo quanto mais eu lutava. Meu agressor também sentiu minha fraqueza e usou todas as forças. E, então, correndo de forma rápida e silenciosa, outra sombra se aproximou. Com um soco desferido, fez meu oponente cair com tudo no convés. Já livre, caí de costas contra a amurada, trêmula e machucada.

Meu salvador virou-se para mim com um movimento rápido.

— Está ferida! — Havia alguma coisa de selvagem em seu tom, uma ameaça contra a pessoa que ousou me machucar.

Mesmo antes de ele falar, eu o reconheci. Era o meu homem, o homem com a cicatriz.

Mas no momento em que sua atenção foi desviada para mim, o inimigo caído aproveitou a oportunidade. Rápido como um raio, se levantou e desceu em disparada pelo convés. Com uma imprecação, Rayburn saltou atrás dele.

Sempre odeio ficar por fora das coisas e acompanhei a perseguição de longe. Contornando o convés, fomos para estibordo do navio. Ali, perto da porta do salão, jazia o homem todo encolhido. Rayburn estava curvado sobre ele.

— Você bateu nele de novo? — perguntei, resfolegando.

— Não precisei — respondeu ele de um jeito sombrio. — Encontrei-o caído perto da porta. Ou então ele não conseguiu abri-la e está fingindo. Descobriremos em breve. E também descobriremos quem ele é.

Com o coração palpitando, me aproximei. Percebi que meu agressor era um homem maior do que Chichester. De qualquer forma, Chichester era uma criatura flácida que talvez usasse uma faca em caso de emergência, mas teria pouca força nas mãos.

Rayburn riscou um fósforo para iluminá-lo, e nós dois soltamos uma exclamação. O homem era Guy Pagett.

Rayburn pareceu estupefato com a descoberta.

— Pagett — murmurou ele. — Meu Deus, Pagett.

Tive uma leve sensação de superioridade.

— Você parece surpreso — comentei.

— Estou mesmo — disse Rayburn, pesaroso. — Nunca suspeitei... — Ele se virou de repente para mim. — E a senhorita? Não ficou surpresa? Suponho que a senhorita o tenha reconhecido quando ele a atacou?

— Não, não reconheci. Mesmo assim, não fiquei tão surpresa.

Ele olhou para mim com desconfiança.

— Fico imaginando, de onde a senhorita veio e o quanto sabe?

Eu sorri.

— Muito, Mr.... hum... Lucas!

Ele tomou meu braço, a força inconsciente de seu aperto me fez estremecer.

— Como soube desse nome? — questionou Rayburn com a voz rouca.

— Não é seu nome? — questionei, doce. — Ou prefere ser chamado de "homem do terno marrom"?

Aquilo o surpreendeu. Ele soltou meu braço e retrocedeu um ou dois passos.

— Você é uma garota ou uma bruxa? — sussurrou ele.

— Sou uma amiga. — Dei um passo em direção a ele. — Ofereci-lhe minha ajuda uma vez... ofereço-a de novo. O senhor aceita?

A ferocidade de sua resposta me surpreendeu.

— Não. Não terei um acordo com você ou com qualquer mulher. Por mais que vocês tentem! — vociferou Rayburn.

Como antes, minha irritação aumentou.

— Talvez o senhor não perceba o quanto está em minhas mãos? Uma palavra minha para o capitão...

— Pode falar — zombou ele. Em seguida, avançou com um passo rápido. — E enquanto estamos aqui negociando, minha cara garota, percebe que está nas *minhas mãos* neste minuto? Eu poderia agarrar você pela garganta deste jeito. — Com um gesto rápido, ele transformou palavras em ação. Senti as mãos dele apertarem minha garganta e pressionarem, ainda que de leve. — Assim... e arrancar sua vida! E, então, do mesmo jeito que nosso amigo inconsciente aqui, porém com mais sucesso... jogaria seu cadáver aos tubarões. O que me diz disso?

Não falei nada, apenas ri. E, ainda assim, eu sabia que o perigo era real. Naquele momento ele me odiava, mas eu sabia que adorava o perigo, adorava a sensação das mãos dele na minha garganta. Sabia que não teria trocado aquele momento por nenhum outro...

Com uma breve risada, ele me soltou.

— Qual é seu nome? — perguntou ele de repente.

— Anne Beddingfeld.

— Nada a assusta, Anne Beddingfeld?

— Ah, sim — respondi, com uma frieza fingida que eu estava longe de sentir no momento. — Vespas, mulheres sarcásticas, homens muito jovens, baratas e atendentes arrogantes.

Ele deu a mesma risada curta de antes e, em seguida, cutucou o inconsciente Pagett com o pé.

— O que faremos com este lixo? Vamos jogá-lo ao mar? — perguntou ele, negligente.

— Se preferir — respondi com a mesma tranquilidade.

— Admiro seus instintos sinceros e sanguinários, Miss Beddingfeld. Mas vamos deixá-lo se recuperar no tempo dele. Não está gravemente ferido.

— Vejo que está evitando um segundo assassinato — falei com gentileza.

— Um segundo assassinato?! — Ele soou genuinamente perplexo.

— A mulher em Marlow — lembrei-lhe, observando com atenção o efeito das minhas palavras.

Uma expressão feia e taciturna instalou-se em seu rosto. Parecia ter se esquecido de minha presença.

— Eu poderia tê-la matado — comentou. — Às vezes, acredito que até pretendia matá-la...

Uma onda louca de sentimentos, de ódio pela mulher morta, tomou conta de mim. *Eu* poderia tê-la matado naquele momento se estivesse diante de mim... Pois ele deve tê-la amado no passado... ele deve... ele deve... ter se sentido assim!

Recuperei meu controle e falei com minha voz normal:

— Parece que já dissemos tudo o que havia para ser dito... exceto boa-noite.

— Boa noite e adeus, Miss Beddingfeld.

— *Au revoir*, Mr. Lucas.

Mais uma vez ele estremeceu ao ouvir aquele nome e se aproximou.

— Por que diz isso... *Au revoir*, quero dizer?

— Porque tenho a impressão de que voltaremos a nos encontrar.

— Não se eu puder evitar!

Por mais enfático que tenha sido seu tom, não me ofendeu. Pelo contrário, me acolhi com uma satisfação secreta. Não sou boba, nem um pouco.

— De qualquer forma — falei com seriedade —, acho que sim.

— Por quê?

Fiz que não com a cabeça, incapaz de explicar a sensação que motivava minhas palavras.

— Não desejo ver a senhorita nunca mais — disse ele de forma abrupta e violenta.

Tinha sido realmente uma coisa muito rude de se dizer, mas eu apenas ri baixinho e me embrenhei na escuridão, desaparecendo.

Eu o ouvi caminhando atrás de mim, em seguida parou, e uma palavra pairou pelo convés. Acho que foi "bruxa"!

Capítulo 17

(Excertos do diário de Sir Eustace Pedler)

Hotel Mount Nelson, Cidade do Cabo.

Foi realmente um grande alívio desembarcar do Kilmorden. Durante todo o tempo em que estive a bordo, tive consciência de estar rodeado por uma rede de intrigas. Como a cereja do bolo, Guy Pagett teve que se envolver em uma briga de bêbados na noite passada. Ele tentou se explicar, mas foi exatamente isso o que aconteceu. O que mais daria para pensar de um homem que chega com um calombo do tamanho de um ovo no lado da cabeça e um olho manchado com todas as cores do arco-íris?

Claro que Pagett insistiria em tentar manter o mistério quanto a essa questão. Segundo ele, seu olho roxo foi resultado direto de sua dedicação aos meus interesses. A história extraordinariamente vaga e incoerente, e levou muito tempo até que eu pudesse ligar seus pontos.

Para começar, parece que avistou um homem se comportando de forma suspeita. Essas são as palavras de Pagett, retiradas diretamente das páginas de uma história de espionagem alemã. Nem ele mesmo sabe o que quer dizer um homem se comportando de maneira suspeita. Eu lhe disse isso.

"Ele estava se esgueirando de maneira muito furtiva e era madrugada, Sir Eustace."

"Bem, e o que você estava fazendo ali? Por que não estava na cama, dormindo como um bom cristão?", questionei com um tom irritado.

"Eu estava codificando seus cabogramas, Sir Eustace, e datilografando o diário atualizado."

Pagett confia que sempre está correto e, por isso, é um mártir!

"Então?"

"Pensei em dar uma volta por aí antes de me deitar, Sir Eustace. O homem estava vindo de sua cabine pelo corredor. Pensei de pronto que havia algo de errado na maneira como ele olhava ao redor. Ele subiu as escadas se esgueirando até o salão. Eu o segui."

"Meu caro Pagett", falei, "por que o coitado não poderia passar pelo convés sem ter seus passos seguidos? Muitas pessoas até dormem no convés... sempre achei muito desconfortável. Às cinco da manhã, os marinheiros começam a limpar tudo, incluindo qualquer pessoa que esteja ali."

Estremeci com a ideia.

"De qualquer forma", continuei, "se você se preocupou com um coitado que estava sofrendo de insônia, não me admira que tenha lhe dado um belo sopapo."

Pagett parecia paciente.

"Se o senhor puder me escutar, Sir Eustace. Eu estava convencido de que o homem estava rondando sua cabine, onde não devia estar. As únicas duas cabines naquele corredor são a sua e a do Coronel Race."

"Race", falei, acendendo um charuto com cuidado, "pode cuidar de si sem sua ajuda, Pagett." E adicionei como reflexão tardia: "Eu também".

Pagett aproximou-se e respirou fundo, como sempre faz antes de partilhar um segredo.

"Veja bem, Sir Eustace, eu imaginei... e agora tenho certeza... que era Rayburn."

"Rayburn?"

"Sim, Sir Eustace."

Fiz que não com a cabeça.

"Rayburn tem bom senso até demais para sequer tentar me acordar no meio da noite."

"Exatamente, Sir Eustace. Acho que tinha ido em busca do Coronel Race. Uma reunião secreta... para receber ordens!"

"Não sussurre para mim, Pagett", repreendi, recuando um pouco, "e controle sua respiração. Essa sua ideia é absurda. Por que quereriam fazer uma reunião secreta no meio da noite? Se tivessem algo a dizer um ao outro, podiam conversar tomando caldo de carne de uma maneira perfeitamente casual e natural."

Pude ver que Pagett não havia ficado nem um pouco convencido.

"Alguma coisa estava acontecendo ontem à noite, Sir Eustace", insistiu ele. "Do contrário, por que Rayburn me agrediu de forma tão brutal?"

"Tem certeza de que foi Rayburn?"

Pagett parecia estar completamente convencido disso. Era a única parte da história na qual ele não fora vago.

"Tem alguma coisa muito estranha nisso tudo", disse ele. "Para começo de conversa, onde está Rayburn?"

É mesmo verdade que não vimos o sujeito desde que desembarcamos. Ele não se hospedou no hotel conosco. Contudo, me recuso a acreditar que tenha medo de Pagett.

No geral, a coisa toda é bastante aborrecida. Um dos meus secretários desapareceu sem explicação, e o outro parece uma pugilista profissional de má reputação. Nestas condições, eu não posso carregá-lo comigo por aí. Serei motivo de chacota na Cidade do Cabo. Tenho um encontro marcado mais tarde para entregar o billet-doux *do velho Milray, mas não levarei Pagett comigo. Que se danem o sujeito e essa coisa de espreitar os outros.*

Estou, sem dúvida nenhuma, de mau humor. Tomei um café da manhã venenoso com pessoas venenosas. Garçonetes holandesas de tornozelos grossos que levaram meia hora para me trazer um pedaço de peixe horrível. E essa farsa de acor-

dar às cinco da manhã ao chegar ao porto para ver um médi-
co que não parava de piscar e ficar com as mãos erguidas me
cansa por completo.

Mais tarde.

Algo muito grave aconteceu. Fui ao meu encontro com o
primeiro-ministro, levando a carta lacrada de Milray. Ela não
parecia ter sido adulterada, mas dentro do envelope havia
uma folha de papel em branco!
    Acredito agora que estou em uma tremenda confusão. Nem
consigo concatenar por que deixei aquele velho idiota do Mil-
ray me envolver nesse assunto.
    Pagett é famoso por tentar consolar as pessoas e falhar te-
nebrosamente. Ele demonstra uma certa satisfação sombria
que me enlouquece. Além disso, ele aproveitou minha pertur-
bação para me empurrar o baú de suprimentos de escritório.
A menos que ele tome cuidado, o próximo funeral a que ele
comparecerá será o dele próprio.
    No entanto, no fim das contas, eu precisei ouvi-lo.
    "Suponhamos, Sir Eustace, que Rayburn tivesse ouvido uma
ou duas palavras de sua conversa com Mr. Milray na rua? Lem-
bre-se de que o senhor não tinha autoridade dada por escrito
de Mr. Milray. O senhor aceitou Rayburn com base na avalia-
ção dele mesmo."
    "Acha que Rayburn é um bandido, então?", perguntei devagar.
    Pagett achava. Não sei até que ponto suas opiniões foram
influenciadas pelo ressentimento causado pelo olho roxo. Ele
apresentou um caso bastante justo contra Rayburn, e a aparên-
cia deste depunha contra ele. Minha ideia era não fazer nada
sobre o assunto. Um homem que se permitia ser feito de idiota
do início ao fim não fica ávido para anunciar esse fato por aí.
    Mas Pagett, com a energia desimpedida por seus recentes
infortúnios, era a favor de medidas vigorosas. À própria manei-
ra, ele conseguiu, claro. Foi até a delegacia, enviou inúmeros

cabogramas e trouxe um rebanho de funcionários ingleses e holandeses para tomar uísques e refrigerantes às minhas custas.

Recebemos a resposta de Milray naquela mesma noite. Ele não sabia nada do meu secretário! Havia apenas um pouco de conforto que podia ser extraído da situação.

"De qualquer forma", comentei com Pagett, "você não foi envenenado. Teve uma de suas crises biliosas normais."

Eu o vi estremecer. Foi minha única vingança.

Mais tarde.

Pagett está muito à vontade. Seu cérebro cintila de verdade com ideias brilhantes. Ele acredita que Rayburn não é outro senão o famoso "homem do terno marrom", e ouso dizer que ele tem razão. Geralmente tem. Mas toda essa situação está ficando desagradável. Quanto mais cedo eu partir para a Rodésia, melhor. Expliquei a Pagett que ele não deve me acompanhar.

"Veja, meu caro amigo", falei, "você precisa ficar aqui. Pode ser necessário que você identifique Rayburn a qualquer minuto. E, além disso, preciso pensar na minha dignidade como membro do Parlamento inglês. Não posso andar por aí com um secretário que, ao que parece, se meteu em uma briga de rua vulgar."

Pagett estremeceu. É um sujeito tão respeitável que sua aparência virou um incômodo e uma tribulação para ele.

"Mas o que o senhor fará com sua correspondência e as notas para seus discursos, Sir Eustace?"

"Eu me viro", respondi com leveza.

"Seu vagão particular será acoplado ao trem das onze horas, amanhã, quarta-feira, de manhã", continuou Pagett. "Fiz todos os preparativos. Mrs. Blair vai levar uma empregada com ela?"

"Mrs. Blair?", perguntei, arfando.

"Ela me disse que o senhor ofereceu um lugar para ela."

Fiz mesmo, apenas agora me lembrei disso. Na noite do baile à fantasia. Até insisti para que viesse, mas nunca pensei que ela fosse aceitar. Por mais encantadora que seja, não sei

· O HOMEM DO TERNO MARROM ·

131

se quero a companhia de Mrs. Blair em uma viagem de ida e volta à Rodésia. As mulheres demandam muita atenção e, às vezes, ficam no caminho, causando confusão.

"Convidei mais alguém?", perguntei com nervosismo. As pessoas fazem esse tipo de coisa em momentos de extroversão.

"Parece que Mrs. Blair acha que o senhor também convidou o Coronel Race."

Gemi.

"Eu devia estar muito bêbado se convidei Race também. Sem dúvida, muito bêbado. Siga meu conselho, Pagett, e deixe seu olho roxo servir de alerta para você não encher a cara de novo."

"Como o senhor sabe, sou abstêmio, Sir Eustace."

"É muito mais sensato se comprometer com abstemia se tiver um ponto fraco nesse sentido. Não convidei mais ninguém, não é, Pagett?"

"Não que eu saiba, Sir Eustace."

Soltei um suspiro de alívio.

"Tem também a Miss Beddingfeld", comentei, pensativo. "Ela quer ir à Rodésia para desenterrar uns ossos, creio eu. Estou pensando em lhe oferecer um emprego temporário como secretária. Ela sabe datilografar, isso eu sei, pois ela me contou."

Para minha surpresa, Pagett se opôs à ideia com toda a veemência. Ele não gosta de Anne Beddingfeld. Desde a noite do olho roxo, vem demonstrando uma comoção incontrolável sempre que ela é mencionada. Pagett está cheio de mistérios por esses dias.

Apenas para irritá-lo, vou convidar a garota. Como eu falei antes, ela tem pernas extremamente bonitas.

Capítulo 18

(Aqui se retoma a narrativa de Anne)

Não creio que, enquanto eu viver, vou esquecer minha primeira visão da montanha da Mesa. Acordei muito cedo e saí para o convés. Subi diretamente ao convés superior, o que considero uma ofensa hedionda, mas decidi ousar esse movimento por causa da solidão. Estávamos entrando na baía. Havia nuvens brancas e felpudas pairando sobre a montanha, e, aninhada nas encostas lá embaixo até o mar, se estendia a cidade adormecida, dourada e encantada pelo sol da manhã.

Essa imagem tirou meu fôlego e me fez sentir aquela pontada curiosa e desejosa por dentro que às vezes toma conta da gente quando se depara com algo extremamente belo. Não sou muito boa em expressar essas coisas, mas sabia muito bem que havia encontrado, mesmo que por um momento fugaz, aquilo que procurava desde que havia deixado Little Hampsley. Uma coisa nova, até então nunca sonhada, que satisfez minha sede desejosa por uma grande história.

Em um silêncio perfeito, ou assim me pareceu, o *Kilmorden* singrava para cada vez mais perto da costa. Tudo ainda parecia um sonho. Porém, como todos os sonhadores, não podia deixar meu sonho em paz. Nós, pobres seres humanos, ficamos tão ansiosos para não deixar passar nada.

— Isto é a África do Sul — dizia para mim mesma com insistência. — África do Sul, África do Sul. Você está vendo o mundo. Este é o mundo. É o que você está vendo. Pense nisso, Anne Beddingfeld, sua cabeça oca. Você está vendo o mundo.

Eu havia pensado que tinha o convés do barco apenas para mim, mas então observei outra figura inclinada sobre a amurada, absorto como estava, encarando a cidade que se aproximava a toda velocidade. Mesmo antes de virar a cabeça, eu sabia quem era. A cena da noite anterior parecia irreal e melodramática sob o tranquilo sol da manhã. O que ele deve ter pensado de mim? Fiquei afogueada ao perceber as coisas que eu havia dito. E eu não estava falando sério. Ou estava?

Virei a cabeça de um jeito decidido e encarei a montanha da Mesa. Se Rayburn tinha ido até ali para ficar sozinho, eu, pelo menos, não precisava incomodá-lo anunciando minha presença.

Mas, para minha grande surpresa, ouvi passos leves no convés atrás de mim e, em seguida, sua voz agradável e sem afetação:

— Miss Beddingfeld.

— Pois não?

Eu me virei.

— Quero me desculpar com a senhorita. Comportei-me como um perfeito idiota ontem à noite.

— Foi... foi uma noite peculiar — respondi, rapidamente.

Não foi uma observação muito inteligente, mas sem dúvida foi a única coisa em que consegui pensar.

— A senhorita me perdoa?

Estendi a mão sem dizer palavra, e ele a tomou.

— Tem mais uma coisa que quero dizer. — Sua seriedade aprofundou-se. — Miss Beddingfeld, talvez a senhorita não saiba, mas está envolvida em um negócio bastante perigoso.

— Foi o que entendi — confirmei.

— Não, não entendeu. É impossível que tenha entendido. Quero alertá-la. Deixe tudo isso para lá, pois nada disso lhe diz respeito, de verdade. Não deixe que sua curiosidade a leve a interferir nos negócios de outras pessoas. Não, por favor, não fique nervosa de novo, pois não estou falando de mim mesmo. A senhorita não tem ideia do que poderá enfrentar... nada é capaz de impedir esses homens. São implacáveis. A senhorita já está em perigo... veja a noite passada. Eles imaginam que a senhorita sabe de alguma coisa. Sua única chance é convencê-los de que estão enganados. Mas tenha cuidado, esteja sempre atenta ao perigo e, olhe só, se em algum momento cair nas mãos deles, não tente ser esperta, diga toda a verdade, e essa será sua única chance de se salvar.

— O senhor me dá arrepios, Mr. Rayburn — retruquei com alguma verdade. — Por que o senhor se dá o trabalho de me alertar?

Ele não respondeu por alguns minutos e, em seguida, disse em voz baixa:

— Talvez seja a última coisa que posso fazer pela senhorita. Uma vez em terra, eu ficarei bem, mas talvez não consiga sequer desembarcar.

— Como assim?! — exclamei.

— Veja, temo que a senhorita não seja a única pessoa a bordo que sabe que sou o "homem do terno marrom".

— Se acha que eu contei... — falei com veemência.

Ele me tranquilizou com um sorriso.

— Não duvido da senhorita, Miss Beddingfeld. Se alguma vez disse que sim, estava mentindo. Mas há uma pessoa a bordo que já sabe desde o princípio. Se ele der com a língua nos dentes, acabou para mim. Mesmo assim, estou contando que ele não falará nada.

— Por quê?

— Porque ele é um homem que gosta de jogar sozinho. E quando a polícia me pegar, não lhe serei mais útil. Livre, talvez eu seja! Bem, uma hora tudo virá à tona.

Ele riu de um jeito muito zombeteiro, mas vi seu rosto ficar tenso. Se tivesse apostado com o Destino, era um bom jogador. Conseguia perder e sorrir.

— De qualquer forma — continuou ele de um jeito despreocupado —, não creio que nos encontraremos de novo.

— Não — concordei, devagar. — Suponho que não.

— Então... adeus.

— Adeus.

Ele agarrou minha mão com força, apenas por um minuto seus curiosos olhos claros pareceram queimar dentro dos meus, então ele se virou de um jeito abrupto e me deixou. Ouvi seus passos ecoando pelo convés. Eles ecoaram várias e várias vezes, e senti que os ouviria para sempre. Passos que saíam da minha vida.

Admito com toda a sinceridade que não gostei das duas horas seguintes. Apenas quando cheguei ao cais, depois de terminar a maioria das formalidades ridículas que a burocracia exige, é que respirei com liberdade mais uma vez. Não houve detenção, e eu percebi que o dia estava maravilhoso e que eu estava com muita fome. Juntei-me a Suzanne. De qualquer forma, passaria a noite com ela no hotel. O barco só partiria para Port Elizabeth e Durban na manhã seguinte. Pegamos um táxi e fomos até o monte Nelson.

Era tudo divino: o sol, o ar, as flores! Quando pensei em Little Hampsley em janeiro, na lama até os joelhos e na chuva que certamente cairia, acarinhei meus braços de tanta alegria. Suzanne não estava tão entusiasmada. Ela já havia viajado muito, claro. Além disso, não é do tipo que fica animada antes do café da manhã. Esnobou-me de um jeito sério quando soltei um grito entusiasmado ao ver um gigante convólvulo azul.

A propósito, gostaria de deixar claro aqui e agora que esta história não será uma história da África do Sul. Garanto que não haverá qualquer vislumbre genuíno da cor local — você sabe do que estou falando, meia dúzia de palavras em itálico em cada página. Admiro muito, mas não consigo fazê-lo. Nas ilhas dos Mares do Sul, é claro, você faz uma referência imediata ao *bêche-de-mer*. Não sei o que é *bêche-de-mer*, nunca soube, provavelmente nunca saberei. Já tentei adivinhar uma ou duas vezes e errei. Na África do Sul, sei que imediatamente se começa a falar sobre um *stoep*. Eu sei o que é um *stoep*, é aquela plataforma onde se senta ao redor da casa, tipo um alpendre. Em várias outras partes do mundo você chama isso de varanda, *piaza* e *ha-ha*. Então, novamente, há os mamões papaia. Eu lia sobre mamões papaia e descobri imediatamente o que eram, porque colocaram um na minha frente no café da manhã. A princípio, pensei que fosse um melão estragado. A garçonete holandesa esclareceu-me e me convenceu a usar suco de limão e açúcar e tentar novamente. Fiquei muito feliz em conhecer um mamão papaia. Sempre associei isso vagamente a uma *hulahula*, que, acredito, embora possa estar errada, é uma espécie de saia de palha com a qual as garotas havaianas dançam. Não, acho que estou equivocada, isso se chama *lava-lava*.

De qualquer forma, todos esses nomes são animados demais, diferente do que temos na Inglaterra. Não posso deixar de pensar que alegraria nossa vida fria na ilha se alguém pudesse tomar um café da manhã com *bacon-bacon* e depois se vestir com um *suéter-suéter* para sair de casa.

Suzanne ficou um pouco mais comedida depois do café da manhã. Deram-me um quarto ao lado do dela, com uma linda vista da baía. Apreciei a vista enquanto Suzanne procurava um creme especial para o rosto. Quando o encontrou e começou uma aplicação imediata, conseguiu finalmente me escutar.

— Viu Sir Eustace? — perguntei. — Ele estava saindo do salão de café da manhã quando entramos. Tinha comido um peixe estragado ou algo assim e estava contando ao chefe dos garçons o que pensava disso, além de ter jogado um pêssego no chão para mostrar o quanto estava duro, mas não estava tão duro quanto ele achou e se espatifou.

Suzanne sorriu.

— Tanto quanto eu, Sir Eustace não gosta de acordar cedo. Mas, Anne, você viu Mr. Pagett? Esbarrei nele correndo no corredor, e ele está com um olho roxo. O que será que está aprontando?

— Só tentou me empurrar pela amurada para o mar — respondi com indiferença.

Acertei bem na mosca com essa informação. Suzanne deixou o rosto meio coberto de creme e me pressionou para obter detalhes, que entreguei sem demora.

— Tudo vai ficando cada vez mais misterioso! — exclamou ela. — Pensei que teria a tarefa de ficar com Sir Eustace e que você se divertiria muito com o Reverendo Edward Chichester, mas agora não tenho tanta certeza assim. Espero que Pagett não me empurre para fora do trem em uma noite escura.

— Acho que você ainda está acima de qualquer suspeita, Suzanne. Mas, se o pior acontecer, mando um telegrama para Clarence.

— Isso me lembra de uma coisa: me passe um formulário de cabograma. Vamos ver agora, o que devo dizer? "Envolvida no mistério mais emocionante. Por favor, envie-me mil libras de uma vez. Suzanne."

Peguei o formulário dela e observei que ela poderia eliminar o "de uma vez" por "logo" e, possivelmente, caso não se importasse em deixar a polidez de lado, tirar o "por favor". Suzanne, no entanto, parece ser completamente imprudente em questões financeiras. Em vez de acatar minhas sugestões econômicas, acrescentou mais três palavras: "Divertindo-me enormemente".

Suzanne tinha marcado de almoçar com amigos dela, que chegaram ao hotel por volta das onze horas para buscá-la. Fiquei a sós nesse período. Atravessei o terreno do hotel, passei pela linha do bonde e segui por uma avenida um tanto gelada pelas sombras até chegar à rua principal. Caminhei por ela, observando a paisagem, apreciando a luz do sol e os vendedores de flores e frutas. Também descobri um lugar onde se tomavam os mais deliciosos refrigerantes com sorvete. Por fim, comprei uma cesta de pêssegos por seis *pence* e voltei ao hotel pelo mesmo caminho.

Para minha grata surpresa e prazer, encontrei um bilhete me aguardando. Era do curador do museu. Tinha lido sobre minha chegada no *Kilmorden*, e eu havia sido descrita como filha do falecido Professor Beddingfeld. Ele conhecia meu pai um pouco e tinha por ele grande admiração. Ele prosseguiu, dizendo que sua esposa ficaria encantada se eu saísse para tomar chá com eles naquela tarde em seu palacete em Muizenberg. Deu-me instruções para chegar lá.

Era agradável pensar que o coitado do meu pai ainda era lembrado e levado em alta conta. Previ que teria que dar um passeio pelo museu antes de ir embora da Cidade do Cabo, mas tentaria evitar. Para a maioria das pessoas, teria sido uma delícia, mas até algo bom pode se tornar enfadonho quando se convive com aquilo desde que se entende por gente, a toda e qualquer hora do dia.

Coloquei meu melhor chapéu (um daqueles que Suzanne não queria mais) e meu vestido de linho branco menos amarrotado e saí depois do almoço. Peguei um trem rápido para Muizenberg e cheguei lá em cerca de meia hora. Foi uma viagem gostosa. Contornamos lentamente o sopé da montanha da Mesa, e eu vi algumas flores lindas. Sendo eu ruim de Geografia, nunca tinha percebido que a Cidade do Cabo fica em uma península, por isso fiquei bastante surpresa ao sair do trem e me deparar com o mar. Era um dia encantador para um banho de mar. As pessoas estavam com pranchas curtas e curvas e flutuavam nas ondas. Era muito cedo para tomar chá. Fui até o pavilhão de banho e, quando disseram que eu receberia uma daquelas pranchas, eu aceitei:

— Sim, por favor.

Usar aquela prancha parece bastante fácil, mas *não é*. E não digo mais. Fiquei muito zangada e a arremessei longe.

Mesmo assim, decidi voltar na primeira oportunidade possível e tentar de novo. Eu não sairia dali derrotada. Quase por acaso, consegui me equilibrar na prancha e saí de lá delirando de felicidade. Chamam esse esporte de surfe, e é assim que ele funciona. Ou a pessoa está xingando de forma violenta ou fica satisfeita como uma tola consigo mesma.

Encontrei a Villa Medgee com alguma dificuldade. Ficava bem na encosta da montanha, isolada das outras casas de campo e palacetes. Toquei a campainha, e um sorridente menino negro me atendeu.

— Mrs. Raffini — pedi para que a chamasse.

Ele me conduziu para dentro, acompanhou-me pelo corredor e abriu uma porta. Quando eu estava prestes a entrar, hesitei. Senti uma súbita apreensão. Passei pela soleira, e a porta se fechou com toda a força atrás de mim.

Um homem levantou-se de sua cadeira atrás de uma mesa e avançou com a mão estendida.

— Que bom que a convencemos a nos visitar, Miss Beddingfeld — disse ele.

Ele era um homem alto, obviamente holandês, com uma barba laranja flamejante. Não se parecia nem um pouco com o curador de um museu. Na verdade, percebi em um piscar de olhos que tinha feito papel de boba.

Havia acabado de cair nas mãos do inimigo.

Capítulo 19

Foi o que me fez lembrar do Episódio III de *Os perigos de Pamela*. Quantas vezes não me sentei nos assentos de seis *pence*, comendo uma barra de chocolate ao leite de dois *pence* e desejando que coisas semelhantes acontecessem comigo! Bem, aconteceram com uma intensidade imensa e, de alguma forma, não foi tão divertido quanto eu imaginava. Quando acontece na tela, está tudo bem, sabemos que certamente haverá um Episódio IV. Mas na vida real não havia qualquer garantia de que Anne, a Aventureira, não acabaria de repente no final de um episódio.

Sim, eu estava em uma situação difícil. Todas as coisas que Rayburn havia dito naquela manhã voltaram à minha mente com uma clareza desagradável. "Diga a verdade", dissera ele. Bem, eu sempre podia falar a verdade, mas isso me ajudaria? Para começar, alguém acreditaria na minha história? Será que considerariam provável ou possível que eu tivesse começado esta aventura maluca simplesmente por conta de um pedaço de papel com cheiro de naftalina? Parecia-me uma história incrível. Naquele momento de sanidade fria, amaldiçoei-me por ser uma idiota melodramática e ansiei pelo tédio pacífico de Little Hampsley.

Tudo isso passou pela minha cabeça em menos tempo do que leva para contá-lo. Meu primeiro movimento instintivo foi dar um passo para trás e buscar a maçaneta da porta. O sequestrador apenas sorriu.

— Aqui está você e aqui ficará — comentou ele em um tom jocoso.

Fiz o meu melhor para fazer uma cara ousada frente ao comentário.

— Fui convidada a vir aqui pelo curador do Museu da Cidade do Cabo. Se eu cometi um erro...

— Um erro? Ora, sim, um grande erro!

Ele soltou uma risada rouca.

— Que direito tem de me deter? Vou denunciar à polícia...

— Blá-blá-blá... late como um cãozinho de brinquedo. — Ele riu.

Sentei-me numa cadeira.

— Posso apenas concluir que é um lunático perigoso — falei com frieza.

— É mesmo?

— Gostaria de salientar que meus amigos sabem perfeitamente aonde fui e que, se eu não retornar até de noite, virão me procurar. Está entendendo?

— Então, seus amigos sabem onde você está, não é? Quais deles?

Desafiada dessa forma, fiz um cálculo relâmpago das minhas chances. Devo mencionar Sir Eustace? Era um homem conhecido, e seu nome poderia ter um peso, mas, se eles estivessem em contato com Pagett, talvez soubessem que eu estava mentindo. Melhor não arriscar o nome de Sir Eustace.

— Mrs. Blair, por exemplo — falei de um jeito leve. — Uma amiga minha com quem estou hospedada.

— Acho que não — disse meu captor, balançando a cabeça laranja de um jeito malicioso. — Você não a vê desde as onze da manhã. E recebeu nosso bilhete convidando-a a vir aqui na hora do almoço.

As palavras dele me mostraram o quanto meus movimentos foram acompanhados de perto, mas eu não entregaria os pontos sem lutar.

— O senhor é muito inteligente — comentei. — Talvez já tenha ouvido falar daquela invenção útil, o telefone? Mrs. Blair telefonou-me quando eu estava descansando no meu quarto depois do almoço. Eu lhe disse aonde iria esta tarde.

Para minha grande satisfação, vi uma sombra de inquietação passar pelo rosto do homem. Era evidente que tinha ignorado a possibilidade de Suzanne me ter telefonado. Eu queria que ela realmente o tivesse feito!

— Chega disso — disse ele com aspereza, levantando-se.

— O que vai fazer comigo? — perguntei, ainda tentando parecer composta.

— Deixá-la onde não possa fazer mal, caso seus amigos venham atrás de você.

Por um momento, meu sangue regelou, mas as palavras seguintes dele me tranquilizaram.

— Amanhã você terá algumas perguntas a responder e, depois, saberemos o que fazer com você. E posso lhe dizer, mocinha, que temos mais de uma maneira de fazer idiotas obstinados falarem.

Não foi animador, mas ao menos foi uma trégua. Eu tinha até o dia seguinte. Aquele homem era claramente um subordinado que obedecia às ordens de um superior. Talvez o superior fosse Pagett?

Ele chamou e dois homens negros apareceram e me levaram para o andar de cima. Apesar de eu ter lutado, fui amordaçada e amarrada pelos pés e pelas mãos. O quarto aonde me levaram era uma espécie de sótão bem debaixo do telhado. Estava empoeirado e não havia muitos sinais nele de que havia sido ocupado. O holandês fez uma reverência zombeteira e se retirou, fechando a porta.

Estava ali, abandonada à própria sorte. Podia me virar e me contorcer o quanto quisesse, as amarras pouco cederam, e a mordaça me impedia de gritar. Se, por acaso, alguém aparecesse na casa, eu não poderia fazer qualquer coisa para atrair a atenção. Lá embaixo, ouvi o som de uma porta se fechando. Claro que era o holandês saindo.

Era enlouquecedor não poder fazer nada. Forcei de novo as amarras, mas os nós resistiram. Por fim, desisti e desmaiei ou adormeci. Quando acordei, estava com muita dor. Já estava bem escuro, e julguei que a noite já devia estar bem avançada, pois a lua estava alta no céu e cintilava através da claraboia empoeirada. A mordaça estava me sufocando, e a rigidez e a dor eram insuportáveis.

Foi então que meus olhos recaíram sobre um caco de vidro caído no canto. Um raio de lua incidiu sobre ele, e seu brilho chamou minha atenção. Ao olhar para o vidro, uma ideia surgiu em minha cabeça.

Os braços e as pernas eram inúteis ali, mas sem dúvida eu ainda conseguia *rolar*. De forma lenta e desajeitada, eu me pus em movimento. Não foi fácil. Além de ser doloroso, já que eu não conseguia proteger o rosto com os braços, também era difícil manter qualquer direção específica.

A tendência era rolar em todas as direções, exceto naquela que eu queria ir. No final, porém, acabei chegando ao meu objetivo. Quase tocou minhas mãos amarradas.

Mesmo assim, não foi fácil. Demorou uma tempo infindável até que eu pudesse colocar o vidro em uma posição tal, preso contra a parede, para poder esfregá-lo contra as amarras. Foi um processo longo e doloroso, e quase me desesperei, mas, no final, consegui serrar as cordas que prendiam meus pulsos. O restante foi uma questão de tempo. Depois de restaurar a circulação nas mãos, esfregando-as com vigor, consegui desamarrar a mordaça. Inspirar e expirar uma ou duas vezes foi valioso.

Logo eu desfiz o último nó, embora tenha levado algum tempo depois disso até que eu pudesse ficar em pé. Mas, por fim, fiquei empertigada, balançando os braços para frente e para trás para restaurar a circulação e desejando acima de tudo poder arrumar alguma coisa para comer.

Esperei cerca de quinze minutos para ter certeza de que recuperara as forças. Então, segui na ponta dos pés em silêncio até a porta. Como eu esperava, não estava trancada à chave, apenas com um trinco. Levantei o trinco e espiei lá fora com cautela.

Tudo estava tranquilo. O luar entrava por uma janela e me mostrava a escadaria empoeirada e sem carpete. Cuidadosamente, esgueirei-me por ela. Ainda não havia som, mas, enquanto eu estava no patamar lá embaixo, um leve murmúrio de vozes chegou até mim. Estaquei e permaneci ali por algum tempo. Um relógio na parede registrava que já havia passado da meia-noite.

Eu tinha plena consciência dos riscos que poderia correr se descesse mais, mas minha curiosidade me sobrepujou. Com infinitas precauções, preparei-me para explorar. Desci com toda a leveza o último lance de escadas e parei no corredor quadrado. Olhei ao redor e, em seguida, recuperei o fôlego com um suspiro. Um menino negro estava sentado perto da porta do corredor. Não tinha me visto e, na verdade, logo percebi pela sua respiração que estava em um sono profundo.

Deveria recuar ou continuar? As vozes vinham da sala para a qual fui conduzida quando cheguei. Uma delas era a do amigo holandês, a outra não consegui reconhecer de pronto, embora parecesse vagamente familiar.

No final, decidi que, sem dúvida, era meu dever ouvir tudo o que pudesse. Deveria arriscar acordar o menino negro. Atravessei o corredor em silêncio e me ajoelhei perto da porta do escritório. Por um momento ou dois, não consegui ouvir melhor. As vozes ficaram mais altas, mas eu não conseguia distinguir o que diziam.

Encaixei meu olho no buraco da fechadura em vez de na orelha. Como eu havia adivinhado, um dos oradores era o grandalhão holandês. O outro homem estava sentado fora do meu alcance de visão restrito.

De repente, ele se levantou para pegar uma bebida. Suas costas, decorosas com um paletó preto, apareceram diante de mim. Mesmo antes de se virar, eu já sabia quem era.

Mr. Chichester!

Então, comecei a decifrar as palavras.

— Mesmo assim, é perigoso. E se os amigos dela vierem atrás da garota?

Era o grandalhão falando. Chichester respondeu. Havia abandonado a voz clerical. Não é de se admirar que eu não o tivesse reconhecido.

— Tudo blefe. Eles não fazem ideia de onde ela está.

— Ela falou com muita segurança.

— Pode até ser. Analisei o assunto e não temos nada a temer. De qualquer forma, são ordens do "Coronel". Você não vai querer contrariá-las, certo?

O holandês exclamou alguma coisa em seu idioma. Acreditei que fossem palavras de repúdio apressadas.

— Mas por que não dar uma pancada na cabeça da garota? — grunhiu ele. — Seria tão simples. O barco está pronto. Poderíamos levá-la para o mar, não é?

— Poderíamos — respondeu Chichester, reflexivo. — É o que eu deveria fazer. Sem dúvida, ela sabe demais. Mas o "Coronel" é um homem que gosta de jogar sozinho... embora ninguém mais deva fazê-lo. — Alguma coisa nas palavras dele pareceu despertar uma lembrança que o perturbava. — Ele quer algum tipo de informação dessa garota.

Ele fez uma pausa antes de "informação", e o holandês foi rápido em compreendê-lo.

— Informação?

— Algo assim.

"Diamantes", pensei.

— E agora — continuou Chichester —, passe-me as listas.

146   · AGATHA CHRISTIE ·

Por muito tempo, a conversa que transcorreu entre eles foi incompreensível para mim. Parecia dar conta de uma grande quantidade de vegetais. Foram mencionadas datas, preços e vários nomes de lugares que eu não conhecia. Demorou cerca de meia hora até que terminassem a verificação e a contagem.

— Ótimo — disse Chichester, e ouvi um som como se ele tivesse empurrado a cadeira para trás. — Vou levar isso comigo para o "Coronel" verificar.

— Quando você parte?

— Por volta das dez horas da manhã de amanhã.

— Quer ver a garota antes de ir?

— Não. Há ordens estritas de que ninguém a veja até que o "Coronel" chegue. Ela está bem?

— Fui conferir como estava quando vim jantar. Acho que estava dormindo. E a comida?

— Um pouco de fome não lhe fará mal. O "Coronel" virá para cá em algum momento amanhã. Ela responderá melhor às perguntas se estiver com fome. É melhor que ninguém se aproxime dela até lá. Ela está bem amarrada?

O holandês riu.

— O que acha?

Os dois riram, e eu também, baixinho. Então, quando os sons pareciam indicar que estavam prestes a sair da sala, bati em retirada. Foi bem na hora, pois, ao chegar ao topo da escada, ouvi a porta da sala se abrir e, ao mesmo tempo, o menino se mexeu. Nem devia pensar em uma batida em retirada pela porta do corredor. Com prudência, voltei ao sótão, juntei as amarras ao meu redor e me deitei de novo no chão, caso eles decidissem vir verificar como eu estava.

Não vieram. Depois de cerca de uma hora, me esgueirei de novo escada abaixo, o garoto negro que estava perto da porta havia acordado e cantarolava baixinho. Eu estava ansiosa para sair daquela casa, mas não sabia como fazê-lo.

· O HOMEM DO TERNO MARROM ·

147

No fim das contas, fui forçada a me retirar para o sótão. Sem dúvida, o garoto ficaria de guarda durante a noite toda. Continuei ali, paciente, durante todos os sons da preparação para a manhã que chegaria. Os homens tomavam o café da manhã no corredor, eu conseguia ouvir com clareza as vozes que flutuavam escada acima. O nervosismo começou a tomar conta de mim. Minha nossa, como eu sairia daquela casa?

Disse a mim mesma para ser paciente, pois uma atitude precipitada poderia estragar tudo. Depois do café da manhã, ouvi os sons de Chichester partindo. Para meu grande alívio, o holandês o acompanhou.

Aguardei ali, já sem fôlego. Estavam tirando a mesa do café da manhã, e o trabalho de limpeza havia começado. Por fim, as diversas atividades pareceram cessar. Saí do meu covil mais uma vez. Com muito cuidado, desci as escadas. O corredor estava vazio. Em um piscar de olhos, atravessei-o, destranquei a porta e saí ao sol. Corri pela estrada como se estivesse possuída.

Assim que me vi ali fora, retomei um ritmo normal de caminhada. As pessoas me olhavam com curiosidade, o que não me surpreendeu. Meu rosto e minhas roupas deviam estar cobertos de poeira de tanto rolar no sótão. Por fim, cheguei a uma garagem e entrei.

— Sofri um acidente — expliquei. — Preciso de um carro que me leve à Cidade do Cabo. Preciso pegar o barco para Durban.

Não precisei esperar muito. Dez minutos depois, eu parti em disparada em direção à Cidade do Cabo. Precisava saber se Chichester estava no barco. Não consegui determinar se eu partiria naquela embarcação sozinha ou não, mas, no fim das contas, decidi fazê-lo. Chichester não sabia que eu o tinha visto no palacete de Muizenberg. Sem dúvida prepararia mais armadilhas para mim, mas eu já estava alerta, pois ele era o homem de quem eu estava atrás, o homem que procurava os diamantes em nome do misterioso "Coronel".

Lá se foram meus planos! Quando cheguei às docas, o *Castelo de Kilmorden* estava zarpando. E eu não tinha nem como saber se Chichester havia partido nele ou não!

Capítulo 20

Dirigi-me até o hotel. Não havia ninguém que eu conhecesse no saguão. Corri escada acima e bati à porta de Suzanne, que prontamente me convidou para entrar. Quando viu quem era, ela pulou no meu pescoço.

— Anne, querida, onde você estava? Morri de preocupação. O que estava fazendo?

— Estava me aventurando — respondi. — Episódio III de *Os perigos de Pamela*.

Contei a ela toda a história, e, quando terminei, ela soltou um suspiro profundo.

— Por que essas coisas sempre acontecem com você? — questionou ela, chorosa. — Por que ninguém me amordaça e amarra minhas mãos e pés?

— Você não gostaria que eles fizessem isso com você — garanti para ela. — Para dizer a verdade, não estou tão interessada assim em viver aventuras como antes. Um pouco desse tipo de situação causa uma bela impressão.

Suzanne não parecia convencida. Uma ou duas horas de amordaçamento e amarração teriam mudado sua opinião em um instante. Ela gosta de emoções fortes, mas detesta desconfortos.

— E o que faremos agora? — perguntou ela.

— Não sei bem — respondi em tom pensativo. — Você ainda vai para a Rodésia, claro, para ficar de olho em Pagett...

— E você?

Aí estava o meu imbróglio. Chichester havia partido ou não a bordo do *Kilmorden*? Será que pretendia levar a cabo seu plano original de ir até Durban? O momento de sua partida de Muizenberg parecia apontar para uma resposta afirmativa para as duas questões. Nesse caso, talvez eu devesse ir de trem para Durban, pois eu imaginava que chegaria lá antes do barco. Por outro lado, se a notícia de minha fuga fosse telegrafada para Chichester, e também a informação de que eu havia saído da Cidade do Cabo rumo a Durban, nada seria mais simples para ele do que desembarcar em Port Elizabeth ou em East London e, em seguida, escafeder-se por completo.

Era um problema bastante intrincado.

— De qualquer forma, vamos pesquisar trens para Durban — falei.

— E ainda não é tarde demais para o chá matutino — disse Suzanne. — Vamos tomá-lo no saguão.

Avisaram-me no guichê de informações que o trem de Durban partia às 20h15 daquela noite. Por ora, adiei a decisão e me juntei a Suzanne para um "chá das onze" um tanto atrasado.

— Acha que realmente reconheceria Chichester de novo… quero dizer, com qualquer outro disfarce? — perguntou Suzanne.

Fiz que não com a cabeça de um jeito melancólico.

— Com certeza não o reconheci como o comissário de bordo, e nunca o teria feito se não fosse pelo seu desenho.

— O homem é um ator profissional, tenho certeza — ponderou Suzanne. — A maquiagem é impecável.

Ele poderia sair do barco como marinheiro ou algo assim, e nunca ninguém o localizaria.

— Você está muito animada — comentei.

Naquele momento, o Coronel Race entrou pela janela e veio juntar-se a nós.

— O que Sir Eustace está fazendo? — questionou Suzanne. — Ainda não o vi por aí hoje.

Uma expressão bastante estranha passou pelo rosto do coronel.

— Está com um probleminha para resolver que o está mantendo ocupado.

— Fale-nos mais disso.

— Minha boca é um túmulo.

— Diga-nos alguma coisa, mesmo que tenha que inventá-la para nos alegrar.

— Bem, o que diria ao famoso "homem do terno marrom" que fez a viagem conosco?

— *Como assim*?

Senti-me ficando pálida e a cor voltando ao rosto um instante depois. Felizmente, o Coronel Race não estava olhando para mim.

— É um fato, acredito eu. Todos os portos o vigiavam, e ele ludibriou Pedler para que Sir Eustace o trouxesse como como secretário!

— Não Mr. Pagett, certo?

— Ah, Pagett, não... o outro sujeito. Rayburn, era assim que se chamava.

— Eles o prenderam? — perguntou Suzanne.

Debaixo da mesa, ela apertou minha mão para me tranquilizar. Esperei sem fôlego por uma resposta.

— Desapareceu como que por encanto.

— E Sir Eustace?

— Considera um insulto pessoal que o Destino lhe ofereceu.

Uma oportunidade de ouvir a opinião de Sir Eustace quanto ao assunto surgiu mais tarde naquele dia. Fomos acordados de um cochilo vespertino revigorante por um mensageiro com um bilhete. Em termos comoventes, a nota solicitava o prazer de nossa companhia para o chá em sua sala de estar.

O coitado estava realmente em um estado lamentável e compartilhou seus problemas, encorajado pelos murmúrios solidários de Suzanne. (Ela é mestra nesse tipo de coisa.)

— Primeiro, uma mulher estranha teve a impertinência de ser assassinada em minha casa... de propósito, para me irritar, creio eu. Por que na minha casa? Por que, de todas as casas da Grã-Bretanha, escolher logo a Casa do Moinho? Que mal eu fiz à mulher para que precisasse ser assassinada lá?

Suzanne soltou de novo um de seus ruídos empáticos, e Sir Eustace prosseguiu, em um tom ainda mais ofendido:

— E, como se não bastasse, o sujeito que a assassinou teve o atrevimento, o colossal atrevimento, de se associar a mim como meu secretário. Meu secretário, pelos céus! Estou cansado de secretários, não terei mais nenhum. Ou são assassinos disfarçados ou são bêbados arruaceiros. Viram o olho roxo de Pagett? Claro que sim. Como posso lidar com um secretário desse jeito? E o rosto dele também tem um tom amarelo horrível... exatamente aquela cor que não combina em nada com um olho roxo. Cansei dos secretários... a menos que eu consiga uma garota para assumir o cargo. Uma garota gentil com olhos brilhantes que segure minha mão quando eu estiver zangado. Então, Miss Anne? Vai aceitar a oferta de emprego?

— Quantas vezes terei que segurar a mão do senhor? — perguntei, rindo.

— O dia todo — respondeu Sir Eustace, galanteador.

— Não conseguirei datilografar muito desse jeito — lembrei-o.

— Não importa. Essa trabalheira toda é ideia de Pagett. Ele me faz trabalhar até morrer. Estou ansioso para deixá-lo para trás na Cidade do Cabo.

— Ele vai ficar para trás?

— Sim, vai se divertir investigando a fundo o tal Rayburn. É o tipo de coisa que combina com ele. Ele adora uma intriga.

Mas estou falando sério sobre a minha oferta. Vai aceitá-la? Mrs. Blair aqui é uma acompanhante competente, e a senhorita poderá tirar meio período de vez em quando para escavar ossos por aí.

— Muito obrigada, Sir Eustace — respondi com cautela —, mas acho que vou partir para Durban ainda esta noite.

— Ora, não seja uma garota obstinada. Lembre-se de que há muitos leões na Rodésia. Vai gostar de leões, todas as garotas gostam.

— Eles vão praticar seus botes? — perguntei, rindo. — Não, muito obrigada, mas preciso ir para Durban.

Sir Eustace olhou para mim, deu um suspiro profundo, em seguida abriu a porta da sala contígua e chamou Pagett.

— Se já terminou a sesta, meu bom rapaz, talvez queira trabalhar um pouco para variar.

Guy Pagett apareceu na porta, fez uma reverência para nós duas, assustando-se ao me ver, e respondeu com voz melancólica:

— Passei a tarde toda datilografando este memorando, Sir Eustace.

— Bem, então pare de datilografá-lo. Vá até a Câmara do Comércio, ao Departamento de Agricultura ou ao Departamento de Minas, ou a qualquer outro desses lugares e peça-lhes que me emprestem alguma secretária para levar à Rodésia. Precisa ter olhos líquidos e não se opor a que eu segure sua mão.

— Sim, Sir Eustace. Vou pedir uma estenógrafa competente.

— Pagett é um sujeito malicioso — comentou Sir Eustace depois que o secretário saiu. — Aposto que escolherá de propósito alguma criatura feia de doer para me irritar. Ela também precisa ter pés bonitos... esqueci de mencionar isso.

Agarrei a mão de Suzanne com entusiasmo e quase a arrastei para seu quarto.

— Agora, Suzanne — falei —, temos que fazer planos...
e fazê-los rapidamente. Pagett vai ficar para trás... você ouviu isso?

— Sim. Por isso, suponho que não poderei ir para a Rodésia... o que é muito decepcionante, porque *quero* ir para
a Rodésia. Que maçada.

— Animação! — exclamei. — Você vai, sem dúvida. Não
vejo como poderia desistir no último momento sem parecer terrivelmente suspeito. E, além disso, de repente Pagett
pode ser convocado por Sir Eustace, e seria muito mais difícil para você se unir a ele durante a viagem.

— Dificilmente seria respeitável — comentou Suzanne,
com um sorrisinho. — Eu teria que fingir uma paixão fatal
por ele como desculpa.

— Por outro lado, se estivesse lá quando ele chegasse,
tudo seria simples e natural. Além disso, não creio que de-
vamos perder os outros dois totalmente de vista.

— Ah, Anne, sem dúvida você não pode suspeitar do Coronel Race ou de Sir Eustace, certo?

— Suspeito de todo mundo — respondi de um jeito sombrio —, e se você leu alguma história de detetive, Suzanne,
deve saber que o vilão é sempre a pessoa mais improvável.
Muitos criminosos eram homens gordos e alegres como Sir
Eustace.

— Coronel Race não é gordo... nem alegre.

— Às vezes, são magros e taciturnos — retruquei. —
Não digo que suspeito a sério de qualquer um deles, mas,
no fim das contas, a mulher foi assassinada na casa de Sir
Eustace...

— Está bem, está bem, não precisamos repetir tudo isso.
Vou cuidar dele para você, Anne, e se ele ficar mais gordo e
mais alegre, lhe enviarei um telegrama imediatamente.

Sir E. inchando. Altamente suspeito. Venha logo.

— Sério, Suzanne — gritei —, você parece estar pensando que tudo isso é uma brincadeira!

— Eu sei que estou — disse Suzanne, sem pudor. — É o que parece. A culpa é sua, Anne. Fiquei imbuída de seu espírito de "vamos nos aventurar". Nada disso parece real. Meu Deus, Clarence teria um ataque se soubesse que estou correndo pela África rastreando criminosos perigosos.

— Por que não telegrafa isso para ele? — perguntei sarcasticamente.

O senso de humor de Suzanne sempre a abandona quando se trata de enviar telegramas. Considerou de perfeita boa-fé essa minha sugestão.

— Até poderia. Teria que ser um telegrama bem longo. — Seus olhos cintilaram com o pensamento. — Mas acho que é melhor não. Os maridos sempre querem interferir em diversões inofensivas.

— Bem — falei, resumindo a situação —, você vai ficar de olho em Sir Eustace e no Coronel Race...

— Sei por que preciso cuidar de Sir Eustace — interrompeu Suzanne —, por causa de sua figura e de sua conversa bem-humorada. Mas suspeitar do Coronel Race me parece ir um pouco longe demais, acho mesmo. Ora, ele está envolvido com o Serviço Secreto. Sabe, Anne, acredito que a melhor coisa que poderíamos fazer seria confiar nele e lhe contar toda a história.

Contestei com vigor essa proposta injusta, pois reconheci nela os efeitos desastrosos do matrimônio. Quantas vezes não ouvi uma mulher inteligente dizer, no tom de quem está encerrando uma discussão: "*Edgar* falou que...". E o tempo todo temos plena consciência de que Edgar é um perfeito idiota. Suzanne, por conta de seu estado de casada, desejava se apoiar em um homem ou em outro.

No entanto, prometeu que não diria uma palavra ao Coronel Race, e assim prosseguimos com o nosso plano.

— Está bastante claro que devo ficar aqui e vigiar Pagett, e essa é a melhor maneira de fazê-lo. Preciso fingir que vou para Durban esta noite, levar minha bagagem e assim por diante, mas, na verdade, vou para algum hotelzinho na cidade. Posso alterar um pouco minha aparência: usar uma peruca clara e um daqueles véus grossos de renda branca, e terei uma chance muito maior de ver o que ele realmente está fazendo se achar que estou longe.

Suzanne aprovou este plano de todo o coração. Fizemos os devidos preparativos ostensivos, perguntando mais uma vez sobre a saída do trem no guichê de informações e fazendo minhas malas.

Jantamos juntos no restaurante. Coronel Race não apareceu, mas Sir Eustace e Pagett estavam sentados à mesa junto à janela. Pagett saiu da mesa no meio da refeição, o que me irritou, pois eu havia planejado me despedir dele naquela ocasião. No entanto, sem dúvida Sir Eustace também o faria. Fui até ele quando terminei.

— Adeus, Sir Eustace. Parto hoje à noite para Durban.

Ele soltou um suspirou profundo.

— Fiquei sabendo. Não gostaria que eu fosse com a senhorita, não é?

— Eu adoraria.

— Boa garota. Tem certeza de que não mudará de ideia e virá ver os leões da Rodésia?

— Certeza.

— Ele deve ser um sujeito muito bem-apessoado — comentou Sir Eustace, queixoso. — Algum jovem vaidoso de Durban, suponho, que obscurece meus encantos maduros por completo. A propósito, Pagett vai chegar de carro em um ou dois minutos. Ele poderia levar você até a estação de trem.

— Ah, não, obrigada — falei, apressada. — Mrs. Blair e eu pedimos um táxi.

Descer com Guy Pagett era a última coisa que eu queria! Sir Eustace olhou para mim com cuidado.

— Não acredito que goste de Pagett. Não culpo a senhorita. De todos os idiotas impertinente e intrometidos... andando por aí com ar de mártir e fazendo tudo o que consegue para me irritar e chatear!

— O que fez agora? — perguntei com alguma curiosidade.

— Conseguiu uma secretária para mim. Dificilmente a senhorita já viu uma mulher assim! Uma quarentona, mais ou menos, de pincenê, botas simplórias e um ar de eficiência vívida que vai me matar. Uma mulher comum, feia de doer.

— Ela não vai segurar sua mão?

— Sinceramente, espero que não! — exclamou Sir Eustace. — Seria o fim da picada. Bem, adeus, olhos brilhantes. Se eu acertar um leão, não lhe darei a pele... depois da maneira vil como a senhorita me abandonou.

Ele apertou minha mão calorosamente, e nos separamos. Suzanne estava me esperando no saguão. Havia descido para se despedir de mim.

— Vamos começar de uma vez — falei às pressas e fiz sinal para o homem conseguir um táxi.

Então, uma voz atrás de mim me fez estremecer:

— Com licença, Miss Beddingfeld, mas vou sair de carro em um instante. Posso deixar a senhorita e Mrs. Blair na estação.

— Ah, obrigada — falei, às pressas. — Mas não há necessidade de se incomodar. Eu...

— Incômodo algum, eu lhe garanto. Ponha a bagagem lá dentro, carregador.

Fiquei desarmada. Podia ter protestado ainda mais, mas um empurrãozinho de Suzanne insistiu para que eu ficasse alerta.

— Obrigada, Mr. Pagett — falei com frieza.

Entramos todos no carro. Enquanto avançávamos pela estrada em direção à cidade, eu quebrava a cabeça, buscando alguma coisa para dizer. Por fim, o próprio Pagett quebrou o silêncio.

— Consegui uma secretária muito competente para Sir Eustace — observou ele. — Miss Pettigrew.

— Ele não ficou assim tão empolgado com ela — comentei.

Pagett olhou para mim com frieza.

— Ela é uma estenógrafa proficiente — retrucou ele em tom de repreensão.

Paramos diante da estação. Certamente ele nos deixaria ali. Virei-me com a mão estendida... mas ele não me cumprimentou.

— Ficarei até que a senhorita parta. Já são vinte horas, e seu trem parte daqui a quinze minutos.

Ele deu instruções eficientes aos carregadores. Fiquei impotente, sem ousar olhar para Suzanne. O homem suspeitava e estava determinado a garantir que eu embarcasse no trem. E o que eu podia fazer? Nada. Em quinze minutos, me vi partindo da estação de trem com Pagett plantado na plataforma, acenando-me adeus. Conseguiu virar a mesa com muita habilidade. Além disso, seu comportamento perante a mim havia mudado. Estava cheio de uma afabilidade inquieta que lhe caía muito mal e me nauseava. O homem era um hipócrita bajulador; primeiro tentou me matar, e agora me elogiava! Será que imaginou por um minuto que eu não o havia reconhecido naquela noite no barco? Não, era um fingimento, um fingimento que me forçou a concordar, segurando o riso o tempo todo.

Indefesa como um carneirinho, segui em frente com suas instruções especializadas. Minha bagagem estava empilhada na minha cabine-dormitório — eu tinha um beliche só para mim. Eram 20h12. Em três minutos o trem partiria.

Mas Pagett não contava com Suzanne.

— Será uma viagem terrivelmente quente, Anne — disse ela de repente. — Em especial quando passar por Karoo amanhã. Está levando água de colônia ou água de lavanda com você, não é?

Minha deixa foi clara.

— Ah, minha querida — gritei. — Deixei minha *eau-de--Cologne* na penteadeira do hotel.

159

O hábito de Suzanne de dar ordens lhe serviu bem. Ela virou-se para Pagett de um jeito imperioso.

— Sr. Pagett. Rápido. Ainda dá tempo. Tem uma farmácia quase em frente à estação. Anne precisa de um pouco de *eau-de-Cologne*.

Ele hesitou, mas o jeito imperativo de Suzanne era demais para ele. Ela é uma autocrata nata. Ele partiu, e Suzanne o seguiu com os olhos até ele desaparecer.

— Rápido, Anne, saia pelo outro lado... caso ele ainda não tenha saído, mas esteja nos observando do final da plataforma. Sua bagagem não importa, pode telegrafar sobre isso amanhã. Ah, se ao menos o trem partisse na hora certa!

Abri o portão do lado oposto da plataforma e desci. Ninguém estava me observando. Pude ver Suzanne parada onde eu a havia deixado, olhando para o trem e, aparentemente, conversando comigo na janela. Soou um apito, e o trem começou a avançar. Então, ouvi pés batendo, subindo com toda a fúria pela plataforma. Escondi-me à sombra de uma livraria amistosa e fiquei observando.

Suzanne parou de agitar seu lenço e se virou para o trem em retirada.

— Tarde demais, Mr. Pagett — falou ela com animação. — Ela partiu. Isso é *eau-de-Cologne*? Pena não termos pensado nisso antes!

Passaram não muito longe de mim quando saíram da estação. Guy Pagett estava esbaforido. Era evidente que havia corrido até a farmácia e voltado.

— Posso chamar-lhe um táxi, Mrs. Blair?

Suzanne não deixou o papel de lado.

— Sim, por favor. Posso lhe dar uma carona? O senhor ainda tem muito a fazer por Sir Eustace? Meu Deus, gostaria que Anne Beddingfeld nos acompanhasse amanhã. Não gosto da ideia de uma jovem como ela viajar sozinha para Durban, mas ela estava determinada. Imagino que tenha algum rapaz atraente ali...

160 · AGATHA CHRISTIE ·

Depois que passaram, a voz deles começou a sumir. Que inteligente, Suzanne. Havia me salvado.

Deixei passar um ou dois minutos e, em seguida, também saí da estação, quase trombando com um homem... um homem de aparência desagradável, com um nariz desproporcionalmente grande para aquele rosto.

Capítulo 21

Não tive mais dificuldades para dar andamento aos meus planos. Encontrei um hotelzinho em uma rua de trás, consegui um quarto ali, paguei caução, pois não tinha bagagem comigo, e me recolhi, tranquila.

Na manhã seguinte, acordei cedo e fui à cidade comprar um modesto guarda-roupa. Minha ideia era não fazer nada até depois da partida do trem das onze horas para a Rodésia, com a maior parte do grupo a bordo. Era improvável que Pagett se entregasse a quaisquer atividades nefastas até que se livrasse do bando. Assim, tomei um trem para fora da cidade para desfrutar uma caminhada pelo campo. Estava comparativamente fresco, e fiquei feliz por esticar um pouco as pernas depois da longa viagem e do meu confinamento em Muizenberg.

Grandes coisas acabam dependendo das pequenas. O cadarço do meu sapato se desamarrou, e parei para atá-lo. A estrada tinha acabado de se dobrar em uma esquina e, quando eu estava me curvando sobre o sapato desatado, um homem veio pelo outro lado e quase me atropelou. Ergueu o chapéu, murmurando um pedido de desculpas, e continuou. Ocorreu-me que seu rosto era vagamente familiar, mas, naquele instante, não me demorei nesse pensamento. Olhei o relógio de pulso, e o tempo estava passando rápido. Virei-me para direção da Cidade do Cabo.

Havia um bonde prestes a partir, e precisei correr para tomá-lo. Ouvi mais passos correndo atrás de mim. Avancei para entrar no veículo, e quem corria fez o mesmo. Reconheci-o de imediato. Era o homem que havia passado por mim na estrada quando meu sapato se desamarrou e, em um piscar de olhos, entendi por que seu rosto era familiar. Era o homenzinho de nariz grande que encontrei ao sair da estação na noite anterior.

A coincidência era surpreendente. Seria possível que o homem estivesse me seguindo? Resolvi testar essa hipótese o mais rápido possível. Puxei o cordão da campainha e desci na próxima parada, mas o homem não desceu. Recuei para a sombra da porta de uma loja e observei. Ele desceu na parada seguinte e voltou em minha direção.

A questão era clara. Eu estava sendo seguida. Havia me alegrado cedo demais, pois minha vitória sobre Guy Pagett havia assumido outro aspecto. Dei sinal para o próximo bonde e, como esperava, meu perseguidor também entrou a bordo. Entreguei-me a pensamentos bastante sérios.

Era óbvio que eu havia me deparado com algo maior do que imaginava. O assassinato na casa de Marlow não fora um incidente isolado cometido por um indivíduo solitário. Eu estava enfrentando uma gangue e, graças às revelações do Coronel Race a Suzanne e ao que ouvira na casa de Muizenberg, estava começando a compreender algumas de suas múltiplas atividades. Crime organizado, sistematizado pelo homem conhecido pelo seu séquito como o "Coronel"! Lembrei-me de algumas das conversas que ouvira a bordo do navio, sobre o ataque em Witwatersrand e as causas subjacentes a ele — e a crença de que alguma organização secreta estava trabalhando para fomentar a agitação. Esse era o trabalho do "Coronel", seus emissários estavam agindo conforme o planejado. Sempre ouvi dizer que ele próprio não participava desses eventos, pois se limitava a orientar e a organizar. Ele fazia o trabalho cerebral, não o trabalho perigoso. Mas ainda assim podia ser que ele próprio estivesse no local, conduzindo os assuntos a partir de uma posição aparentemente perfeita.

Então, esse era o significado da presença do Coronel Race no *Castelo de Kilmorden*. Estava atrás do arquicriminoso. Tudo se encaixava nessa suposição. Ele era alguém de alto escalão do Serviço Secreto, cujo trabalho era levar o "Coronel" para trás das grades.

Balancei a cabeça para mim mesma: as coisas estavam ficando muito claras para mim. E quanto à minha parte neste caso? Onde eu havia ingressado nele? Será que estavam atrás apenas dos diamantes? Fiz que não com a cabeça. Por maior que fosse o valor dos diamantes, dificilmente explicava as tentativas desesperadas que foram feitas para me tirar do caminho. Não, eu representava mais do que isso na história. De alguma forma, sem que eu soubesse, virei uma ameaça, um perigo! Algum conhecimento que eu tinha, ou que pensavam que eu tinha, deixou-os ansiosos por me eliminar a qualquer custo — e esse conhecimento estava de alguma forma ligado aos diamantes. Eu tinha certeza de que havia uma pessoa que podia me esclarecer se quisesse! O "homem do terno marrom": Harry Rayburn. Ele conhecia a outra metade da história, mas havia desaparecido na escuridão, era uma criatura caçada que fugia da perseguição. Com toda a probabilidade, ele e eu nunca mais nos encontraríamos de novo...

Voltei à realidade daquele momento com um sobressalto. Não adiantava pensar em Harry Rayburn de um jeito sentimental. Ele havia demonstrado a maior antipatia por mim desde o início ou, ao menos... lá estava eu de novo, sonhando! O verdadeiro problema era o que fazer *naquele momento*!

Eu, orgulhosa de meu papel de observadora, acabei sendo observada. E eu estava com medo! Pela primeira vez, comecei a perder a coragem, pois eu era o grãozinho de areia que impedia o bom funcionamento da grande máquina, e imaginei que a máquina tinha o pavio bem curto para esses grãozinhos de areia. Uma vez Harry Rayburn me salvou, uma vez eu salvei a mim mesma, mas, de repente, senti que as chances estavam contra mim. Meus inimigos estavam ao meu redor, vindo de todas as direções, e se aproximavam cada vez mais. Se eu continuasse a jogar sozinha, estaria condenada.

Fiz um esforço para me recompor. Afinal, o que poderiam fazer? Eu estava em uma cidade civilizada, com policiais a cada poucos metros. Seria mais cautelosa no futuro. Não podiam me prender de novo como fizeram em Muizenberg.

Quando cheguei a esse ponto em minhas ponderações, o bonde chegou à Adderly Street. Apeei. Indecisa sobre o que fazer, caminhei devagar pelo lado esquerdo da rua, sem me preocupar em verificar se meu observador estava atrás de mim. Sabia que estava. Entrei no Cartwright's e pedi dois sorvetes de café com soda para acalmar os nervos. Um homem, suponho, pediria uma dose de bebida forte, mas garotas conseguem um grande conforto em sorvetes com soda. Usei um canudinho para degustar com felicidade a sobremesa. O líquido frio deslizou pela minha garganta da maneira mais agradável possível e, quando terminou, empurrei o primeiro copo vazio para o lado.

Eu estava sentada em um dos banquinhos altos diante do balcão. De soslaio, vi meu perseguidor entrar e se sentar com toda a discrição em uma mesinha perto da porta. Terminei o segundo sorvete e pedi outro de xarope de bordo. Posso beber uma quantidade ilimitada de sorvetes com soda.

De repente, o homem que estava perto da porta se levantou e saiu, o que me surpreendeu. Se esperaria lá fora de qualquer jeito, por que não ficou lá desde o início? Desci do banco e segui até a porta com toda a cautela. Recuei rapidamente para a sombra da entrada. O homem estava conversando com Guy Pagett.

Se eu tinha alguma dúvida, ela certamente estava resolvida. Pagett estava com seu relógio na mão, olhando para ele.

Trocaram algumas breves palavras e, em seguida, o secretário desceu a rua em direção à estação. Era claro que ele havia dado suas ordens. Mas quais eram?

De repente, meu coração subiu pela garganta. O homem que me seguia atravessou até o meio da estrada e falou com um policial. Ele falou por um bom tempo, gesticulando em direção a Cartwright's e sem dúvida explicando alguma coisa. Enxerguei o plano na mesma hora. Eu seria presa por uma acusação ou outra, talvez por roubo de carteiras. Seria fácil para a gangue resolver um problema simples como esse. De que adiantaria contestar alegando inocência? Eles já teriam cuidado de cada detalhe. Muito tempo antes, já haviam apresentado uma acusação de roubo da De Beers contra Harry Rayburn, e ele não fora capaz de refutá-la, embora eu tivesse poucas dúvidas de que ele era inocente. Que chances eu tinha contra uma "armação" que o "Coronel" pudesse concatenar?

Olhei para o relógio de um jeito quase mecânico e de pronto outro aspecto desse caso me chamou a atenção. Percebi o motivo por que Guy Pagett estava olhando para o relógio. Tinham acabado de bater as onze horas, e o trem postal havia partido para a Rodésia levando consigo os amigos influentes que, se não fosse pela distância, poderiam vir em meu socorro. Por isso eu permaneci ilesa até aquele momento. Desde a noite passada até as onze da manhã eu estava segura, mas agora a arapuca estava se fechando ao meu redor.

Abri minha bolsa cheia de pressa e paguei minhas bebidas e, ao fazê-lo, meu coração parecia estar estacando, *pois dentro dela havia uma carteira de homem cheia de dinheiro!* Devia ter sido habilmente enfiada na minha bolsa quando desci do bonde.

De pronto, perdi a cabeça. Saí correndo do Cartwright's. O homenzinho de nariz grande e o policial estavam atravessando a rua. Eles me avistaram, e o homenzinho me apontou ao policial cheio de agitação. Eu dei meia-volta e corri em disparada, julgando que o policial era lento. Eu deveria aproveitar a minha vantagem, mas não tinha um plano, mesmo naquele momento. Estava correndo pela Adderly Street em desespero. As pessoas começaram a me seguir com os olhos. Senti que alguém me impediria dali a mais alguns minutos.

Uma ideia passou-me pela cabeça.

— A estação? — perguntei, já sentindo o fôlego me faltar.

— Logo adiante, à direita.

Eu acelerei, pois é normal correr atrás de trens. Entrei na estação, mas, ao fazê-lo, ouvi passos logo atrás de mim. O homenzinho de nariz grande corria como um atleta campeão. Previ que seria detida antes de chegar à plataforma que procurava. Olhei para o relógio: um minuto para as onze. Eu conseguiria se meu plano desse certo.

Irrompi pela entrada principal da estação na Adderly Street e corri para fora de novo pela saída lateral. Bem diante de mim ficava a entrada lateral dos correios, cuja entrada principal fica na Adderly Street.

Como eu esperava, meu perseguidor, em vez de me seguir, correu pela rua para me interceptar quando eu saísse pela entrada principal ou para avisar o policial para fazê-lo.

Em um estalo de dedo, atravessei a rua de novo e entrei na estação. Corria como uma lunática. Eram exatamente onze horas. O longo trem estava se começando a se mover quando apareci na plataforma. Um carregador tentou me impedir, mas eu me esquivei dele e saltei para o estribo, subi dois degraus e abri a porta. Eu estava a salvo! O trem estava avançando cada vez mais rápido.

Passamos por um homem parado e sozinho ao final da plataforma. Acenei para ele.

— Adeus, Mr. Pagett! — gritei.

Nunca vi um homem tão surpreso. Parecia ter visto um fantasma!

Em um ou dois minutos, eu já enfrentava alguns problemas com o condutor, mas assumi um tom altivo.

— Sou a secretária de Sir Eustace Pedler — respondi, cheia de arrogância. — Faça o favor de me levar a seu vagão particular.

Suzanne e Coronel Race estavam na plataforma de observação na parte detrás do vagão e soltaram uma exclamação de total surpresa ao me ver.

— Olá, Miss Anne! — exclamou Coronel Race. — De onde a senhorita surgiu? Pensei que tivesse ido para Durban. Que pessoa cheia de surpresas a senhorita é.

Suzanne não disse palavra, mas seus olhos me lançaram uma centena de perguntas.

— Preciso me apresentar ao meu chefe — falei de um jeito recatado. — Onde ele está?

— Está no escritório, na cabine do meio, ditando a uma velocidade incrível para a infeliz Miss Pettigrew.

— Uma novidade esse entusiasmo pelo trabalho — comentei.

— Hum! — bufou Coronel Race. — Creio que a ideia dele seja dar trabalho suficiente à mulher para acorrentá-la à máquina de escrever em sua cabine pelo restante do dia.

Eu ri. Em seguida, acompanhada dos outros dois, procurei Sir Eustace. Ele caminhava para cima e para baixo naquele espaço circunscrito, lançando uma enxurrada de palavras à infeliz secretária que eu estava vendo pela primeira vez. Uma mulher alta e quadrada com roupas desgastadas, pincenê e ar eficiente. Calculei que estivesse achando difícil manter o ritmo de Sir Eustace, pois o lápis voava de um lado para o outro, e ela franzia a testa com muita força.

Entrei na cabine.

— Suba a bordo, senhor — falei em um tom atrevido.

Sir Eustace fez uma pausa no meio de uma frase complicada sobre a situação trabalhista e me encarou. Miss Pettigrew, ainda que tivesse um ar eficiente, devia ser uma pessoa nervosa, pois teve um sobressalto como se tivesse levado um tiro.

— Deus abençoe minha alma! — exclamou Sir Eustace. — E o rapazote de Durban?

— Prefiro o senhor — falei com suavidade.

— Minha querida — disse Sir Eustace. — Pode começar a segurar minha mão agora mesmo.

Miss Pettigrew pigarreou, e Sir Eustace rapidamente encolheu a mão.

— Ah, sim — disse ele. — Deixe-me ver, onde estávamos? Claro. Tylman Roos, em seu discurso em... Qual é o problema? Por que não está anotando?

— Acho — disse Coronel Race, todo gentil — que Miss Pettigrew quebrou a ponta do lápis.

Ele pegou-o dela e o apontou. Sir Eustace ficou olhando, e eu também. Havia algo no tom de Coronel Race que não entendi muito bem.

Capítulo 22

(Excertos do diário de Sir Eustace Pedler)

Estou inclinado a abandonar minhas Reminiscências. *Em vez disso, escreverei um pequeno artigo intitulado "Os secretários que tive". No que diz respeito aos secretários, parece que estou em uma situação difícil. Em um instante, fico sem secretários, no próximo, tenho-os aos montes. Neste momento, estou viajando para a Rodésia com um bando de mulheres. Race parte com as duas mais bonitas, claro, e me deixa com a feiosa. É o que sempre acontece comigo, e, afinal, este é meu vagão particular, não o de Race.*

Anne Beddingfeld está me acompanhando à Rodésia sob o pretexto de ser minha secretária temporária, mas durante toda a tarde ficou na plataforma de observação com Race, soltando exclamações sobre a beleza no desfiladeiro do rio Hex. Claro que eu lhe disse que seu principal dever seria segurar minha mão, mas nem isso ela está fazendo. Talvez tenha medo de Miss Pettigrew e, se assim o for, eu não a condeno. Não há qualquer coisa de atraente em Miss Pettigrew; é uma mulher repulsiva com pés largos, com uma aparência muito mais masculina do que feminina.

Há alguma coisa muito misteriosa em Anne Beddingfeld. Ela embarcou no trem no último minuto, ofegando como uma locomotiva a vapor, como se estivesse participando de uma corrida, e ainda assim Pagett me contou que a viu partindo para Durban na noite passada! Ou Pagett voltou a beber ou a garota deve ter corpo astral.

E ela nunca explica, ninguém jamais explica coisa alguma. Sim, "Os secretários que tive". N° 1, um assassino fugitivo da justiça. N° 2, um bêbado oculto que se envolve em intrigas de reputação mais do que duvidosa na Itália. N° 3, uma linda garota que tem a útil faculdade de estar em dois lugares ao mesmo tempo. N° 4, Miss Pettigrew, que, não tenho dúvidas, é uma vigarista perigosa disfarçada! Provavelmente uma das amigas italianas de Pagett que ele conseguiu me empurrar. Eu não devia estar me questionando se o mundo algum dia descobriria que havia sido grosseiramente passado para trás por Pagett. De forma geral, acredito que Rayburn foi o melhor desse grupo, pois nunca me preocupou ou ficou no meu caminho. Guy Pagett teve a impertinência de mandar colocar o baú de suprimentos de papelaria aqui, e ninguém consegue se mover sem cair sobre ele.

Saí agora há pouco para a plataforma de observação, esperando que minha aparição fosse saudada com alegria, mas as duas mulheres ouviam fascinadas uma das histórias de viajante de Race. Vou rotular este vagão, não será mais "Sir Eustace Pedler e Companhia", mas "Coronel Race e seu harém".

Em seguida, Mrs. Blair deve começar a tirar aquelas fotografias tolas. Cada vez que fazíamos uma curva particularmente apavorante, à medida que subíamos cada vez mais, ela disparava sua máquina.

"Entende o que eu quis fotografar?!", exclamava ela, encantada. "Se você conseguir fotografar a parte da frente do trem estando na parte detrás e com a montanha ao fundo, parecerá terrivelmente perigoso."

Expliquei a ela que ninguém poderia dizer que a fotografia havia sido tirada da parte detrás do trem. Ela encarou-me de forma compassiva.

"Vou escrever na parte debaixo dela. 'Tirada do trem. Locomotiva fazendo uma curva.'"

"A senhora poderia escrever isso embaixo de qualquer foto de um trem", insisti. As mulheres nunca pensam nessas coisas simples.

"Estou feliz por estarmos fazendo essa viagem à luz do dia!", exclamou Anne Beddingfeld. "Eu não teria visto nada disso se tivesse ido ontem à noite para Durban, certo?"

"Não mesmo", disse Coronel Race, sorrindo. "Teria acordado pela manhã e se veria no meio do Karoo, um deserto quente e empoeirado de pedras e rochas."

"Estou feliz por ter mudado de ideia", comentou Anne, suspirando satisfeita e olhando ao redor.

Era mesmo uma visão maravilhosa. As grandes montanhas ao redor, pelas quais nos virávamos, nos contorcíamos e lutávamos para subir cada vez mais.

"Este é o melhor trem diurno para a Rodésia?", perguntou Anne Beddingfeld.

"Diurno?", gargalhou Race. "Ora, minha querida Miss Anne, só há três trens por semana. Segundas, quartas e sábados. Você entende que chegará às Cataratas apenas no próximo sábado?"

"Nesta altura já nos conheceremos bem", disse Mrs. Blair em um tom malicioso. "Por quanto tempo vai ficar nas Cataratas, Sir Eustace?"

"Depende", falei com toda a cautela.

"De quê?"

"De como vão as coisas em Joanesburgo. Minha ideia original era ficar alguns dias nas Cataratas... que eu nunca tinha visto, embora esta seja minha terceira visita à África... e depois seguir para Joanesburgo e examinar as condições das coisas em Witwatersrand. Sabem que sou considerado uma autoridade na política sul-africana em nosso país. Mas, pelo que ouvi, Joanesburgo se transformará em um lugar especialmente desagradável de se visitar dentro de uma semana. Não quero examinar as condições em meio a uma revolução violenta."

Race sorriu com um ar de bastante superioridade.

"Acho que seus temores são exagerados, Sir Eustace. Não haverá um grande perigo em Joanesburgo."

As mulheres imediatamente olharam para ele como se dissessem: "Que herói corajoso você é". O que me irritou profundamente. Sou tão corajoso quanto Race, mas me falta a figura. Esses homens longilíneos, magros e corados conseguem tudo do jeito que desejam.

"Suponho que você irá até lá", falei com frieza.

"Muito possivelmente. Poderíamos viajar juntos."

"Não sei ao certo se não ficarei um pouco mais nas Cataratas", respondi em um tom evasivo. Por que Race está tão ansioso para que eu vá a Joanesburgo? Acredito que esteja de olho em Anne. "Quais são seus planos, Miss Anne?"

"Depende", respondeu ela com discrição, copiando-me.

"Pensei que fosse minha secretária", contestei.

"Ah, mas fui deixada de lado. O senhor passou a tarde toda segurando a mão de Miss Pettigrew."

"Seja lá o que eu tenha feito, posso jurar que não segurei mão alguma", assegurei.

Quinta-feira à noite.

Acabamos de sair de Kimberley. De novo, fizeram Race contar a história do roubo de diamantes. Por que as mulheres ficam tão entusiasmadas com qualquer coisa relacionada a diamantes?

Por fim, Anne Beddingfeld se livrou do véu de mistério. Parece que é correspondente de um jornal. Esta manhã, ela enviou um imenso telegrama de De Aar. A julgar pela tagarelice que durou quase toda a noite na cabine de Mrs. Blair, deve ter lido em voz alta todos seus artigos especiais para os anos vindouros.

Parece que desde sempre ela esteve no encalço do tal "homem do terno marrom". Pelo visto, ela não o identificou no Kilmorden. Na verdade, ela mal teve a chance de fazê-lo, mas neste momento ela está bastante ocupada enviando um tele-

grama para nossa terra natal, "viajando com o assassino", e inventando histórias altamente fictícias sobre "o que ele me disse" etc. Sei como são essas coisas, eu mesmo faço isso em minhas Reminiscências *quando Pagett me permite. E é claro que alguém do pessoal eficiente de Nasby deixará os detalhes ainda mais apetitosos, de modo que, quando aparecerem no* Daily Budget, *Rayburn nem sequer se reconhecerá.*

Mas a garota é sagaz. Aparentemente sozinha, ela descobriu a identidade da mulher que foi morta em minha casa, uma dançarina russa chamada Nadina. Perguntei a Anne Beddingfeld se tinha certeza, e ela respondeu que era apenas uma dedução, bem à la Sherlock Holmes. No entanto, deduzo que ela telegrafou para Nasby dando o fato como comprovado. As mulheres têm essas intuições — não tenho dúvidas de que Anne Beddingfeld está certa de sua suposição —, mas chamar isso de dedução é um absurdo.

Não consigo sequer imaginar como ela entrou para a equipe do Daily Budget, *mas é o tipo de jovem que faz esse tipo de coisa. Impossível resistir a seus encantos. Suas maneiras tão persuasivas mascaram uma determinação invencível. Veja como entrou em meu vagão particular!*

Estou começando a imaginar por quê. Race disse algo sobre a polícia suspeitar que Rayburn partiria para a Rodésia. Talvez ele tenha saído no trem de segunda-feira. Eles telegrafaram o tempo todo, presumo eu, e ninguém com a descrição dele foi encontrado, mas isso não diz muita coisa. É um jovem astuto que conhece a África. Provavelmente está em um disfarce primoroso de velha negra, e a polícia simplória continua a procurar um jovem bonito com uma cicatriz e trajando roupas europeias da moda. Nunca consegui acreditar naquela cicatriz.

De qualquer forma, Anne Beddingfeld está em seu encalço. Ela quer a glória de descobri-lo e revelar sua história ao Daily Budget *sem a ajuda de ninguém. As mulheres jovens de hoje em dia têm sangue muito frio. Insinuei a ela que era uma ação pouco feminina, e ela riu da minha cara. Garantiu-me que, se ela por acaso o encontrasse, sua fortuna estava feita. Vejo que Race também não gosta disso. Talvez Rayburn esteja neste trem. Se assim for, todos poderemos ser assassinados em nosso leito. Fiz esse comentário com Mrs. Blair, e ela pareceu gostar muito da ideia, observando que, se eu fosse assassinado, seria um furo realmente incrível para Anne! Um furo para Anne, de fato!*

Amanhã passaremos por Bechuanalândia, cuja poeira é atroz. Além disso, em cada estação criancinhas negras entram e vendem curiosos animais de madeira que elas mesmas esculpem, além de tigelas e cestos de palha de milho. Receio que Mrs. Blair vá enlouquecer por completo, pois há um encanto primitivo nesses brinquedos que acho que vai lhe agradar.

Sexta-feira à noite.

Como eu temia. Mrs. Blair e Anne compraram 49 animais de madeira!

Capítulo 23

(Aqui se retoma a narrativa de Anne)

Gostei imensamente da viagem até a Rodésia. Todos os dias havia algo novo e emocionante para se ver. Primeiro, a maravilhosa paisagem do vale do rio Hex, em seguida, a grandeza desolada do Karoo e, por fim, aquele maravilhoso trecho reto de ferrovia em Bechuanalândia e os brinquedinhos tão adoráveis que os nativos levaram para vender. Suzanne e eu quase ficávamos para trás em cada estação de trem, se é que podíamos chamá-las de estações. Parecia-me que o trem parava sempre que lhe apetecia, e, assim que o fazia, uma horda de nativos se materializava na paisagem erma, erguendo as tigelas feitas com palha de milho, canas-de-açúcar, *karosses* de pele animal e bichinhos adoráveis esculpidos em madeira. Suzanne começou a fazer uma coleção deles imediatamente, e eu segui seu exemplo. A maioria deles custava um *tiki* (três *pence*), e cada um era diferente. Havia girafas, tigres, cobras, um elande de aparência melancólica e guerreiros negros absurdamente pequenos. Divertimo-nos a valer.

Sir Eustace tentou nos conter, mas em vão. Ainda acho que foi um milagre não termos ficado para trás em algum oásis da ferrovia. Os trens sul-africanos não apitam nem causam alvoroço quando voltam à viagem, simplesmente partem em silêncio, então é necessário desviar os olhos da barganha do momento e correr para entrar nele de novo.

Pode-se imaginar o espanto de Suzanne ao me ver subir no trem na Cidade do Cabo. Repassamos exaustivamente a situação e ficamos conversando durante metade da noite.

Ficou claro para mim que as táticas defensivas deviam ser adotadas, assim como as agressivas. Eu estava bastante segura viajando com Sir Eustace Pedler e seu grupo. Tanto ele quanto Coronel Race eram protetores poderosos, e julguei que meus inimigos não desejavam cutucar um vespeiro tão perto de *mim*. Além disso, enquanto estive perto de Sir Eustace, mantive mais ou menos contato com Guy Pagett — e ele era o centro do mistério. Perguntei a Suzanne se, na opinião dela, era possível que o próprio Pagett fosse o misterioso "Coronel". Claro, sua posição subordinada era contrária à suposição, mas uma ou duas vezes me ocorreu que, apesar de todos os modos autocráticos, Sir Eustace era realmente muito influenciado pelo seu secretário. Ele era um homem tranquilo, alguém que um secretário hábil poderia ser capaz de manter na palma da mão. A relativa obscuridade de sua posição poderia, na realidade, lhe ser útil, já que seu maior desejo era ficar bem longe dos holofotes.

No entanto, Suzanne renegou fortemente essas ideias, recusando-se a acreditar que Guy Pagett era o espírito dominante. O verdadeiro chefe, o "Coronel", mantinha-se em algum lugar nos bastidores e provavelmente já estava na África no momento de nossa chegada.

Concordei que havia muito a ser dito quanto à opinião dela, mas não fiquei totalmente satisfeita, pois cada exemplo suspeito apontava Pagett como o gênio à frente de todo o caso. É verdade que sua personalidade parecia carecer da segurança e da decisão que se esperaria de um mestre do crime, mas, no fim das contas, de acordo com Coronel Race, era apenas um trabalho cerebral que este misterioso líder oferecia, e o gênio criativo é muitas vezes aliado a uma constituição física fraca e temerosa.

— Olha quem fala, a filha do professor — interrompeu Suzanne quando cheguei a esse ponto em meu argumento.

— De qualquer forma, é verdade. Por outro lado, Pagett pode ser o grão-vizir, por assim dizer, do Altíssimo. — Fiquei em silêncio por um ou dois minutos e, em seguida, continuei minha ponderação: — Eu gostaria de saber como Sir Eustace ganhou dinheiro!

— Suspeitando dele de novo?

— Suzanne, cheguei a um estado em que não consigo deixar de suspeitar de alguém! Na verdade, não suspeito dele, mas, afinal de contas, ele é *chefe* de Pagett e *dono* da Casa do Moinho.

— Sempre ouvi dizer que ele não gostava nem um pouco de falar de como ganhou todo seu dinheiro — comentou Suzanne, pensativa. — Mas não significa que foi por meio do crime... pode ser fabricante de tachinhas ou de tônico capilar!

Concordei com tristeza.

— Será — disse Suzanne em dúvida — que não estamos vendo fumaça onde não há fogo? Digo, sendo desviadas por completo do caminho ao supor a cumplicidade de Pagett? Suponhamos que, afinal de contas, ele seja um homem perfeitamente honesto?

Pensei nisso por um ou dois minutos e, em seguida, neguei com a cabeça.

— Não consigo acreditar nisso.

— Afinal, ele tem álibis para tudo.

— Sim, mas não são muito convincentes. Por exemplo, na noite em que tentou me jogar ao mar no *Kilmorden*, ele comentou que havia seguido Rayburn até o convés, e que Rayburn se virou e o derrubou. Agora sabemos que isso não é verdade.

— Não — disse Suzanne, relutante. — Mas ouvimos apenas essa história de segunda mão, da boca de Sir Eustace. Se tivéssemos ouvido diretamente do próprio Pagett, talvez tivesse sido diferente. Você sabe como as pessoas sempre se perdem um pouco em histórias quando as repetem.

Remoí essa questão toda em minha mente.

— Não — falei, por fim —, não vejo saída. Pagett é culpado. Não se pode escapar ao fato de que ele tentou me lançar ao mar, e todo o restante se encaixa. Por que você está sendo tão persistente nessa sua nova ideia?

— Por causa do rosto dele.

— O rosto dele? Mas...

— Sim, eu sei o que vai dizer. É um rosto sinistro. E a questão é essa. Nenhum homem com um rosto daqueles poderia ser realmente sinistro. Deve ser uma piada colossal por parte da natureza.

Não botei muita fé no argumento de Suzanne por conhecer muito sobre a natureza em eras passadas. Se tem senso de humor, não demonstra muito esse fato. Suzanne é exatamente o tipo de pessoa que atribuiria à natureza todas as suas qualidades.

Passamos a discutir nossos planos imediatos. Ficou claro para mim que eu deveria ter algum tipo de posicionamento, pois não poderia continuar evitando dar explicações para sempre.

A solução para todas as minhas dificuldades estava ao meu alcance, embora eu não pensasse nela já fazia algum tempo. O *Daily Budget*! Eu falar ou me calar não afetaria mais Harry Rayburn, pois ele havia sido identificado como o "homem do terno marrom" sem que eu tivesse culpa alguma. Talvez eu pudesse ajudá-lo melhor se parecesse estar contra, e não ao lado dele. O "Coronel" e seu bando não deviam suspeitar de que existia qualquer sentimento amistoso entre mim e o homem que escolheram para ser o bode expiatório do assassinato em Marlow. Pelo que eu sabia, a mulher morta ainda não havia sido identificada. Eu telegrafaria para Lorde Nasby, sugerindo que ela não era outra que não Nadina, a famosa dançarina russa que há tanto tempo encantava Paris.

Pareceu-me incrível que ela ainda não tivesse sido identificada, mas, quando eu tive mais informações sobre o caso, muito tempo depois, percebi como realmente era natural.

Nadina nunca tinha estado na Inglaterra durante sua carreira de sucesso em Paris, era uma desconhecida para o público londrino. As fotos da vítima de Marlow nos jornais estavam tão borradas e irreconhecíveis que não é de admirar que ninguém a tivesse identificado. E, por outro lado, Nadina manteve sua intenção de visitar a Inglaterra escondida de todos que conhecia. No dia seguinte ao assassinato, seu empresário recebera uma carta, supostamente da dançarina, na qual ela dizia estar retornando à Rússia para tratar de assuntos particulares urgentes, e que ele deveria lidar com a quebra dos contratos da melhor maneira possível.

Claro que soube de tudo isso apenas mais tarde. Com total aprovação de Suzanne, enviei um longo telegrama quando chegamos a De Aar, que chegou em um momento de abalo psicológico (o que, de novo, claro, soube apenas mais tarde). O *Daily Budget* estava com dificuldades de causar sensação com suas notícias, por isso meu palpite foi verificado, provou estar correto e trouxe para o jornal o maior furo de sua existência. "Vítima do assassinato da Casa do Moinho identificada por nossa repórter especial." E a nota continuava assim: "Nossa repórter está viajando com o assassino: o homem do terno marrom. Como ele é de verdade".

Claro, os principais fatos foram telegrafados aos jornais sul-africanos, mas li apenas meus longos artigos muito mais tarde! Recebi aprovação e instruções completas por telegrama em Bulavaio. Eu fazia parte da equipe do *Daily Budget* e recebi uma nota exclusiva de felicitações do próprio Lorde Nasby. Definitivamente eu havia sido autorizada a caçar o assassino, e eu, e somente eu, sabia que o assassino não era Harry Rayburn! Mas deixemos o mundo pensar que era — esse era o melhor cenário naquele momento.

Capítulo 24

Chegamos a Bulavaio na manhã de sábado. Decepcionei-me com o lugar, pois estava muito quente, e detestei o hotel. Além disso, a única maneira como posso descrever Sir Eustace é como mal-humorado. Acredito que foram todas as figuras de madeira que o incomodaram, em especial a enorme girafa. Era uma escultura colossal com pescoço absurdo, olhar meigo e cauda caída que tinha caráter e charme. Já estava surgindo uma controvérsia sobre quem era sua dona: eu ou Suzanne. Cada uma de nós contribuiu com um *tiki* para a compra, Suzanne apresentou reivindicações de senioridade e matrimônio, eu insisti na posição de que fui a primeira a contemplar sua beleza.

Entretanto, devo admitir, ela ocupava boa parte daquele nosso espaço tridimensional. Carregar 49 animais de madeira, todos de formato estranho e madeira quebradiça, é um tanto problemático. Dois carregadores seguiam ocupados com um bando de animais cada um, e um deles prontamente derrubou um grupo encantador de avestruzes e arrancou as cabecinhas. Ficamos alertas quanto a isso e carregávamos tudo o que conseguíamos com a ajuda do Coronel Race, e eu deixei a grande girafa nos braços de Sir Eustace. Mesmo a correta Miss Pettigrew não saiu ilesa, e lhe couberam um grande hipopótamo e dois guerreiros negros. Tive a sensação de que ela não gostava de mim. Talvez imaginasse que eu era uma atrevida. De qualquer forma, evitava-me tanto quanto podia. O engraçado é que seu rosto me parecia vagamente familiar, embora eu não conseguisse identificá-lo.

Repousamos a maior parte da manhã, e à tarde fomos até Matobo para ver o túmulo de Rhodes. Quer dizer, devíamos ter feito isso, mas, de última hora, Sir Eustace deu para trás. Estava quase tão mal-humorado quanto na manhã em que chegamos à Cidade do Cabo — quando jogou os pêssegos no chão e eles estouraram! Ficou claro que chegar cedo aos lugares piora muito seu temperamento: amaldiçoou os carregadores, xingou o garçom no café da manhã, lançou imprecações sobre toda a administração do hotel, sem dúvida teria gostado de mandar às favas Miss Pettigrew, que andava por aí munida de lápis e bloco de anotações, mas acho que nem mesmo Sir Eustace teria ousado amaldiçoar Miss Pettigrew. É tão eficiente quanto uma secretária de livro. Salvei nossa querida girafa bem a tempo. Sinto que Sir Eustace teria adorado derrubá-la no chão.

Voltando a nossa expedição, depois de Sir Eustace ter desistido, Miss Pettigrew comentou que permaneceria em casa caso ele assim desejasse. E, no último minuto, Suzanne mandou uma mensagem para avisar que estava com dor de cabeça. Então, Coronel Race e eu partimos sozinhos.

Ele é um homem estranho. No meio da multidão, quase não dá para notar, mas, quando se está sozinho com ele, o tamanho de sua personalidade parece quase acachapante. Ele fica mais taciturno e, ainda assim, seu silêncio parece dizer mais do que discursos.

Foi assim naquele dia que seguimos até Matobo através da suave vegetação baixa e marrom-amarelada. Tudo parecia estranhamente silencioso, exceto pelo nosso carro, que eu diria ser o primeiro Ford feito pelo homem! O estofamento estava rasgado em tiras e, embora eu não soubesse nada de motores, até eu conseguia entender que nem tudo estava em ordem ali dentro.

Aos poucos, a paisagem daquele interior mudou. Surgiram grandes rochedos, empilhados em formatos fantásticos. De repente, senti que havia entrado em uma era primitiva. Por um momento, os homens de Neandertal me pareceram tão reais quanto pareciam ao meu pai. Virei-me para o Coronel Race.

— Gigantes devem ter vivido aqui no passado — comentei com um tom sonhador. — E seus filhos eram exatamente como as crianças de hoje... brincavam com punhados de pedras, empilhando-as e derrubando-as, e quanto mais hábeis se tornavam para equilibrá-las, mais satisfeitos ficavam. Se desse um nome para este lugar, eu o chamaria de País das Crianças Gigantes.

— Talvez esteja mais perto da verdade do que imagina — disse Coronel Race com seriedade. — Simples, primitivo, grande... isso é a África.

Fiz que sim com a cabeça, concordando.

— O senhor adora, não é? — perguntei.

— Adoro. Mas viver aqui por muito tempo... bem, seria possível dizer que deixa a pessoa cruel. Ela passa a encarar a vida e a morte de uma forma bem leviana.

— É mesmo — respondi, pensando em Harry Rayburn. Ele também era assim. — Mas não é cruel com seres fracos, certo?

— As opiniões divergem quanto ao que são ou não "seres fracos", Miss Anne.

Havia um tom de seriedade em sua voz que quase me assustou. Senti que eu sabia muito pouco daquele homem ao meu lado.

— Acho que eu quis dizer crianças e cães.

— Sinceramente, posso dizer que nunca fui cruel com crianças ou cães. Então, a senhorita não considera mulheres "seres fracos"?

Ponderei.

— Não, acho que não... embora eu suponha que sejam. Quer dizer, são hoje em dia. Mas meu pai sempre disse que, no início, homens e mulheres vagavam juntos pelo mundo, iguais em força... como leões e tigres...

— E girafas? — interveio Coronel Race com um tom malicioso.

Eu ri, pois todo mundo estava zombando daquela enorme figura de madeira.

— E girafas. Veja bem, eles eram nômades. Apenas quando se fixaram em comunidades, e as mulheres se dedicaram a um tipo de coisa e os homens a outro, é que as mulheres se tornaram fracas. E é claro que, por dentro, continuamos iguais... quer dizer, *sentimos* o mesmo... e por isso as mulheres adoram a força física nos homens: é o que já tiveram e perderam.

— Na verdade, quase uma adoração aos ancestrais?

— Algo assim.

— E a senhorita realmente acha que isso é verdade? Quer dizer, que as mulheres adoram a força?

— Acho que é verdade... se formos sinceros. Pensamos que nossa admiração vem por qualidades morais, mas, quando a pessoa se apaixona, volta ao primitivo, em que o físico é tudo o que conta. Mas não acho que esse seja o fim; se a pessoa vivesse em condições primitivas, estaria tudo bem, mas não vive... e assim, no fim das contas, o outro lado vence. São coisas que supostamente já foram conquistadas que sempre vencem, não é? Vencem da única maneira que importa. Como aquilo que a Bíblia diz sobre perder a alma e encontrá-la.

— No final das contas — comentou Coronel Race com um tom pensativo —, a pessoa se enamora... e se "desenamora", é isso que quer dizer?

— Não exatamente, mas é possível colocar dessa forma, se quiser.

— No entanto, acredito que a senhorita nunca se desenamorou, certo?

— Não, não mesmo — admiti com franqueza.

— Mas já se enamorou?

Não respondi.

O carro estacou em nosso destino, e a conversa se encerrou. Saímos e começamos a lenta subida até as alturas da World's View. Não foi a primeira vez que senti um ligeiro desconforto na companhia do Coronel Race. Ele velava bem demais seus pensamentos por trás daqueles olhos pretos impenetráveis. Ele me assustou um pouco, sempre me assustara. Eu nunca sabia em que pé estava com ele.

Subimos em silêncio até chegarmos ao local onde Rhodes jazia guardado por rochedos gigantes. Um lugar estranho e misterioso, distante da presença dos homens, que canta um incessante hino daquela beleza acidentada.

Por algum tempo, ficamos ali sentados em silêncio. Depois, descemos mais uma vez, mas saindo um pouco do caminho. De quando em quando, era uma escalada difícil e, por vezes, chegávamos a uma encosta acentuada ou a uma rocha quase impossível de tão íngreme.

O Coronel Race seguia na frente e depois se virava para me ajudar.

— É melhor eu levantar a senhorita — disse ele, de repente, e me tirou do chão com um gesto rápido.

Senti a força dele quando me deixou no chão e aliviou seu aperto. Um homem de ferro, com músculos como aço. E, de novo, senti medo, especialmente porque ele não se afastou, mas ficou bem em minha frente, encarando meu rosto.

— Conte para mim, o que realmente está fazendo aqui, Anne Beddingfeld? — perguntou de forma abrupta.

— Sou uma cigana vendo o mundo.

— Sim, isso é bem verdade. Ser correspondente do jornal é apenas um pretexto, pois a senhorita não tem alma de jornalista. Está atrás de si mesma... aproveitando a vida. Mas isso não é tudo.

O que ele me faria contar? Eu estava com medo... com medo. Olhei-o bem de frente. Meus olhos não conseguem

· O HOMEM DO TERNO MARROM ·

185

guardar segredos como os dele, mas podem provocar uma guerra no país inimigo.

— Conte para mim o que realmente está fazendo aqui, Coronel Race? — perguntei.

Por um momento, pensei que ele não responderia. Mas é claro que ele ficou surpreso. Por fim, ele falou, e suas palavras pareceram lhe proporcionar uma diversão sinistra.

— Perseguindo uma ambição — respondeu ele. — Apenas isso... perseguindo uma ambição. Miss Beddingfeld vai lembrar que "por esse pecado caíram os anjos" etc.

— Dizem que o senhor realmente tem ligação com o governo... que está no Serviço Secreto — falei, devagar. — É verdade?

Foi imaginação minha ou ele hesitou por uma fração de segundo antes de responder?

— Posso assegurar-lhe, Miss Beddingfeld, que estou aqui estritamente como uma pessoa comum, viajando para meu próprio prazer.

Mais tarde, pensando naquela resposta, ela me pareceu um pouco ambígua. Talvez quisesse que assim fosse.

Voltamos ao carro em silêncio. No meio do caminho de volta para Bulavaio, paramos para tomar chá em uma estrutura um tanto primitiva à beira da estrada. O proprietário estava escavando o jardim e parecia irritado por ter sido incomodado, mas gentilmente prometeu ver o que podia fazer. Depois de uma espera interminável, ele nos trouxe fatias de bolo dormido e chá morno. Em seguida, desapareceu de novo no jardim.

Assim que partiu, fomos cercados por gatos, seis deles miando ao mesmo tempo de um jeito deplorável. O barulho ficou ensurdecedor. Ofereci-lhes alguns pedaços de bolo. Eles os devoraram com voracidade. Verti todo o leite que tinha em um pires, e eles brigaram para chegar até ele.

— Ah! — gritei indignada. — Eles estão famintos! Que perversidade. Por favor, por favor, peça mais leite e outro prato de bolo.

O Coronel Race partiu em silêncio para cumprir minhas ordens. Os gatos começaram a miar de novo. Ele voltou com uma grande jarra de leite, e os gatos beberam tudo.

Levantei-me com determinação no rosto.

— Vou levar esses gatos conosco para casa... não vou deixá-los aqui.

— Minha menina, não seja impulsiva. Não pode carregar seis gatos e cinquenta bichos de madeira com você.

— Os animais de madeira não importam, esses gatos estão vivos. Vou levá-los comigo.

— Não vai fazer nada disso. — Encarei-o, ressentida, mas ele continuou: — A senhorita me acha cruel, mas não pode passar a vida encarando essas coisas com sentimentalismo. Não adianta insistir, não vou permitir que os leve consigo. É um país primitivo, você sabe, e sou mais forte do que a senhorita.

Sempre sei reconhecer quando sou derrotada. Desci até o carro com os olhos molhados d'água.

— É provável que justamente hoje estejam com falta de comida — explicou para tentar me consolar. — A esposa daquele homem foi a Bulavaio fazer compras. Então, tudo vai ficar bem. E, de qualquer forma, sabe de uma coisa? O mundo está cheio de gatos famintos.

— Não... não — contestei em um tom feroz.

— Estou ensinando a senhorita a compreender a vida como ela é. Estou ensinando você a ser dura e implacável... como eu sou. Esse é o segredo da força... e o segredo do sucesso.

— Prefiro morrer a ficar insensível — falei com um tom apaixonado.

Entramos no carro e partimos. Aos poucos eu me recompus. De repente, para meu grande espanto, ele tomou minha mão.

— Anne — disse ele, gentil —, quero a senhorita. Aceita casar-se comigo?

Fiquei totalmente surpresa.

— Ah, não — gaguejei. — Não posso.

— Por que não?

— Não nutro esses sentimentos pelo senhor. Nunca pensei no senhor dessa forma.

— Entendo. Esse é o único motivo?

Tive que ser sincera, pois lhe devia isso.

— Não — respondi —, não é. Veja bem... tenho sentimentos por outra pessoa.

— Entendo — repetiu ele. — E isso era verdade lá no início... quando a vi pela primeira vez no *Kilmorden*?

— Não — sussurrei. — Foi... depois disso.

— Entendo — disse ele pela terceira vez, mas desta vez havia um tom proposital em sua voz que me fez virar e olhar para ele.

Seu rosto estava mais sombrio do que eu já vira antes.

— Como... como assim? — vacilei.

Ele olhou para mim, inescrutável, dominador.

— Apenas que... agora sei o que preciso fazer.

As palavras dele me causaram um calafrio. Havia uma determinação por trás delas que eu não entendia, o que me assustou.

Nenhum de nós disse mais nada até voltarmos ao hotel. Fui direto ter com Suzanne. Ela estava deitada na cama, lendo, e não parecia estar com dor de cabeça coisa nenhuma.

— Aqui repousa aquela que não segurou vela — observou ela. — Pseudônimo: a Acompanhante Cuidadosa. Ora, Anne, minha querida, qual é o problema?

Com isso, caí no choro.

Contei-lhe sobre os gatos. Não achei que era justo compartilhar com ela o que aconteceu com o Coronel Race, mas Suzanne é muito perspicaz. Acho que enxergou que havia alguma coisa a mais por trás disso.

— Você não pegou um resfriado, pegou, Anne? Parece absurdo sugerir esse tipo de coisa neste calor, mas você não para de tremer.

— Não é nada — respondi. — São meus nervos... estou tendo arrepios como se um fantasma estivesse passando por aqui. Não paro de sentir que algo terrível vai acontecer.

— Não seja boba — disse Suzanne, decidida. — Vamos falar de algo interessante. Anne, sobre aqueles diamantes...

— O que tem eles?

— Não tenho certeza de que estão seguros comigo. Antes estava tudo bem, ninguém poderia imaginar que estivessem entre as minhas coisas, mas agora que todos sabem que somos tão amigas, você e eu, também estarei sob suspeita.

— Mas ninguém sabe que estão dentro de um rolo de filme — contestei. — É um esconderijo esplêndido e, de verdade, não acredito que encontraríamos um melhor.

Cheia de dúvida, ela concordou, mas disse que discutiríamos o assunto de novo quando chegássemos às Cataratas.

Nosso trem partiu às 21 horas. O temperamento de Sir Eustace nem de perto estava bom, e Miss Pettigrew parecia arrasada. O Coronel Race era ele mesmo. Tanto que senti ter sonhado toda aquela conversa que tivemos no caminho de volta.

Dormi profundamente naquela noite em meu beliche duro, lutando com sonhos ameaçadores e indistintos. Acordei com dor de cabeça e saí para a plataforma de observação do vagão. O clima estava fresco, gostoso, e por toda parte, até onde se podia enxergar, havia colinas ondulantes, cheias de árvores. Eu adorei aquela paisagem, mais do que qualquer outro lugar que já tinha visto. Desejei poder ter uma cabaninha em algum lugar no meio do mato e morar lá para sempre... para todo o sempre...

Pouco antes das 14h30, Coronel Race me chamou do "escritório" e apontou para uma névoa branca em forma de buquê que pairava sobre parte do mato alto.

— É a bruma das Cataratas — comentou ele. — Estamos quase lá.

Eu ainda estava envolta naquela estranha sensação onírica de euforia que sucedera à noite conturbada que tive. Muito fortemente arraigada em mim estava a sensação de que eu estava voltando para casa... Para casa! E, no entanto, eu nunca estivera ali antes — ou estivera em sonhos?

Caminhamos do trem até o hotel, um grande prédio branco com telas que o protegiam contra a entrada de mosquitos. Não havia estradas nem casas. Saímos para o *stoep*, e eu soltei um suspiro. Ali, a oitocentos metros de distância, diante de nós, estavam as Cataratas. Nunca vi algo tão grandioso e belo e nunca verei de novo.

— Anne, você está feérica — disse Suzanne, quando nos sentamos para almoçar. — Nunca vi você assim antes.

Ela encarou-me com curiosidade.

— Estou? — Eu ri, mas senti que a risada não saiu de um jeito natural. — É que simplesmente amo tudo isso.

— É mais do que isso.

Uma leve ruga apareceu em sua testa, demonstrando apreensão.

Sim, eu estava feliz, mas, além disso, tive a curiosa sensação de estar esperando por alguma coisa, alguma coisa que aconteceria em breve. Eu estava agitada, inquieta.

Depois do chá, saímos, subimos no carrinho e fomos empurradas por homens negros sorridentes pelos pequenos trilhos até a ponte.

Era uma visão maravilhosa, o grande abismo e as águas correntes lá embaixo, e o véu de bruma e borrifos a nossa frente que se abria de vez em quando por um instante para exibir a catarata e, em seguida, se fechava de novo em seu impenetrável mistério. Na minha opinião, esse sempre foi o fascínio das Cataratas: sua qualidade evanescente. Sempre pensamos que veremos alguma coisa... e nunca vemos de verdade.

Atravessamos a ponte e seguimos devagar pelo caminho marcado com alpondras brancas de cada lado e que contornava a beirada do desfiladeiro. Por fim, uma grande clareira, onde um caminho seguia em direção ao abismo à esquerda.

— A ravina das palmeiras — explicou Coronel Race. — Vamos descer? Ou devemos deixar para amanhã? Vai levar algum tempo para descer, e a subida é das boas.

— Deixemos para amanhã — disse Sir Eustace com um ar decidido.

Pelo que percebi, ele não gosta de exercícios físicos extenuantes.

Ele foi à frente na volta. À medida que avançávamos, passamos por um belo nativo que nos acompanhava. Atrás dele, veio uma mulher que parecia ter todos os pertences da casa empilhados sobre a cabeça! Entre as quinquilharias havia uma frigideira!

— Nunca estou com minha câmera quando quero — grunhiu Suzanne.

— É um evento que ocorrerá com bastante frequência, Mrs. Blair — garantiu Coronel Race. — Por isso, não lamente.

Chegamos de volta à ponte.

— Vamos entrar na floresta do arco-íris? — perguntou ele. — Ou vocês têm medo de se molhar?

Suzanne e eu o acompanhamos. Sir Eustace voltou para o hotel. Fiquei bastante decepcionada com a floresta do arco-íris, pois não havia arco-íris o bastante e ficamos encharcados até os ossos, mas, de vez em quando, tínhamos um vislumbre das Cataratas do lado oposto e víamos como eram enormemente largas. Ah, Cataratas queridas, como eu amo e adoro vocês, e sempre as amarei!

Voltamos ao hotel bem a tempo de nos trocarmos para o jantar. Sir Eustace parecia ter uma antipatia por Coronel Race. Suzanne e eu brincávamos com ele, mas nem sequer recebíamos resposta.

Depois do jantar, ele se retirou para a sala de estar, arrastando consigo Miss Pettigrew. Suzanne e eu conversamos um pouco com Coronel Race, e, em seguida, ela declarou, com um imenso bocejo, que se recolheria a seus aposentos. Eu não queria ficar sozinha com ele, então me levantei também e fui ao meu quarto.

No entanto, eu estava animada demais para dormir, por isso nem me despi. Deitei-me em uma cadeira e me entreguei aos devaneios. E o tempo todo eu estava consciente de alguma coisa que se aproximava cada vez mais...

Houve uma batida à porta, e eu tive um sobressalto. Levantei-me e fui até lá. Um garotinho negro me estendeu um bilhete. Estava endereçado a mim com uma caligrafia que eu não conhecia. Peguei-o e voltei para dentro do quarto. Fiquei parada, segurando o papel, até que finalmente o abri. Era curto!

Preciso vê-la. Não me atrevo a ir ao hotel. Pode vir até a clareira perto da ravina das palmeiras? Pelos velhos tempos da cabine 17, por favor, venha. O homem que você conheceu como Harry Rayburn.

Meu coração palpitou até me sufocar. Então, ele estava ali! Ora, eu sabia, eu sabia o tempo todo! Eu o sentia perto de mim. De forma quase involuntária, cheguei ao esconderijo.

Enrolei um lenço na cabeça e fui até a porta. Precisava ter cuidado, ele estava sendo caçado e, por isso, ninguém podia me ver com ele. Passei pelos aposentos de Suzanne de um jeito sorrateiro e soube que ela estava dormindo profundamente. Podia ouvi-la respirando de forma regular.

Sir Eustace? Parei diante da porta de sua sala de estar. Sim, ele estava ditando para Miss Pettigrew, eu consegui ouvir sua voz monótona repetindo:

— Arrisco-me, portanto, a sugerir que, ao abordar esse problema da mão de obra ...

Ela fez uma pausa para que ele continuasse, e eu o ouvi grunhir alguma coisa, raivoso.

Continuei a me esgueirar. O quarto do Coronel Race estava vazio. Eu não o vi no saguão. E era o homem que eu mais temia! Mesmo assim, não podia mais perder tempo. Saí rapidamente do hotel e segui o caminho até a ponte.

Atravessei-a e parei ali, esperando à sombra. Se alguém tivesse me seguido, eu teria visto a pessoa atravessando a ponte. Mas minutos se passaram e ninguém apareceu. Eu não havia sido seguida. Virei-me e tomei o caminho em direção à clareira. Dei cerca de seis passos e parei. Alguma coisa farfalhou atrás de mim. Não podia ser ninguém que tivesse me seguido desde o hotel, mas sim alguém que já estava ali, esperando.

E imediatamente, sem quê nem porquê, mas com a certeza do instinto, soube que era eu quem estava sob ameaça. Foi a mesma sensação que tive naquela noite no *Kilmorden*, um instinto certeiro me avisando do perigo.

Olhei rapidamente para trás. Silêncio. Avancei um ou dois passos. Mais uma vez ouvi aquele farfalhar. Ainda caminhando, olhei de novo para trás. A figura de um homem saiu da sombra. Ele viu que eu o avistei e saltou adiante, seguindo no meu encalço.

Estava escuro demais para reconhecer qualquer pessoa, tudo o que pude ver foi que era alto e europeu, não nativo. Eu me esquivei e corri. Ouvi o baque surdo de seus passos atrás de mim. Corri mais rápido, mantendo os olhos fixos nas pedras brancas que me indicavam onde pisar, pois não havia luar naquela noite.

E, de repente, meu pé não tocou em nada. Ouvi o homem atrás de mim soltar uma risada maligna e sinistra. Foi o que ecoou em meus ouvidos enquanto eu caía de cabeça... caía... caía... rumo à destruição bem lá embaixo.

Capítulo 25

Voltei a mim lenta e dolorosamente. Estava consciente da dor de cabeça e de uma dor aguda no braço esquerdo quando tentei me mexer, e tudo parecia onírico e irreal. Visões de pesadelo flutuavam diante de mim. Eu me senti caindo de novo. Certa vez, o rosto de Harry Rayburn pareceu surgir em meio à névoa. Quase imaginei que fosse real. Então, ele voltou a flutuar, zombando de mim. Outra vez, lembro que alguém encaixou uma xícara em meus lábios, e eu bebi. Um rosto negro sorriu para mim. "Um rosto de demônio", pensei, e gritei. Depois, os sonhos de novo, sonhos longos e conturbados em que procurei em vão Harry Rayburn para avisá-lo... avisá-lo de quê? Eu mesma não sabia. Mas havia algum perigo... um grande perigo... e apenas eu poderia salvá-lo. Depois, escuridão de novo, escuridão misericordiosa e sono real.

Por fim, acordei de novo. O longo pesadelo havia terminado. Lembrei-me perfeitamente de tudo o que acontecera: minha fuga apressada do hotel para encontrar Harry, o homem nas sombras e o último momento terrível da queda...

Por algum milagre, não morri. Estava machucada, dolorida e muito fraca, mas viva. Aliás, onde eu estava? Movendo a cabeça com dificuldade, olhei ao redor. Estava em uma saleta com paredes de madeira rústica. Nelas estavam penduradas peles de animais e várias presas de marfim. Eu estava deitada em uma espécie de sofá rústico, também coberto de peles, e meu braço esquerdo estava enfaixado, rígido e desconfortável. A princípio, pensei que estivesse sozinha, mas então vi a figura de um homem sentado entre mim e a luz, a cabeça voltada para a janela. Estava tão imóvel que parecia ter sido esculpido em madeira. Alguma coisa em sua cabeça de cabelo cortado à escovinha me era familiar, mas não ousei deixar minha imaginação se desviar. De repente, ele se virou, e eu arfei. Era Harry Rayburn. Harry Rayburn em carne e osso.

Ele se levantou e se aproximou de mim.

— Sentindo-se melhor? — perguntou ele um pouco sem jeito.

Não consegui responder. Lágrimas escorriam pelo meu rosto. Eu ainda estava fraca, mas segurei a mão dele entre as minhas. Se ao menos eu pudesse morrer desse jeito, enquanto ele ficava ali me olhando com aquele olhar diferente.

— Não chore, Anne. Por favor, não chore. Você está em segurança agora. Ninguém vai machucar você.

Ele saiu, buscou uma xícara e a trouxe para mim.

— Beba um pouco deste leite.

Obediente, eu bebi. Ele continuou falando, em um tom baixo e persuasivo, como faria com uma criança.

— Não faça mais perguntas agora. Durma de novo. Vai ficar mais forte aos poucos. Eu saio se quiser.

— Não — pedi com urgência. — Não, não.

— Então, eu fico.

Ele trouxe um banquinho, colocou-o do meu lado e se sentou ali. Pousou a mão sobre a minha, e, acalmada e confortada, adormeci mais uma vez.

Devia ser noite e, quando voltei a acordar, o sol brilhava alto no céu. Eu estava sozinha na cabana, mas, quando me mexi, uma velha nativa entrou correndo. Era horrenda como o pecado, mas sorriu para mim de forma encorajadora. Trouxe-me água em uma bacia e me ajudou a lavar o rosto e as mãos. Em seguida, trouxe-me uma tigela grande de sopa, e tomei até a última gota! Fiz-lhe várias perguntas, mas ela apenas sorria, assentia e tagarelava em uma língua gutural, por isso concluí que não falava inglês.

De repente, ela se levantou e recuou respeitosamente quando Harry Rayburn entrou. Ele deu-lhe um aceno para dispensá-la, e ela saiu, deixando-nos a sós.

Ele sorriu para mim.

— Muito melhor hoje!

— Sim, sem dúvida, mas ainda confusa. Onde estou?

— Em uma pequena ilha no rio Zambeze, a cerca de seis quilômetros das Cataratas.

— Meus... meus amigos sabem que estou aqui?

Ele fez que não com a cabeça.

— Preciso enviar uma mensagem para eles.

— Como quiser, claro, mas se eu fosse você, esperaria até ficar um pouco mais forte.

— Por quê? — perguntei. Ele não respondeu de pronto, por isso, continuei: — Há quanto tempo estou aqui?

Sua resposta surpreendeu-me.

— Quase um mês.

— Ah! — exclamei. — Preciso mandar uma mensagem para Suzanne. Ela deve estar terrivelmente ansiosa.

— Quem é Suzanne?

— Mrs. Blair. Eu estava com ela, Sir Eustace e Coronel Race no hotel... mas você sabia disso, não é?

Ele fez que não com a cabeça.

— Não sei de nada, exceto que encontrei você presa na forquilha de uma árvore, inconsciente e com um braço torcido.

— Onde estava a árvore?

— Pendendo da ravina. Se suas roupas não tivessem ficado presas nos galhos, sem dúvida teria se despedaçado lá embaixo.

Estremeci. Então, um pensamento me ocorreu.

— Você diz que não sabia que eu estava lá. E o que me diz do bilhete?

— Que bilhete?

196   · AGATHA CHRISTIE ·

— O bilhete que me enviou, pedindo para encontrá-lo na clareira.

Ele encarou-me.

— Não lhe enviei bilhete algum.

Senti o rosto corando até a raiz do cabelo. Felizmente, ele pareceu não notar.

— Como chegou ao local de uma maneira tão fantástica? — perguntei no tom mais indiferente que consegui. — E o que está fazendo deste lado do mundo, no fim das contas?

— Eu moro aqui.

— Nesta ilha?

— Sim, vim para cá depois da guerra. Às vezes, levo grupos do hotel em meu barco para excursões, meu custo de vida é bastante baixo e, na maioria das vezes, faço o que desejo.

— Você mora aqui sozinho?

— Não anseio por companhia, posso lhe garantir — respondeu ele com frieza.

— Lamento ter infligido a minha a você — retruquei —, mas parece que tive muito pouco a ver com esse assunto.

Para minha surpresa, os olhos dele brilharam um pouco.

— Nada mesmo. Coloquei-a nos ombros como um saco de carvão e a levei até meu barco. Quase como um homem primitivo da Idade da Pedra.

— Mas por um motivo diferente — acrescentei.

Desta vez, ele corou, um rubor profundo e ardente. O bronzeado de seu rosto ficou impregnado de vermelho.

— Mas você não me contou como ficou vagando por aí de maneira tão conveniente até me encontrar — falei, apressando-me para encobrir a confusão dele.

— Eu não estava conseguindo dormir. Estava inquieto... perturbado... tinha a sensação de que algo aconteceria. No final das contas, peguei o barco, desembarquei e desci andando em direção às Cataratas. Estava no topo da ravina quando a ouvi gritar.

— Por que não pediu ajuda ao hotel em vez de me trazer para cá? — perguntei.

Ele voltou a corar.

— Suponho que lhe pareça uma liberdade imperdoável... mas não creio que, mesmo agora, você compreenda o perigo! Acha que eu devia ter informado seus amigos? Belos amigos, que permitiram que você fosse enganada até a morte. Não, eu jurei para mim mesmo que cuidaria melhor de você do que qualquer outra pessoa. Ninguém vem até esta ilha. Chamei a velha Batani, que certa vez curei de uma febre, para vir cuidar de você. Ela é leal e nunca dirá uma palavra. Eu poderia mantê-la aqui por meses sem que ninguém saiba.

Eu poderia mantê-la aqui por meses sem que ninguém saiba! Como poucas palavras podem ser um deleite!

— Você fez tudo certo — falei, baixinho. — E não enviarei qualquer mensagem. Um ou dois dias a mais de ansiedade não farão muita diferença. Não é como se eles fossem minha família. Na verdade, são apenas conhecidos... até mesmo Suzanne. E quem escreveu aquele bilhete devia saber... muita coisa. Não foi obra de algum desconhecido.

Desta vez, consegui mencionar o bilhete sem corar.

— Se você se orientasse por mim... — disse ele, hesitante.

— Não espero que aconteça — respondi de um jeito franco. — Mas não há mal algum em ouvi-lo.

— Você sempre faz o que lhe dá na telha, Miss Beddingfeld?

— Normalmente — respondi com cautela.

Para qualquer outra pessoa eu teria dito: "Sempre".

— Tenho pena de seu marido — disse ele de um jeito inesperado.

— Não precisa — retruquei. — Eu nem sonharia em me casar, a menos que estivesse perdidamente apaixonada. E é claro que não há algo que uma mulher goste mais do que fazer todas as coisas que odeia por alguém de quem ela *gosta*. E, quanto mais obstinada é, mais ela gosta.

— Receio discordar de você. Via de regra, a situação é inversa — comentou ele, com um leve sorriso de escárnio.

— Exatamente! — berrei com avidez. — E é por isso que há tantos casamentos infelizes. Tudo culpa dos homens. Ou dão lugar às mulheres, e então elas os desprezam, ou então são totalmente egoístas, insistem em fazer sua vontade e nunca dizem um "obrigado". Maridos bem-sucedidos obrigam esposas a fazerem exatamente o que querem e depois criam um estardalhaço terrível com elas por fazerem isso. As mulheres gostam de ser dominadas, mas odeiam que seus sacrifícios não sejam apreciados. Por outro lado, os homens não apreciam mulheres que são gentis com eles o tempo todo. Quando eu me casar, serei um demônio na maior parte do tempo, mas, de vez em quando, quando meu marido menos esperar, mostrarei a ele que posso ser um perfeito anjo!

Harry riu sem pudor.

— Que vida de cão e gato vocês levarão!

— Amantes sempre brigam — assegurei-lhe — porque não se entendem. E, quando eles se entendem, é porque não estão mais apaixonados.

— Não será o inverso verdadeiro? As pessoas que brigam entre si são sempre amantes?

— Eu... não sei — respondi, confusa por um momento.

Ele virou-se para a lareira.

— Aceita mais sopa? — perguntou ele em tom casual.

— Aceito, por favor. Estou com tanta fome que poderia comer um hipopótamo.

— Isso é bom.

Ele foi aprontar o fogo, e eu fiquei observando.

— Quando eu puder sair do sofá, cozinharei para você — prometi.

— Não achei que soubesse cozinhar.

— Posso esquentar latas tão bem quanto você — retruquei, apontando para uma fileira de latas sobre a lareira.

— *Touché* — disse ele e riu.

Todo o rosto se alterava quando ria, ficava infantil, feliz, com uma personalidade diferente.

Aproveitei minha sopa. Enquanto comia, lembrei que, no fim das contas, ele não me havia oferecido seu conselho.

— Ah, claro, era isso que eu ia dizer. Se eu fosse você, ficaria *perdu* aqui, bem tranquila, até que estivesse forte novamente. Seus inimigos acreditarão que você está morta e nem sequer ficarão surpresos por não encontrarem o corpo, pois ele teria se despedaçado nas rochas e sido levado pela correnteza.

Estremeci.

— Quando sua saúde estiver restaurada, poderá viajar tranquilamente até a Beira e tomar um barco que a levará de volta à Inglaterra.

— Seria muita docilidade da minha parte — contestei de um jeito desdenhoso.

— Está falando como uma colegial bobinha.

— Não sou uma colegial bobinha! — gritei, indignada. — Eu sou uma mulher.

Ele olhou para mim com uma expressão que eu não consegui compreender enquanto eu me sentava, empertigada, corada e agitada.

— Eu sei disso. E que Deus me ajude — murmurou ele e saiu em um rompante.

Minha recuperação foi rápida. Os dois ferimentos que sofri foram uma pancada na cabeça e uma torção grave no braço. Este último era o mais sério e, para começar, meu salvador acreditou que estivesse realmente quebrado. Porém, um exame cuidadoso o convenceu de que não era para tanto e, embora doesse sobremaneira, eu estava recuperando seu uso com rapidez.

Foi um período estranho. Estávamos isolados do mundo, sozinhos como Adão e Eva talvez tivessem ficado, mas com uma bela diferença! A velha Batani deambulava por ali, não valendo muito mais do que um cão de companhia. Insisti em cozinhar ou ajudar o máximo que pudesse com um braço. Harry passava boa parte do tempo fora, mas passávamos longas horas juntos, deitados à sombra das palmeiras, conversando e brigando, discutindo sobre tudo que havia sobre a terra, brigando e voltando a fazer as pazes. Bicávamo-nos bastante, mas entre nós crescia uma camaradagem real e duradoura que eu nunca teria acreditado ser possível. Isso... e alguma coisa a mais.

Eu sabia que estava se aproximando o momento em que eu estaria bem o suficiente para partir, e o percebi com o coração apertado. Ele me deixaria partir? Sem dizer uma palavra? Sem um sinal? Ele tinha acessos de silêncio, longos intervalos em pleno azedume, momentos em que se levantava e saía sozinho. Uma noite, a crise chegou. Tínhamos terminado uma refeição simples e estávamos sentados à porta da cabana. O sol estava descendo no horizonte.

Grampos de cabelo eram necessidades vitais que Harry não tinha sido capaz de me fornecer, e meu cabelo, liso e preto, pendia até os joelhos. Sentei-me, com o queixo apoiado nas mãos, absorta em meditações. Mais do que vi, senti como Harry me olhava.

— Você parece uma bruxa, Anne — disse ele, por fim, e havia algo naquela voz que nunca tinha estado ali antes.

Ele estendeu a mão e tocou meu cabelo. Estremeci. De repente, ele se levantou soltando uma imprecação.

— Você precisa ir embora daqui amanhã, está me ouvindo?! — gritou ele. — Eu... não aguento mais. Afinal, sou só um homem. Você precisa partir, Anne. Precisa. Não é tola. Você mesma sabe que as coisas não podem continuar deste jeito.

— Acho que não — concordei, devagar. — Mas... estão sendo momentos felizes, não é?

— Felizes? Tem sido um inferno!

— Tão ruim assim?

— Por que você me atormenta? Por que está zombando de mim? Por que você diz isso... rindo por baixo do cabelo?

— Eu não estava rindo, nem zombando. Se quiser que eu vá, eu vou embora. Mas se quiser que eu fique, ficarei.

— Isto, não! — gritóu ele com veemência. — Isto não. Não me tente, Anne. Percebe o que sou? Duas vezes criminoso. Um homem caçado. Eles me conhecem aqui como Harry Parker... acham que estive em uma jornada pelo interior, mas, a qualquer momento, podem somar dois mais dois... e, então, o golpe virá. Você é tão jovem, Anne, e tão linda... tem aquela beleza que deixa os homens enlouquecidos. Você tem o mundo todo pela frente... amor, vida, tudo. O meu mundo ficou para trás: chamuscado, estragado, com o gosto amargo das cinzas.

— Se você não me quer...

— Você sabe que eu a quero. Sabe que eu daria minha alma para tomá-la em meus braços e segurá-la aqui, escondida do mundo, para todo o sempre. E você está me tentando, Anne. Você, com seu longo cabelo de bruxa, e olhos que são dourados, castanho-esverdeados, e nunca para de rir, mesmo quando sua boca é um túmulo. Mas vou salvá-la de você mesma e de mim. Você parte esta noite. Irá para a Beira...

— Não vou para a Beira — interrompi.

— Vai, sim! Você partirá para a Beira mesmo que eu tenha que arrastar você até lá e arremessá-la dentro do barco. Acha que sou feito de quê? Acha que acordarei noite após noite, temendo que tenham te sequestrado? Não se pode continuar contando com milagres. Você precisa voltar para a Inglaterra, Anne... e... se casar e ser feliz.

— Com um homem estável que me dará um bom lar!

— Melhor do que... um desastre total.

— E você?

O rosto dele ficou sombrio e tenso.

— Meu trabalho está pronto para continuar. Não pergunte o que é. Ouso dizer que até consegue adivinhar. Mas vou lhe dizer uma coisa: limparei meu nome, ou morrerei tentando, e sufocarei a vida do maldito canalha que fez o possível para matá-la naquela noite.

— Precisamos ser justos — alertei. — Na verdade, ele não me empurrou.

— Nem precisaria, seu plano era melhor que isso. Mais tarde, subi até o caminho. Tudo parecia bem, mas, pelas marcas no chão, vi que as pedras que delimitam o caminho tinham sido erguidas e dispostas de novo em um local ligeiramente diferente. Há arbustos altos crescendo logo acima da beirada. Ele equilibrou as pedras da parte de fora sobre elas para que você pensasse que ainda estava no caminho, quando, na realidade, estava prestes a pisar no nada. Deus o ajude se eu botar minhas mãos nele!

Ele parou por um minuto e, em seguida, disse em um tom totalmente diferente:

— Nunca falamos dessas coisas, não é, Anne? Mas chegou a hora. Quero que ouça a história toda... desde o início.

— Se magoa você relembrar o passado, não me conte — comentei em voz baixa.

— Mas quero que você saiba. Nunca pensei que iria falar dessa parte da minha vida com alguém. Engraçado, não é, as peças que o Destino nos prega?

Ele ficou em silêncio por uns poucos minutos. O sol tinha se posto, e a escuridão aveludada da noite africana nos envolvia como um manto.

— Parte dela, eu sei — afirmei com gentileza.

— O que você sabe?

— Sei que seu nome verdadeiro é Harry Lucas.

Mesmo assim ele hesitou, sem olhar para mim, mas fitando adiante. Eu não tinha ideia do que se passava em sua mente, mas, por fim, ele inclinou a cabeça para a frente, como se concordasse com alguma decisão tácita dele próprio, e começou sua história.

Capítulo 26

— Você tem razão. Meu nome verdadeiro é Harry Lucas. Meu pai era um soldado aposentado que veio fazer a vida como fazendeiro na Rodésia. Morreu quando eu estava no segundo ano da faculdade, em Cambridge.

— Você gostava dele? — perguntei.

— Eu... não sei.

Então, ele ficou enrubescido e retomou com veemência:

— Por que eu disse isso? Eu *amava* meu pai. Dissemos coisas amargas um ao outro da última vez que o vi e tivemos muitas brigas por causa de minhas impetuosidades e dívidas, mas eu me importava com o velho. Eu sei o quanto agora... agora que já é tarde demais — continuou ele, com mais calma. — Foi em Cambridge que conheci o outro sujeito...

— O jovem Eardsley?

— Sim... o jovem Eardsley. O pai dele, como você sabe, foi um dos homens mais proeminentes da África do Sul. Não demorou para nos aproximarmos, meu amigo e eu. Tínhamos em comum o amor pela África do Sul e os dois gostávamos dos lugares inexplorados do mundo. Depois de sair de Cambridge, Eardsley teve uma última briga com seu pai. O velho pagou as dívidas dele duas vezes e se recusou a pagar uma terceira. Houve uma cena amarga entre eles. Sir Laurence declarou que sua paciência havia se esgotado: não faria mais nada pelo filho. Ele precisaria andar com as próprias pernas por um tempinho. Como sabe, o resultado foi que aqueles dois jovens partiram juntos para a América do Sul em busca de diamantes. Não vou entrar nesse assunto agora, mas tivemos momentos maravilhosos lá. Dificuldades aos montes, você entende, mas era uma vida boa... uma luta apertada pela existência longe dos caminhos mais tradicionais... e, meu Deus, aquele é um belo lugar para conhecer um amigo de verdade. Havia um vínculo forjado entre nós dois que apenas a morte podia ter rompido. Bem, como o Coronel Race lhe disse, nossos esforços foram coroados com sucesso. Encontramos uma segunda Kimberley no coração das selvas da Guiana Britânica, e é impossível descrever nossa alegria. Não tanto pelo verdadeiro valor em dinheiro da descoberta... veja bem, Eardsley estava acostumado com dinheiro e sabia que, quando seu pai morresse, seria um milionário, e Lucas sempre foi pobre e estava acostumado com isso. Não, era pelo puro deleite da descoberta.

Ele fez uma pausa e depois acrescentou, quase em tom de desculpas:

— Você não se importa que eu conte dessa maneira, certo? Como se eu estivesse de fora. É o que parece agora, quando olho para trás e vejo aqueles dois garotos. Quase me esqueço de que um deles era... Harry Rayburn.

— Conte como quiser — concordei, e ele continuou:

— Viemos para Kimberley... muito satisfeitos com nossa descoberta. Trouxemos conosco uma magnífica seleção de diamantes para apresentar aos especialistas. E então... no hotel em Kimberley... nós a conhecemos...

Endireitei-me um pouco, e a mão que descansava na ombreira da porta se cerrou involuntariamente.

— Anita Grünberg... esse era seu nome. Era uma atriz, muito jovem e muito bonita. Nasceu na África do Sul, mas creio que a mãe era húngara. Havia algum tipo de mistério que a rodeava, e isso, claro, aumentou sua atração para dois garotos que tinham acabado de chegar da selva. Para ela, éramos presas fáceis. Nós dois nos apaixonamos por ela de imediato e levamos isso muito a sério. Foi o primeiro conflito que surgiu entre nós, mas, mesmo assim, não enfraqueceu nossa amizade. Acredito sinceramente que cada um de nós estava disposto a abrir caminho para que o outro chegasse e vencesse, mas esse não era o jogo dela. Às vezes, depois do acontecido, eu me perguntava por que não, pois o único filho de Sir Laurence Eardsley era um *belo partido*. Mas a verdade é que ela era casada... com um avaliador da De Beers... embora ninguém soubesse disso. Ela fingiu um enorme interesse pela nossa descoberta, e nós lhe contamos tudo e até lhe mostramos os diamantes. Dalila... era assim que ela tinha que ser chamada... e ela desempenhava bem esse papel!

"O roubo da De Beers foi descoberto e, como um trovão, a polícia caiu sobre nós e confiscou nossos diamantes. A princípio, nós apenas rimos... a coisa toda era muito absurda. E, então, os diamantes foram apresentados ao tribunal... e, sem dúvida, eram as pedras roubadas da De Beers. Anita Grünberg havia desaparecido. Havia efetuado a substituição com bastante precisão, e nossa história de que aquelas não eram as pedras que estavam originalmente em nossa posse foi ridicularizada.

"Sir Laurence Eardsley era um homem muito influente. Conseguiu que o caso fosse arquivado... mas isso deixou dois jovens arruinados e em desgraça para enfrentar o mundo com o estigma de ladrões associado a seu nome, e o velho ficou em frangalhos. Ele teve uma conversa amarga com o filho, na qual lançou sobre ele todas as censuras imagináveis. Havia feito tudo que podia para salvar o nome da família, mas, daquele dia em diante, ele deserdava o filho, rejeitando-o por completo. E o rapaz, como o jovem tolo e orgulhoso que era, permaneceu em silêncio, evitando tentar defender sua inocência diante da descrença do pai. Ele saiu furioso do encontro... seu amigo esperava por ele. Uma semana depois, a guerra foi declarada. Os dois amigos alistaram-se juntos. E você sabe o que aconteceu. O melhor amigo que um homem já teve foi assassinado, em parte devido à própria imprudência louca ao correr ao encontro de um perigo desnecessário. Morreu com o nome manchado...

"Juro, Anne, que foi principalmente por causa dele que fiquei tão ressentido com aquela mulher. A relação tinha sido mais profunda com ele do que comigo. Eu estava loucamente apaixonado por ela naquele momento... até acho que por vezes a assustava... mas com ele era um sentimento mais calmo e profundo. Ela tinha sido o centro do universo dele... e sua traição destruiu as próprias raízes da vida dele. O golpe surpreendeu-o e o deixou paralisado."

Harry fez uma pausa e, depois de um ou dois minutos, continuou:

— Como sabe, fui dado como "desaparecido, presumivelmente morto". Nunca me preocupei em corrigir esse engano. Adotei o sobrenome Parker e vim para esta ilha, que conhecia havia tanto tempo. No início da guerra, eu tinha esperanças ambiciosas de provar a minha inocência, mas, naquela época, todo aquele espírito pareceu morto. Tudo o que sentia era: "Para quê?". Meu amigo estava morto, nem ele nem eu tínhamos parentes vivos que se importariam com a situação. Eu devia estar morto também, então, que assim fosse. Levei uma existência pacífica aqui, nem feliz nem infeliz... entorpecida por todos os sentimentos. Agora vejo que, embora não tivesse percebido na época, isso foi em parte efeito da guerra.

"E então, um dia, aconteceu algo que me despertou novamente. Estava levando um grupo de pessoas em meu barco para uma viagem rio acima e estava parado no cais, ajudando-os a entrar, quando um dos homens soltou uma exclamação assustada, o que concentrou minha atenção nele. Era um homem pequeno e magro, de barba, e estava olhando para mim com muita insistência, como se eu fosse um fantasma. A emoção dele era tão poderosa que despertou minha curio-

· O HOMEM DO TERNO MARROM ·

207

sidade. Fiz perguntas sobre ele no hotel e descobri que seu nome era Carton, que vinha de Kimberley e era um avaliador de diamantes contratado pela De Beers. Em um minuto, toda aquela antiga sensação equivocada tomou conta de mim de novo. Saí da ilha e fui até Kimberley.

"No entanto, consegui descobrir apenas um pouco mais sobre ele. No final, decidi que deveria forçar um encontro. Levei meu revólver comigo. No breve vislumbre que tive dele, percebi que era um covarde. Assim que ficamos cara a cara, reconheci que tinha medo de mim. Logo o forcei a me contar tudo o que sabia. Ele havia planejado parte do roubo, e Anita Grünberg era sua esposa. Certa vez, ele nos avistou enquanto jantávamos com ela no hotel e, depois de ler que eu havia morrido, minha aparição em carne e osso nas Cataratas o deixou deveras assustado. Ele e Anita haviam se casado muito jovens, mas ela logo se afastou dele. Ele contou que ela havia se metido em uma situação difícil... e aquela foi a primeira vez que ouvi falar do "Coronel". O próprio Carton nunca se envolvera em nada, exceto neste caso... assim ele me garantiu solenemente, e eu estava inclinado a acreditar. Era evidente que não tinha o que precisava para ser um criminoso bem-sucedido.

"Eu ainda tinha a sensação de que ele estava escondendo alguma coisa. Como teste, ameacei atirar nele ali mesmo, declarando que pouco me importava com o que aconteceria comigo naquele momento. Em um frenesi de terror, ele vomitou mais uma história. Parecia que Anita Grünberg não confiava muito no "Coronel". Enquanto fingia entregar para ele as pedras que havia pegado do hotel, ela manteve algumas em sua posse. Com seu conhecimento técnico, Carton a aconselhou sobre quais delas guardar. Se, em algum momento, essas pedras fossem apresentadas, seriam de cor e qualidade tais que seriam facilmente identificáveis, e os especialistas da De Beers admitiriam de imediato que aquelas pedras nunca haviam passado por suas mãos. Desta forma, a história da substituição seria corroborada, meu nome ficaria limpo, e as suspeitas seriam desviadas para o destinatário adequado. Concluí que, ao contrário de sua prática habitual, o próprio "Coronel" se envolveu neste caso, por isso Anita ficou satisfeita com ter um poder real sobre ele, caso precisasse. Então, Carton propôs que eu fizesse um acordo com Anita Grünberg, ou Nadina, como ela se chamava naquela época. Por uma quantia suficiente de dinheiro, ele acreditou que ela estaria disposta a desistir dos diamantes e trair seu antigo empregador. Ele telegrafaria para ela imediatamente.

"Eu ainda suspeitava de Carton. Era um homem fácil de assustar, mas que, em meio ao medo, contava tantas mentiras que separá-las da verdade não seria uma tarefa fácil. Voltei para o hotel e aguardei. Na noite seguinte, imaginei que ele teria recebido uma resposta ao telegrama e, ao ligar para a casa dele, fui informado de que Mr. Carton havia saído, mas voltaria no dia seguinte. Aquilo causou uma desconfiança imediata. No último minuto, descobri que, na verdade, ele partiria para a Inglaterra no *Castelo de Kilmorden*, que zarparia da Cidade do Cabo dentro de dois dias. Tive tempo apenas de viajar até lá para tomar o mesmo barco.

"Não tinha a intenção de alarmar Carton revelando minha presença a bordo. Havia atuado bastante em meu tempo em Cambridge, e foi relativamente fácil para mim me transformar em um cavalheiro barbudo de meia-idade. Tive toda a cautela para evitar Carton a bordo da embarcação, mantendo-me em minha cabine o máximo de tempo possível sob o pretexto de estar doente.

"Não tive dificuldade em segui-lo quando chegamos a Londres. Ele foi direto para um hotel e saiu apenas no dia seguinte, pouco antes das treze horas. Fui atrás dele. A primeira coisa que ele fez foi visitar um corretor de imóveis em Knightsbridge. Lá, pediu informações sobre casas para alugar à beira do rio.

"Eu estava na mesa ao lado, perguntando também sobre casas. Então, de repente, entrou Anita Grünberg, Nadina...

como quiser chamá-la. Soberba, insolente e quase tão bonita quanto antes. Meu Deus, como eu a odiava! Lá estava ela, a mulher que havia arruinado minha vida... e que também arruinara uma vida melhor que a minha. Naquele minuto eu podia ter envolvido minhas mãos naquele pescoço e enforcado-a pouco a pouco até sua morte! Apenas por um minuto ou dois, a raiva tomou conta de mim. Mal entendi o que o corretor estava dizendo. Foi a voz dela que ouvi em seguida, alta e clara, com um exagerado sotaque estrangeiro: 'A Casa do Moinho, Marlow. Propriedade de Sir Eustace Pedler. Parece que pode me servir muito bem. De qualquer forma, vou até lá vê-la'.

"O homem lhe escreveu um pedido, e ela saiu com seu jeito majestoso e insolente. Nem por palavra nem por sinal ela reconhecera Carton, mas eu tinha certeza de que o encontro deles ali havia sido preconcebido. Então, comecei a tirar minhas conclusões. Sem saber que Sir Eustace estava em Cannes, pensei que esse negócio de procurar uma casa fosse um mero pretexto para encontrá-lo na Casa do Moinho. Eu sabia que ele estava na África do Sul no momento do roubo e, como nunca o tinha visto, cheguei de pronto à conclusão de que ele mesmo era o misterioso "Coronel" de quem tanto tinha ouvido falar.

"Segui meus dois suspeitos ao longo de Knightsbridge. Nadina entrou no Hotel Hyde Park. Acelerei o passo e entrei também. Ela foi direto para o restaurante, e eu decidi não arriscar ser reconhecido naquele momento, mas continuaria a seguir Carton. Tinha grandes esperanças de que ele se apossasse dos diamantes e, aparecendo de repente e me fazendo presente para ele quando menos esperasse, poderia arrancar-lhe a verdade. Eu o segui até a estação de metrô Hyde Park Corner. Ele ficou parado, sozinho, no final da plataforma. Havia uma garota por perto, e mais ninguém. Decidi que o abordaria naquele instante. E você sabe o que aconteceu. No súbito choque de ver um homem que imaginava estar tão longe, na África do Sul, perdeu a cabeça e recuou para a linha. Sempre foi um covarde. Sob o pretexto de ser médico, consegui revistar seus bolsos. Havia uma carteira com algumas notas e uma ou duas cartas sem importância, um rolo de filme... que devo ter deixado cair em algum lugar mais tarde... e havia um pedaço de papel com um encontro marcado para o dia 22, no *Castelo de Kilmorden*. Na pressa de fugir antes que alguém me detivesse, também joguei fora esse bilhete, mas, felizmente, eu me lembrava dos números.

"Corri até o lavatório mais próximo e tirei a maquiagem às pressas. Eu não queria levar uma surra por furtar um defunto. Depois, voltei ao Hotel Hyde Park. Nadina ainda estava almoçando. Não preciso descrever em detalhes como a segui até Marlow. Ela entrou na casa, e eu falei com a mulher da edícula, fingindo que estava com ela. Então, também entrei."

Ele parou de falar. Houve um silêncio tenso.

— Você vai acreditar em mim, Anne, não vai? Juro perante Deus que o que vou dizer é a mais pura verdade. Entrei na casa atrás dela com o desejo íntimo em meu coração de assassiná-la... e ela estava morta! Encontrei-a naquele quarto do primeiro andar... meu Deus! Foi horrível. Morta... e eu não estava mais do que três minutos atrás dela. E não havia sinal de mais ninguém na casa! Claro que percebi imediatamente a terrível situação em que me encontrava. Com um golpe de mestre, o chantageado se livrou do chantagista e, ao mesmo tempo, providenciou para que uma vítima tivesse a si o crime atribuído. A mão do "Coronel" era muito direta. Pela segunda vez, eu seria sua vítima. Era um tolo por ter caído na armadilha tão facilmente.

"Mal sei o que fiz a seguir. Consegui sair do local com uma aparência bastante normal, mas sabia que não demoraria muito para que o crime fosse descoberto e uma descrição da minha aparência fosse telegrafada para todo o país.

"Fiquei escondido por alguns dias, sem ousar fazer nenhum movimento. Por fim, o acaso veio em meu auxílio. Ouvi uma conversa entre dois cavalheiros de meia-idade na rua, um dos quais era Sir Eustace Pedler. De pronto, concebi a ideia de me vincular a ele como seu secretário. O fragmento de conversa que ouvi me deu a pista de que precisava. Eu já não tinha tanta certeza de que Sir Eustace Pedler era o 'Coronel'. A casa dele talvez tivesse sido marcada como ponto de encontro por acidente ou por algum motivo obscuro que eu não compreendia."

— Sabe — interrompi — que Guy Pagett estava em Marlow na data do assassinato?

— Então, isso resolve tudo. Achei que estivesse em Cannes com Sir Eustace.

— Ele devia estar em Florença, mas, com certeza, nunca esteve *lá*. Tenho quase certeza de que, na verdade, estava em Marlow, mas claro que não posso provar.

— E pensar que nunca suspeitei de Pagett nem por um minuto, até a noite em que ele tentou jogá-la no mar. O homem é um ator maravilhoso.

— Sim, não é?

— Isso explica por que a Casa do Moinho foi escolhida. Provavelmente, Pagett podia entrar e sair de lá sem ser observado. Claro que não fez objeção a que eu acompanhasse Sir Eustace no barco. Não queria me derrubar de imediato. Veja, é muito claro que Nadina não trouxe as joias consigo para o encontro, como esperavam que ela fizesse. Imagino que Carton realmente as tivesse e as escondera em algum lugar do *Castelo de Kilmorden*... foi aí que ele entrou. Esperavam que eu tivesse alguma pista sobre onde estavam escondidas. Enquanto o "Coronel" não recuperasse os diamantes, ainda estaria em perigo... daí a ansiedade em alcançá-los a todo custo. Onde o diabo Carton os escondeu, se é que os escondeu, não sei.

— Esta é outra história — citei. — A *minha* história. E, agora, eu vou lhe contar.

Capítulo 27

Harry ouviu atentamente enquanto eu contava todos os acontecimentos que narrei nestas páginas. O que mais o deixou perplexo e surpreso foi descobrir que o tempo todo os diamantes estavam em minha posse, ou melhor, na de Suzanne. Era um fato de que ele nunca suspeitara. Claro que, depois de ouvir a história dele, percebi o objetivo do pequeno arranjo de Carton, ou melhor, de Nadina, já que não tive dúvidas de que foi o cérebro dela que concebera o plano. Nenhuma tática surpresa executada contra ela ou seu marido poderia resultar na apreensão dos diamantes. O segredo estava trancado em seu cérebro, e o "Coronel" provavelmente não adivinharia que haviam sido confiados aos cuidados de um camareiro!

A defesa de Harry frente à antiga acusação de roubo parecia garantida. O que paralisava todas as nossas atividades era a outra acusação, mais grave, pois, no pé em que as coisas estavam, ele não podia se manifestar abertamente para provar sua inocência.

A única coisa à qual voltamos repetidas vezes foi a identidade do "Coronel". Era ou não Guy Pagett?

— Eu diria que sim, mas por um motivo apenas — opinou Harry. — Parece quase certo que foi Pagett quem assassinou Anita Grünberg em Marlow... e isso empresta peso à suposição de que ele é o "Coronel", uma vez que a natureza do negócio de Anita não devia ser discutida com um subordinado. Não, a única coisa que depõe contra essa teoria é a tentativa de tirá-la do caminho na noite em que você chegou aqui. Você viu Pagett sendo deixado para trás na Cidade do Cabo... ele só poderia ter chegado aqui na quarta-feira seguinte. É improvável que tenha emissários nesta parte do mundo, e todos os planos dele foram traçados para lidar com você na Cidade do Cabo. Claro que ele poderia ter telegrafado instruções para algum representante em Joanesburgo, que poderia ter embarcado no trem rodesiano em Mafeking, mas suas instruções teriam que ser particularmente definidas para permitir que aquele bilhete fosse escrito.

Ficamos em silêncio por um momento. Em seguida, devagar, Harry continuou:

— Você diz que Mrs. Blair estava dormindo quando saiu do hotel e que ouviu Sir Eustace ditando para a Miss Pettigrew? Onde estava Coronel Race?

— Não consegui encontrá-lo em lugar algum.

— Ele tinha alguma razão para acreditar que... você e eu poderíamos ser amigos?

— Talvez tivesse — respondi, pensativa, lembrando-me de nossa conversa no caminho de volta dos Matobo. — Ele tem uma personalidade muito forte — continuei —, mas não condiz com minha ideia de "Coronel". E, de qualquer forma, tal ideia seria absurda. Ele é do Serviço Secreto.

— Como temos certeza de que realmente é? É a coisa mais fácil do mundo lançar uma informação dessas. Ninguém o contradiz, e o boato se espalha até que todos acreditem nele como uma verdade bíblica. Ele fornece uma desculpa para todos os tipos de ações duvidosas. Anne, você tem simpatia por Race?

— Sim... e não. Ele me repele e, ao mesmo tempo, me fascina. Mas de uma coisa eu sei: sempre tenho um pouco de medo dele.

— Ele estava na África do Sul, sabe, na época do assalto em Kimberley — disse Harry, hesitante.

— Mas foi ele quem contou a Suzanne tudo sobre o "Coronel" e sobre como esteve em Paris tentando persegui-lo.

— *Camouflage...* de um sujeito particularmente inteligente.

— Mas onde entra Pagett? Ele é contratado de Race?

— Talvez — disse Harry, devagar — ele nem entre no esquema.

— Como assim?

— Pense bem, Anne. Já ouviu o relato do próprio Pagett sobre aquela noite no *Kilmorden*?

— Sim... através de Sir Eustace.

Eu repeti o relato, e Harry ouviu atentamente.

— Ele viu um homem vindo da cabine de Sir Eustace e o seguiu até o convés. É isso que ele diz? Agora, quem ocupava a cabine em frente a Sir Eustace? Coronel Race. Suponhamos que o Coronel Race subisse sorrateiramente ao convés e, frustrado ao atacá-la, fugisse pelo convés e encontrasse Pagett, que havia acabado de passar pela porta do salão. Ele o derruba e entra, fechando a porta. Corremos até lá e encontramos Pagett ali, caído. Que tal?

— Você esqueceu que ele declara de forma veemente que foi você quem o derrubou.

— Bem, suponha que, no momento em que recupera a consciência, ele me veja desaparecendo ao longe? Não daria por certo que eu era seu agressor? Especialmente porque sempre pensou que era a mim que ele estava perseguindo?

— Sim, é possível — respondi, hesitante. — Mas isso altera todas as ideias que temos. E ainda há outras coisas.

— A maioria delas aberta a explicações. O homem que seguiu você pela Cidade do Cabo falou com Pagett, que olhou para o relógio. O homem podia simplesmente ter perguntado a hora.

— Quer dizer que foi apenas uma coincidência?

— Não exatamente. Há um método em tudo isso, que conecta Pagett ao caso. Por que a Casa do Moinho foi escolhida para o assassinato? Seria porque Pagett estava em Kimberley quando os diamantes foram roubados? Teria *ele* sido transformado em bode expiatório se eu não tivesse aparecido de forma tão providencial na cena do crime?

— Então, você acha que ele pode ser inocente?

— Parece que sim, mas, se esse for o caso, precisamos descobrir o que estava fazendo em Marlow. Se tiver uma explicação razoável, estamos no caminho certo.

Ele se levantou.

— Já passa da meia-noite. Entre, Anne, e durma um pouco. Pouco antes do amanhecer, vou levá-la de barco. Você deve pegar o trem para Livingstone. Tenho um amigo lá que a manterá escondida até o trem partir. De lá, você vai para Bulavaio e, em seguida, pega o trem para a Beira. Posso descobrir pelo meu amigo de Livingstone o que está acontecendo no hotel e onde estão seus amigos agora.

— Beira — disse eu, pensativa.

— Sim, Anne, seu destino é a Beira. Esse é um trabalho para homens. Deixe que eu resolvo.

Tivemos uma pausa momentânea na emoção enquanto conversávamos sobre a situação, mas, então, ela nos acometeu de novo. Nem sequer nos olhávamos.

— Tudo bem — falei e entrei na cabana.

Deitei-me no sofá forrado de pele, mas não dormi, e lá fora pude ouvir Harry Rayburn andando de um lado para o outro, para lá e para cá, durante as longas horas da madrugada. Por fim, ele me chamou:

— Vamos, Anne, é hora de ir.

Levantei-me e saí, obediente. Ainda estava bastante escuro, mas eu sabia que o amanhecer não estava longe.

— Vamos de canoa, não de barco a motor... — começou Harry, quando, de repente, estacou e ergueu a mão. — Silêncio! O que foi isso?

Espreitei, mas não consegui ouvir nada. Os ouvidos dele eram mais aguçados do que os meus; audição de um homem que viveu muito tempo no deserto. Logo também ouvi: o leve bater de remos na água vindo da margem direita do rio e aproximando-se rapidamente do nosso pequeno cais de desembarque.

Estreitamos os olhos para forçá-los na escuridão e conseguimos distinguir um borrão escuro na superfície da água. Era um barco. Então, vimos o clarão momentâneo de uma chama. Alguém havia riscado um fósforo. À sua luz, reconheci uma figura, o holandês de barba ruiva da mansão de Muizenberg. Os outros eram nativos.

— Rápido... volte para a cabana.

Harry puxou-me de volta com ele. Tirou duas carabinas e um revólver da parede.

— Consegue levar uma carabina?

— Nunca fiz isso, mostre-me como.

Compreendi suas instruções bem o suficiente. Fechamos a porta, e Harry parou perto da janela que dava para o cais. O barco estava prestes a passar ao lado dele.

— Quem está aí? — gritou Harry com voz retumbante.

Qualquer dúvida que pudéssemos ter sobre as intenções dos nossos visitantes foi logo resolvida. Uma saraivada de balas espalhou-se ao nosso redor. Felizmente, nenhum de nós foi atingido. Harry ergueu a carabina, que disparou com sanha assassina várias e várias vezes. Ouvi dois gemidos e um barulho de chapinhar na água.

— Agora eles vão ter no que pensar — murmurou ele, com raiva, enquanto estendia a mão para pegar a segunda carabina. — Fique bem para trás, Anne, pelo amor de Deus. E carregue-a depressa.

Mais balas. Uma delas pegou de raspão na bochecha de Harry. A resposta dele em disparos foi mais mortal do que a deles. Eu havia recarregado a carabina quando ele se virou para pegá-la. Ele me puxou perto com o braço esquerdo e me beijou de um jeito selvagem antes de se virar para a janela de novo. De repente, ele soltou um grito.

— Estão indo embora... já chega. São um alvo bom lá fora, na água, e não conseguem divisar quantos somos. Estão acabados por ora, mas voltarão. Teremos que nos preparar para eles.

Ele largou a carabina e se virou para mim.

— Anne! Você é linda, uma maravilha, pequena rainha! Tão corajosa quanto uma leoa. Bruxa de cabelo preto!

Ele me tomou nos braços, beijou meu cabelo, meus olhos, minha boca.

— E, agora, vamos aos negócios — disse ele, soltando-me de repente. — Leve essas latas de querosene para fora.

Fiz o que ele mandou, pois ele estava ocupado dentro da cabana. Logo eu o vi no telhado, rastejando com alguma coisa nos braços. Ele juntou-se a mim em um ou dois minutos.

— Vá até o barco. Teremos que carregá-lo pela ilha até o outro lado.

Ele pegou a querosene enquanto eu desaparecia.

— Estão voltando! — gritei, vendo o borrão se movendo na margem oposta.

Ele correu até mim.

— Bem na hora. Por que... onde diabos está o barco?

Os dois haviam sido deixados à deriva. Harry soltou um assobio baixinho.

— Estamos em uma situação difícil, querida. Você se importa?

— Não com você.

— Ah, mas morrer juntos não é muito divertido. Faremos melhor do que isso. Veja, desta vez eles vêm com dois barcos cheios, vão atracar em dois pontos diferentes. Agora, vamos ao meu pequeno efeito cênico.

Quase no momento em que falava, uma longa chama engoliu a cabana. A luz iluminou duas figuras agachadas, encolhidas sobre o telhado.

— Minhas roupas velhas, cheias de trapos... mas não vão tombar dali por algum tempo. Venha, Anne, temos que arriscar meios desesperados.

De mãos dadas, saímos em disparada pela ilha. Apenas um estreito canal de água a separava da costa daquele lado.

— Temos que nadar até lá. Você sabe nadar, Anne? Não que isso importe. Posso carregá-la. Não é um lado bom para se passar de barco, pois tem muitas pedras, mas é o lado certo para se nadar e chegar a Livingstone.

— Sei nadar um pouco... até mais do que isso. Qual é o risco, Harry? — Pois eu tinha visto a expressão sombria em seu rosto. — Tubarões?

— Não, sua boba. Os tubarões vivem no mar. Mas você é ligeira, Anne. O problema são os crocodilos.

— Crocodilos?

— Sim, não pense neles... ou faça suas orações, como queira.

Nós mergulhamos. Minhas orações devem ter adiantado, pois chegamos à costa sem percalço e ficamos encharcados, pingando na margem.

— Agora, sigamos para Livingstone. Temo que será difícil, e roupas molhadas não vão ajudar, mas é necessário.

A caminhada foi um pesadelo. Minha saia molhada batia nas pernas e logo minhas meias foram rasgadas pelos espinhos. Por fim, eu estaquei, exausta. Harry voltou para me buscar.

— Aguente firme, querida. Vou carregar você um pouco.

Foi assim que cheguei a Livingstone, pendurada nos ombros dele como um saco de carvão. Como ele conseguiu essa proeza, eu não sei. A primeira luz fraca do amanhecer estava raiando. O amigo de Harry era um jovem de 20 anos que mantinha um estoque de raridades nativas. O nome dele era Ned... talvez tivesse outro nome, mas não me disseram. Não pareceu nem um pouco surpreso ao ver Harry entrar, todo molhado, puxando pela mão uma mulher igualmente encharcada. Os homens são maravilhosos.

Ele nos deu comida e café quente, secou nossas roupas enquanto nos enrolávamos em cobertores de cores berrantes de Manchester. Na minúscula sala dos fundos da cabana, estávamos protegidos da observação pública enquanto ele saía para fazer investigações criteriosas sobre o que havia acontecido com o grupo de Sir Eustace e se algum deles ainda estava no hotel.

Foi então que informei Harry de que nada me faria partir para a Beira. Nunca tive intenção de fazê-lo, mas todos os motivos para aquele plano haviam desaparecido naquele momento. O objetivo dele era que meus inimigos acreditassem que eu estava morta, mas agora que já sabiam que eu não estava, a minha ida à Beira não serviria de nada. Poderiam facilmente me seguir até lá e me matar com toda a discrição. Eu não teria ninguém para me proteger. Por fim, ficou combinado que eu deveria me juntar a Suzanne, onde quer que ela estivesse, e dedicar todas as minhas energias para me cuidar. Em hipótese alguma eu deveria procurar aventuras ou tentar dar um xeque-mate no "Coronel".

Deveria permanecer em segurança com ela e aguardar instruções de Harry. Os diamantes seriam depositados no Banco de Kimberley sob o nome de Parker.

— Tem uma coisa — comentei, pensativa. — Deveríamos ter algum tipo de código. Não queremos ser enganados de novo por mensagens que venham de um ou de outro.

— Isso é bem fácil. Qualquer mensagem que venha genuinamente de mim terá a palavra "e" com um "x" em cima.

— Sem marca registrada, não será genuína — murmurei. — E quanto aos telegramas?

— Todos os meus telegramas serão assinados como "Andy".

— O trem chegará em breve, Harry — informou Ned, enfiando a cabeça no vão da porta e retirando-a logo depois.

Eu me levantei.

— E devo me casar com um homem bom e estável se encontrar um? — perguntei, cheia de recato.

Harry chegou perto de mim.

— Meu Deus! Anne, se você se casar com alguém além de mim, torço o pescoço dele. E quanto a você...

— Sim — encorajei-o, sentindo uma emoção prazerosa.

— Levo você embora e lhe dou uma surra daquelas!

— Que marido maravilhoso arranjei! — disse eu, sarcástica. — E como ele muda de ideia rápido!

Capítulo 28

(Excertos do diário de Sir Eustace Pedler)

Como comentei uma vez antes, em princípio, sou um homem de paz. Anseio por uma vida tranquila, e essa é exatamente a única coisa que pareço não ser capaz de ter. Estou sempre no meio de tempestades e agitações. Foi enorme o alívio de me afastar de Pagett, com seu intrometimento incessante, e Miss Pettigrew sem dúvida tem sua utilidade. Embora não haja nada de belo nela, uma ou duas de suas realizações são inestimáveis. É verdade que tive um problema de fígado em Bulavaio, pois tive uma noite perturbada no trem e, dessa maneira, me comportei como um bicho. Às três da manhã, um jovem vestido com muito garbo, parecendo um herói de comédia musical de faroeste, entrou em minha cabine e perguntou aonde eu ia. Ignorando meu primeiro murmúrio de "chá... e, pelo amor de Deus, não ponha açúcar", ele repetiu a pergunta, enfatizando o fato de que não era garçom, mas funcionário da Imigração. Por fim, consegui convencê-lo de que não sofria de doença infecciosa, de que estava visitando a Rodésia pelos motivos mais idôneos e o gratifiquei ainda mais com meu nome de batismo completo e meu local de nascimento. Então, tentei dormir um pouco, mas um idiota intrometido me acordou às 5h30 com uma xícara de melaço ralo que ele chamava de chá. Não acho que tenha jogado aquela lavagem nele, mas sei que era isso que eu queria fazer. Ele me trouxe chá sem açúcar, quase congelado, às seis, e então adormeci, exausto, para despertar nos arredores de Bulavaio e desembarcar com uma horrenda girafa de madeira que era só pernas e pescoço!

Mas, tirando esses pequenos contratempos, tudo estava indo bem. Então, uma nova calamidade se abateu sobre nós.

Foi na noite de nossa chegada às Cataratas. Eu estava ditando para Miss Pettigrew em minha sala de estar quando, de repente, Mrs. Blair entrou sem pedir licença e usando o mais comprometedor dos trajes.

"Onde está Anne?", choramingou ela.

Uma boa pergunta a se fazer. Como se eu fosse responsável pela garota. O que ela esperava que Miss Pettigrew pensasse? Que eu tinha o hábito de tirar Anne Beddingfeld do bolso à meia-noite ou durante a madrugada? Muito comprometedor para um homem na minha posição.

"Presumo que ela esteja na cama", respondi com frieza.

Pigarreei e olhei para Miss Pettigrew, indicando-lhe que estava pronto para retomar o ditado. Esperava que a senhora Blair entendesse a minha deixa, mas estava bem longe disso. Pelo contrário, ela afundou em uma cadeira e balançou o pé calçado com chinelo de maneira agitada.

"Ela não está no quarto dela. Eu passei por lá. Tive um sonho, um sonho terrível, em que ela corria um perigo tenebroso, e me levantei e fui até o quarto dela, apenas para me tranquilizar, o senhor sabe. Ela não estava lá, e a cama não estava arrumada."

Ela olhou para mim com expressão suplicante.

"O que devo fazer, Sir Eustace?"

Reprimindo o desejo de responder: "Vá para a cama e pare de se preocupar por nada. Uma jovem em boa forma como Anne Beddingfeld é perfeitamente capaz de cuidar de si mesma", franzi a testa burocraticamente.

"O que Race diz sobre isso?"

Por que Race tinha que fazer tudo do próprio jeito? Que ele tivesse algumas desvantagens assim como tem vantagens da companhia feminina.

"Não consigo encontrá-lo em lugar algum."

Era óbvio que ela estava aproveitando a noite. Suspirei e me sentei em uma cadeira.

"Não entendo muito bem o motivo para sua agitação", falei, paciente.

"Meu sonho..."

"Foi aquele curry do jantar!"

"Ah, Sir Eustace!"

A mulher ficou indignada e, no entanto, todo mundo sabe que os pesadelos são resultado direto de uma alimentação imprudente.

"Afinal de contas", continuei em tom persuasivo, "por que Anne Beddingfeld e Race não podiam dar um pequeno passeio sem que todo o hotel se agitasse com isso?"

"Acha que acabaram de sair para um passeio juntos? Mas já passa da meia-noite?"

"Quando são jovens, as pessoas se entregam a essas coisas tolas", murmurei, "embora Race tenha idade suficiente para ter a cabeça no lugar."

"O senhor acha isso mesmo?"

"Ouso dizer que eles fugiram para se casar", retomei a palavra, tranquilizador, embora plenamente consciente de que estava fazendo uma sugestão idiota. Afinal, em um lugar como este, para onde se poderia fugir?

Não sei quanto tempo mais devia ter continuado a fazer comentários tolos, mas, neste momento, o próprio Race veio ter conosco. De qualquer forma, eu estava parcialmente certo: ele saíra para passear, mas não levara Anne consigo. No entanto, estava também bastante errado em minha forma de lidar com essa situação, o que logo ficou evidente para mim. Race virou todo o hotel de cabeça para baixo em três minutos. Nunca vi um homem ficando mais nervoso do que ele.

Foi uma coisa muito extraordinária. Aonde a garota tinha ido? Ela saiu do hotel, completamente vestida, por volta das 23h10, e nunca mais foi vista. A ideia de suicídio parece impossível. Era uma dessas jovens enérgicas que são apaixonadas pela vida e não têm a menor intenção de abandoná-la. De qualquer forma, não haveria trem até o meio-dia do dia seguinte, então, não pode ter saído do local. Onde diabos ela está?

Race está quase fora de si, coitado do rapaz. Ele não deixou pedra sobre pedra. Pôs para trabalhar todos os condestáveis, ou seja lá como os chamam, em um raio de centenas de quilômetros. Os rastreadores nativos correram pelos quatro cantos. Tudo o que pode ser feito está a ser feito, mas nenhum sinal de Anne Beddingfeld. A teoria aceita é que sofria de sonambulismo. Há sinais no caminho perto da ponte que parecem mostrar que a menina caminhou deliberadamente além da beirada do penhasco. Nesse caso, claro, ela teria se despedaçado nas rochas lá embaixo. Infelizmente, a maioria das pegadas foi apagada por um grupo de turistas que optou por caminhar por ali na manhã de segunda-feira.

Não sei se é uma teoria muito satisfatória. Na minha juventude, sempre me disseram que os sonâmbulos não conseguiam se machucar, que seu próprio sexto sentido cuidava deles. Também não creio que a teoria satisfaça Mrs. Blair.

Não consigo compreender aquela mulher. Toda a atitude dela em relação a Race mudou. Ela observa-o agora como um gato à espreita de um rato e faz esforços óbvios para ser civilizada com ele. E eram tão amigos. No geral, ela está diferente do que era antes; hoje está nervosa, histérica, assustada e tendo sobressaltos ao menor som. Estou começando a achar que já é hora de partir para Joanesburgo.

No dia anterior surgiu um boato sobre uma ilha misteriosa em algum lugar rio acima, com um homem e uma garota nela. Race ficou deveras animado, mas acabou se mostrando uma grande ilusão. O homem mora lá faz anos e é bem conhecido do gerente do hotel. Ele leva grupos para lá e para cá no rio durante a temporada de cheia, apontando crocodilos, um hipopótamo desgarrado e coisas desse gênero. Acredito que mantém até um desses domesticado, treinado para arrancar pedaços do barco em certas ocasiões. Então, ele o afasta com um croque, e o grupo sente que finalmente chegou ao fim do mundo. Não se sabe ao certo há quanto tempo a menina está lá, mas parece bastante claro que não pode ser Anne, e deve haver um certo escrúpulo em interferir nos assuntos de outras pessoas. Se eu fosse esse jovem, certamente enxotaria Race da ilha se ele viesse fazer perguntas sobre meus casos amorosos.

Mais tarde.

Está decidido que irei a Joanesburgo amanhã. Race está me incentivando a fazê-lo. Pelo que ouvi, as coisas estão ficando desagradáveis lá, mas é melhor ir antes que piorem. De qualquer forma, ouso dizer que serei baleado por um grevista. Era para Mrs. Blair me acompanhar, mas, no último minuto, mudou de ideia e decidiu ficar nas Cataratas. Parece que não consegue aguentar desviar os olhos de Race. Veio até meus aposentos nesta noite e disse, com alguma hesitação, que tinha um favor a pedir. Se eu podia me encarregar de suas lembrancinhas?

"Os animais?", perguntei, alarmado. Sempre acreditei que, mais cedo ou mais tarde, ficaria encalacrado com aqueles bichos medonhos.

No final, selamos um acordo. Cuidei de duas pequenas caixas de madeira que continham artigos frágeis. Os animais devem ser embalados pelo armazém local em grandes caixotes e enviados de trem para a Cidade do Cabo, onde Pagett cuidará de seu armazenamento.

As pessoas que os embalam dizem que têm um formato particularmente estranho (!) e que terão que ser feitas caixas especiais. Salientei a Mrs. Blair que, quando ela os levar para casa, esses animais já lhe terão custado facilmente uma libra cada!

Pagett está se esforçando para me encontrar em Joanesburgo. Vou dar como desculpa as caixas de Mrs. Blair para mantê-lo na Cidade do Cabo. Escrevi-lhe que deve receber as caixas e zelar por sua disposição segura, pois contêm objetos raros de imenso valor.

Então, tudo está resolvido, e eu e Miss Pettigrew partiremos juntos. E qualquer pessoa que encarou Miss Pettigrew admitirá que essa partida é perfeitamente respeitável.

Capítulo 29

Joanesburgo, 6 de março.

Tem algo no estado das coisas aqui que não é saudável. Para usar a conhecida frase que li tantas vezes, todos vivemos no olho do furacão. Bandos de grevistas, ou aqueles que se dizem grevistas, patrulham as ruas e fecham a cara para as pessoas de um jeito assassino. Suponho que estejam identificando os capitalistas empachados prontos para massacrá-los quando chegar o momento. É impossível pegar um carro de aluguel; quando se toma um, os grevistas arrancam a pessoa do veículo. E os hotéis insinuam de um jeito agradável que, quando os alimentos faltarem, não poderemos mais ser atendidos por eles!

Conheci Reeves, meu colega do partido trabalhista e companheiro na viagem do Kilmorden ontem à noite. Era o homem mais covarde que já conheci. É como todas aquelas pessoas que fazem longos discursos inflamatórios apenas para fins políticos e depois se arrependem de tê-los feito. Neste momento, está ocupado dizendo que não foi ele quem realmente fez o tal discurso. Quando o conheci, ele estava de partida para a Cidade do Cabo, onde está pensando em fazer um discurso de três dias em holandês, justificando-se e salientando que as coisas que disse na verdade não eram nada daquilo que havia dito. Fico feliz por não ter um assento na Assembleia Legislativa da África do Sul. A Câmara dos Comuns já é ruim o bastante, mas pelo menos temos apenas um idioma e algumas pequenas restrições quanto à duração dos discursos. Quando fui à Assembleia antes de deixar a Cidade do Cabo, ouvi um senhor de cabelo grisalho e bigode caído que era idêntico à Tartaruga Falsa de Alice no País das Maravilhas. Ele soltava suas palavras uma a uma de um jeito especialmente melancólico. De vez em quando, se fortalecia para fazer mais esforços, exclamando alguma coisa que soava como "Platt Skeet", pronunciado em fortissimo e em contraste marcante com o restante de seu discurso. Quando fazia isso, metade do público gritava "uuf, uuf!", que possivelmente significa "ouçam, ouçam" em holandês, e a outra metade acordava sobressaltada da agradável soneca que estavam tirando. Fui informado que o cavalheiro estava falando havia pelo menos três dias. Devem ter muita paciência na África do Sul.

Inventei incumbências intermináveis para manter Pagett na Cidade do Cabo, mas, por fim, a fertilidade da minha imaginação vacilou, e ele vai se juntar a mim amanhã no espírito do cão fiel que corre para morrer ao lado do dono. E também estava me dando muito bem com minhas Reminiscências! Inventei algumas coisas extraordinariamente espirituosas que líderes grevistas me disseram e eu disse aos líderes grevistas.

Fui entrevistado por um funcionário do governo nesta manhã. Ele era urbano, persuasivo e, por sua vez, misterioso. Para começar, aludiu à minha elevada posição e importância e sugeriu que eu devesse me transferir ou ser transferido por ele para Pretória.

"Vocês esperam problemas, então?", perguntei.

Sua resposta foi elaborada de forma a não ter qualquer significado, então concluí que estavam esperando problemas bem sérios. Sugeri que seu governo estava deixando as coisas chegarem longe demais.

"É dar corda o bastante para um homem e deixá-lo enforcar-se com ela, Sir Eustace."

"Ah, é isso, é isso."

*"Não são os próprios grevistas que estão causando distúr-
bios. Existe alguma organização trabalhando por trás deles.
Têm chegado armas e explosivos, e descobrimos alguns documentos que esclarecem bastante os métodos adotados para
importá-los. Existe um código regular. Batatas significam 'de-
tonadores', couve-flor, 'carabinas', outros vegetais represen-
tam explosivos dos mais diversos."*

"Muito interessante", comentei.

*"Mais do que isso, Sir Eustace, temos todos os motivos para
acreditar que o homem que comanda todo o espetáculo, o gênio à frente do caso, neste momento está em Joanesburgo."*

*Ele encarou-me com tanta intensidade que comecei a temer
que ele suspeitasse que eu fosse o homem. Comecei a suar frio
com esse pensamento e me arrependi por ter tido a ideia de
inspecionar em primeira mão uma revolução em miniatura.*

"Não há trens circulando de Joanesburgo para Pretória",
continuou ele. *"Mas posso enviar o senhor até lá em um carro
particular. Caso seja parado no caminho, posso lhe fornecer
dois passes separados, um emitido pelo Governo da União e
o outro declarando que o senhor é um visitante inglês que não
tem absolutamente nada a ver com a União."*

"Um para seu pessoal, e outro para os grevistas, hein?"

"Exatamente."

*O projeto não me pareceu atraente — sei o que acontece
num caso desse tipo. É possível ficar afobado e misturar tudo.
Se eu entregasse o passe errado para a pessoa errada, acabaria sendo sumariamente baleado por um rebelde sanguinário,
ou por um dos defensores da lei e da ordem que avisto vigiando as ruas usando chapéus-coco e fumando cachimbos, com
carabinas enfiadas de forma negligente embaixo do braço.
Além disso, o que eu faria em Pretória? Admiraria a arquite-
tura dos edifícios da União e ouviria os ecos do tiroteio nos
arredores de Joanesburgo? Ficaria preso sabe-se lá Deus por
quanto tempo. Ouvi dizer que já explodiram a ferrovia. Não*

dá nem para sair e tomar uma bebidinha lá, pois colocaram o lugar sob lei marcial faz dois dias.

"Meu caro amigo", falei, "você parece não perceber que estou estudando as condições de Witwatersrand. Como diabos vou examiná-las em Pretória? Agradeço seu cuidado com minha segurança, mas não se preocupe comigo. Ficarei bem."

"Estou avisando, Sir Eustace, que a questão alimentar já está bem séria."

"Um pouco de jejum vai melhorar minha silhueta", comentei, com um suspiro.

Fomos interrompidos por um telegrama que me foi entregue e que li com espanto.

Anne está segura. Aqui comigo em Kimberley. Suzanne Blair.

Acho que nunca acreditei realmente na aniquilação de Anne. Existe algo especialmente indestrutível naquela jovem, é como aquelas bolas patenteadas que se dão aos fox terriers. Ela tem um talento extraordinário para surgir do nada, sorrindo. Ainda não entendo por que foi necessário que ela saísse do hotel no meio da noite para chegar a Kimberley. De qualquer forma, não havia trem. Deve ter invocado um par de asas de anjo e voado até lá. E não creio que algum dia vá explicar, ninguém explica nada, ao menos para mim. Sempre tenho que adivinhar. Depois de um tempo, fica monótono. Suponho que as exigências jornalísticas são o fundamento desse comportamento. "Como me atirei nas corredeiras", por nossa correspondente especial.

Dobrei de novo o telegrama e me livrei do meu colega do governo. Não gosto da perspectiva de sentir fome, mas não me vejo alarmado com minha segurança pessoal. O Primeiro-ministro Smuts é perfeitamente capaz de lidar com a Revolução. Mas eu daria uma quantia considerável de dinheiro por um aperitivo! Imagino se Pagett terá o bom senso de trazer uma garrafa de uísque com ele quando vier amanhã.

Coloquei meu chapéu e saí com a intenção de comprar alguns souvenirs. As lojas de recordações em Joanesburgo são bastante agradáveis. Eu estava estudando uma vitrine cheia de imponentes karosses, *quando um homem saindo da loja chocou-se contra mim. Para minha surpresa, revelou ser Race.*

Não posso me gabar de que pareceu satisfeito em me ver. Na verdade, parecia bastante irritado, mas insisti para que me acompanhasse de volta ao hotel. Estou cansado de não ter ninguém além de Miss Pettigrew com quem conversar.

"Eu não fazia ideia de que o senhor estava em Joanesburgo", comentei, tagarela. "Quando chegou aqui?"

"Na noite passada."

"Onde vai se hospedar?"

"Na casa de amigos."

Ele estava disposto a ser extraordinariamente taciturno e parecia incomodado com meus questionamentos.

"Espero que criem aves", comentei. "Soube que uma dieta de ovos recém-postos e o abate ocasional de um galo velho serão deveras convenientes em breve. A propósito", falei quando chegamos ao hotel, "o senhor ouviu dizer que Miss Beddingfeld está viva e bem?"

Ele assentiu com a cabeça.

"Ela nos deu um grande susto", brinquei. "Onde diabos se enfiou naquela noite, é isso que eu gostaria de saber."

"Esteve na ilha o tempo todo."

"Qual ilha? Não naquela com o rapaz?"

"Nela mesma."

"Muito inapropriado", opinei. "Pagett ficará bastante chocado. Sempre desaprovou Anne Beddingfeld. Suponho que esse era o jovem que ela pretendia originalmente conhecer em Durban?"

"Não acredito nisso."

"Não me diga nada se não quiser", interrompi para encorajá-lo.

"Imagino que seja um jovem em cujo pescoço todos ficaríamos muito felizes em botar as mãos."

"Não seria…" Soltei um grito com uma empolgação crescente.

Ele assentiu com a cabeça.

"Harry Rayburn, também conhecido como Harry Lucas, esse é o nome verdadeiro dele, o senhor sabe. Escapou de todos nós mais uma vez, mas vamos prendê-lo em breve."

"Meu Deus, meu Deus", murmurei.

"De qualquer forma, não suspeitamos de cumplicidade por parte da garota. Da parte dela é... apenas um caso de amor."

Sempre pensei que Race estivesse apaixonado por Anne. A maneira como disse aquelas últimas palavras me fez ter certeza.

"Ela foi para a Beira", continuou ele de um jeito um tanto apressado.

"É mesmo?", indaguei, encarando. "Como sabe?"

"Ela me escreveu de Bulavaio, dizendo que faria esse trajeto para voltar à Inglaterra. A melhor coisa que pode fazer, pobre menina."

"De alguma forma, não creio que esteja na Beira", falei, ponderando.

"Estava de partida quando escreveu."

Fiquei intrigado. Era óbvio que alguém estava mentindo. Sem parar para pensar que Anne podia ter excelentes razões para suas declarações enganosas, me entreguei ao prazer de ter uma vantagem sobre Race. Ele, sempre tão convencido. Tirei o telegrama do bolso e estendi-o ao homem.

"Então, como explica isso?", perguntei com indiferença.

Ele pareceu embasbacado. "Ela disse que estava de partida para a Beira", disse ele com voz atordoada.

Sei que Race devia ser inteligente. É, na minha opinião, um homem bastante estúpido. Nunca lhe ocorreu que as garotas nem sempre dizem a verdade.

"Para Kimberley também. O que estão fazendo lá?", murmurou.

"É, isso me surpreendeu. Até pensei que Miss Anne estaria no meio de tudo isso aqui, coletando histórias para o Daily Budget."

"Kimberley", repetiu ele. O lugar parecia incomodá-lo. "Não há o que ver lá... ninguém está trabalhando nas minas."

"O senhor sabe como são as mulheres", falei de um jeito vago.

Ele fez que não com a cabeça e partiu. Era claro que eu tinha dado alguma coisa para ele refletir.

Assim que partiu, meu colega funcionário do governo reapareceu.

"Espero que me perdoe por incomodá-lo de novo, Sir Eustace", desculpou-se ele. "Mas tenho uma ou duas perguntas que gostaria de lhe fazer."

"Está bem, meu caro", aquiesci com alegria. "Pergunte à vontade."

"Diz respeito à pessoa que secretaria o senhor..."

"Não sei de nada", respondi de um jeito apressado. "Ele se impôs a mim em Londres, roubou-me documentos valiosos... pelos quais serei malhado como um Judas... e desapareceu como em um passe de mágica na Cidade do Cabo. É verdade que eu estava nas Cataratas na mesma época que ele, mas eu estava hospedado no hotel, e ele, em uma ilha. Posso assegurar-lhe que nunca o avistei durante todo o tempo em que estive lá."

Fiz uma pausa para respirar.

"O senhor não me entendeu. Eu estava falando da outra pessoa."

"Quê? Pagett?", gritei, com grande espanto. "Ele está comigo há oito anos... é um sujeito dos mais confiáveis."

Meu interlocutor abriu um sorriso.

"Ainda não estamos falando da mesma pessoa. Refiro-me à senhora."

"Miss Pettigrew?", perguntei.

"Sim. Ela foi vista saindo da Loja de Souvenirs Nativos de Agrasato."

"Deus abençoe minha alma!", interrompi. "Eu mesmo estava indo àquele lugar esta tarde. Talvez você até me flagrasse saindo de lá!"

Não parece haver algo de inocente que alguém possa fazer em Joanesburgo sem estar sob suspeita.

"Ah, mas ela foi vista lá mais de uma vez... e em circunstâncias bastante duvidosas. Posso também dizer-lhe... em con-

fidência, Sir Eustace... que o local é suspeito de ser um conhecido ponto de encontro utilizado pela organização secreta por
trás desta Revolução. É por isso que eu ficaria feliz de saber
tudo o que o senhor puder me contar sobre essa senhora. Onde
e como chegou a contratá-la?"

"Ela me foi emprestada", retruquei com frieza, "pelo seu
próprio governo!"

Ele ficou arrasado.

Capítulo 30

(Aqui se retoma a narrativa de Anne)

Assim que cheguei a Kimberley, mandei um telegrama para Suzanne. Ela encontrou-se comigo com a maior rapidez, anunciando sua chegada com telegramas enviados no caminho. Fiquei muito surpresa ao descobrir que ela realmente gostava de mim, pensei que eu fosse apenas um *frisson* para ela, mas ela pulou no meu pescoço e chorou quando nos encontramos.

Quando nos recuperamos um pouco da emoção, sentei-me na cama e lhe contei toda a história, tim-tim por tim-tim.

— Você sempre suspeitou do Coronel Race — disse ela, pensativa, quando terminei. — Eu não desconfiei até a noite em que você desapareceu. Gostava muito dele e pensei que ele seria um ótimo marido para você. Ah, Anne, querida, não fique zangada, mas como sabe que esse seu jovem está dizendo a verdade? Acredita em cada palavra que ele diz.

— Claro que sim! — gritei, indignada.

— Mas o que há nele que a atrai tanto? Não vejo o que há nele além da beleza imprudente e do estilo moderno de fazer amor que mistura a essência do xeique com a do homem das cavernas.

Por alguns minutos, despejei um tanto da minha ira sobre Suzanne.

— Só porque você está confortavelmente casada e engordando, você esqueceu que existe uma coisa chamada romance — terminei.

— Ora, eu não estou engordando, Anne. Toda a preocupação que tenho tido com você ultimamente deve ter me deixado em frangalhos.

— Você parece especialmente bem nutrida — comentei, com frieza. — Diria que você engordou mais ou menos uns três quilos.

— E também não sei se estou tão bem-casada assim — continuou Suzanne com voz melancólica. — Tenho recebido telegramas terríveis de Clarence, ordenando que eu volte para casa. Não respondi e agora não tenho notícias dele há mais de duas semanas.

Receio não ter levado muito a sério os problemas matrimoniais de Suzanne. Ela conseguirá dobrar Clarence sem problemas quando chegar a hora. Mudei o rumo da conversa para o assunto dos diamantes.

Suzanne encarou-me boquiaberta.

— Preciso lhe contar, Anne. Veja, assim que comecei a suspeitar do Coronel Race, fiquei terrivelmente nervosa com os diamantes. Quis continuar nas Cataratas para o caso de ele ter sequestrado você em algum lugar próximo, mas não sabia o que fazer com os diamantes. Tive medo de mantê-los em minha posse...

Suzanne olhou em volta, inquieta, como se temesse que as paredes pudessem ter ouvidos, e, em seguida, sussurrou em meu ouvido com veemência.

— Uma ideia realmente boa — aprovei. — Na época, claro. É um pouco estranho agora. O que Sir Eustace fez com as caixas?

— As grandes foram enviadas para a Cidade do Cabo. Tive notícias de Pagett antes de deixar as Cataratas, e ele anexou o recibo do armazenamento. A propósito, ele está indo embora da Cidade do Cabo hoje para encontrar Sir Eustace em Joanesburgo.

— Entendo — disse eu, refletindo. — E as pequenas, onde estão?

— Suponho que Sir Eustace as tenha levado consigo.

Revirei a questão em minha mente.

— Bem — falei, por fim —, é estranho, mas bastante seguro. É melhor não fazermos nada por enquanto.

Suzanne olhou para mim com um sorrisinho.

— Você não gosta de ficar sem fazer nada, certo, Anne?

— Não muito — respondi com sinceridade.

A única coisa que pude fazer foi conseguir uma tabela de horários e ver a que horas o trem de Guy Pagett passaria por Kimberley. Descobri que chegaria às 17h40 da tarde seguinte e partiria de novo às dezoito. Queria ver Pagett o mais rápido possível, e isso me pareceu uma boa oportunidade. A situação no Witwatersrand estava ficando muito séria e talvez demorasse demais até que eu tivesse outra chance de fazê-lo.

O dia ficou um pouco mais animado ao recebermos um telegrama despachado de Joanesburgo. Um telegrama que parecia muito inocente:

Cheguei em segurança. Tudo indo bem. Eric aqui, também Eustace, mas não Guy. Continue onde está no momento. Andy.

Eric era nosso pseudônimo para Race. Escolhi-o porque é um nome do qual não gosto. Era óbvio que não havia nada a ser feito até eu poder me encontrar com Pagett. Suzanne empenhou-se em enviar um longo telegrama tranquilizador para o distante Clarence. Ela havia ficado bastante sentimental por causa dele. À sua maneira — que, claro, é bem diferente de mim e de Harry —, ela tem um carinho imenso por Clarence.

— Eu gostaria que ele estivesse aqui, Anne — comentou ela, engolindo em seco. — Faz muito tempo que não o vejo.

— Pegue um pouco de creme para o rosto — ofereci em um tom tranquilizador.

Suzanne esfregou um pouco na ponta do nariz encantador.

— Em breve, também vou querer mais creme para o rosto — comentou ela —, e só se consegue desse tipo em Paris. — Ela suspirou. — Paris!

— Suzanne, muito em breve você estará farta da África do Sul e de aventuras — falei para ela.

— Eu preciso de um chapéu muito bonito — admitiu Suzanne de um jeito melancólico. — Devo ir com você para encontrar Guy Pagett amanhã?

— Prefiro ir sozinha. Ele ficará mais acanhado se falar diante de nós duas.

Então, na tarde seguinte, enquanto eu estava em frente à porta do hotel, lutando com uma sombrinha recalcitrante que se recusava a abrir, Suzanne estava deitada com toda a paz na cama com um livro e um cesto de frutas.

De acordo com o carregador do hotel, o trem estava bem-comportado naquele dia e chegaria quase na hora certa, embora ele duvidasse muito que a máquina chegasse a Joanesburgo. Ele me garantiu com toda a seriedade que a linha havia sido explodida. Parecia uma ótima notícia!

O trem chegou apenas dez minutos atrasado. Todos se acotovelaram para desembarcar na plataforma e começaram a andar febrilmente de um lado para o outro. Não tive dificuldade em espreitar Pagett. Abordei-o com ansiedade, e ele teve seu habitual sobressalto nervoso ao me ver — um tanto acentuado desta vez.

— Meu Deus, Miss Beddingfeld, achei que a senhorita havia desaparecido.

— Eu reapareci — falei para ele em um tom solene. — E como vai, Mr. Pagett?

— Muito bem, obrigado. Ansioso para retomar meu trabalho com Sir Eustace.

— Mr. Pagett, há uma coisa que quero lhe perguntar. Espero que não se ofenda, mas muita coisa depende disso, mais do que o senhor pode imaginar. Gostaria de saber o que estava fazendo em Marlow no dia 8 de janeiro passado.

Ele tomou um susto violento.

— Na verdade, Miss Beddingfeld... eu... de fato...

— O senhor *estava* lá, não estava?

— Eu... por motivos próprios, estava nas cercanias, sim.

— Não vai me dizer por que motivo?

— Sir Eustace já não lhe contou?

— Sir Eustace? Ele sabe?

— Tenho quase certeza de que sabe. Esperava que ele não tivesse me reconhecido, mas, pelas dicas que ele deixou escapar e por seus comentários, temo que seja líquido e certo. De qualquer forma, eu pretendia confessar tudo e apresentar minha demissão. Ele é um homem peculiar, Miss Beddingfeld, com um senso de humor incomum. Manter-me em suspense parece ser sua diversão. Ouso dizer que o tempo todo estava perfeitamente ciente dos verdadeiros fatos. É possível que os conheça há anos.

Eu esperava que mais cedo ou mais tarde conseguisse entender do que Pagett estava falando. Ele continuou, com eloquência:

— É difícil para um homem da posição de Sir Eustace colocar-se na minha. Sei que eu estava cometendo um erro, mas parecia um equívoco inofensivo. Pensei que talvez fosse de bom gosto da parte dele ter me abordado diretamente, em vez de se entregar a piadas secretas às minhas custas.

Um apito ressoou, e as pessoas começaram a voltar ao trem.

— Sim, Mr. Pagett — interrompi —, tenho certeza de que concordo plenamente com tudo o que o senhor está dizendo sobre Sir Eustace. *Mas por que o senhor foi para Marlow?*

— Foi errado de minha parte, mas também me pareceu natural, dadas as circunstâncias... sim, ainda sinto que foi natural, dadas as circunstâncias.

— Que circunstâncias? — perguntei com um grito desesperado.

Pela primeira vez, Pagett pareceu reconhecer que eu estava lhe fazendo uma pergunta. Sua mente apartou-se das peculiaridades de Sir Eustace e de sua justificativa e se voltou para mim.

— Peço desculpas, Miss Beddingfeld — disse ele, tenso —, mas não entendo sua preocupação com o assunto.

Ele voltou ao trem neste momento, inclinando-se para falar comigo. Fiquei desesperada. O que alguém podia fazer com um homem desses?

— Claro, se é algo tão terrível que o senhor se envergonha de falar disso comigo... — comecei a falar, com minha artimanha.

Por fim, encontrei o ponto certo, pois Pagett ficou tenso e enrubesceu.

— Terrível? Envergonhado? Não estou entendendo.

— Então, me diga.

Em três frases curtas, ele me contou, e finalmente eu soube do segredo de Pagett! Não era nem um pouco o que eu esperava.

Caminhei devagar de volta ao hotel e, quando cheguei, um telegrama me foi entregue. Eu o abri. Nele havia instruções completas e definidas para que eu seguisse imediatamente para Joanesburgo, ou melhor, para uma estação deste lado de Joanesburgo, onde eu seria recebida por um carro. Estava assinado, não por Andy, mas por Harry.

Sentei-me em uma poltrona para refletir com seriedade.

Capítulo 31

(Do diário de Sir Eustace Pedler)

Joanesburgo, 7 de março.

Pagett chegou. Está com um humor péssimo, claro. Sugeri que deveríamos ir a Pretória. Então, quando lhe disse, gentil, mas firme, que permaneceríamos aqui, ele foi para o outro extremo, desejou estar com sua carabina e começou a tagarelar sobre alguma ponte que vigiara durante a Grande Guerra. Uma ponte ferroviária no entroncamento de Little Puddecombe ou algo assim.

Logo encerrei a conversa, dizendo-lhe para desembalar a grande máquina de escrever. Achei que isso o manteria ocupado por algum tempo, porque a máquina de escrever certamente havia quebrado — sempre acontece —, e ele teria que levá-la a algum lugar para consertá-la. Mas eu havia me esquecido da grande proatividade de Pagett.

"Já abri e desembalei todas as caixas, Sir Eustace. A máquina de escrever está em perfeitas condições."

"Como assim... todas as caixas?

"As duas caixas pequenas também."

"Gostaria que não fosse tão impertinente, Pagett. As caixas pequenas não eram da sua conta. Pertencem a Mrs. Blair.

Pagett pareceu desalentado, pois odeia cometer erros.

"Então, pode fechá-las de novo com cuidado", continuei. "Depois disso, pode dar uma saída e olhar como estão as coisas por aí. Joanesburgo provavelmente estará em ruínas fumegantes amanhã, então pode ser sua última chance."

Achei que com isso seria bem-sucedido em me livrar dele, ao menos pela manhã.

"Tem uma coisa que quero lhe dizer quando tiver um tempo disponível, Sir Eustace."

"Estou sem nenhum agora", retruquei às pressas. "Neste momento não tenho absolutamente nenhum tempo disponível."

Pagett retirou-se.

"A propósito", gritei atrás dele, "o que havia naquelas caixas de Mrs. Blair?"

"Alguns tapetes de pele e alguns... chapéus de pele, eu acho."

"Isso mesmo", concordei. "Ela os comprou na viagem de trem. São chapéus... de certo tipo... embora eu não me admire se não os reconhecer. Ouso dizer que ela vai usar um deles em Ascot. O que mais havia?"

"Alguns rolos de filmes e alguns cestos... muitos cestos..."

"Devia haver", garanti para ele. "Mrs. Blair é o tipo de mulher que nunca compra menos de uma dúzia de qualquer coisa."

"Acho que é tudo, Sir Eustace, tirando algumas bugigangas diversas, um lenço de cabeça para andar de carro e algumas luvas estranhas... esse tipo de coisa."

"Se você não fosse um idiota nato, Pagett, teria percebido desde o início que esses pertences não poderiam ser meus."

"Achei que alguns deles poderiam pertencer a Miss Pettigrew."

"Ah, o que me lembra... por que motivo você escolheu uma personagem tão duvidosa para ser minha secretária?"

E contei a ele sobre o interrogatório minucioso ao qual eu havia sido submetido. De pronto, me arrependi, vi um brilho em seus olhos que conheço muito bem. Mudei a conversa a toque de caixa, mas era tarde demais. Pagett estava a caminho da guerra.

Em seguida, começou a me aborrecer com uma longa história inútil sobre o Kilmorden. Tratava-se de um rolo de filmes e de uma aposta. O rolo de filmes sendo jogado por uma escotilha no meio da noite por algum comissário que devia saber o que estava acontecendo. Eu odeio essas brincadeiras estúpidas. Contei isso a Pagett, e ele começou a me contar a história de novo, o que, de qualquer maneira, ele faz extremamente mal. Demorou uma vida até que eu pudesse ligar os pontos dessa aí.

Só voltei a vê-lo na hora do almoço. Ele chegou transbordando de agitação, como um sabujo farejador. Nunca gostei de cães de caça. A conclusão disso tudo foi que ele tinha visto Rayburn.

"Como assim?", gritei, sobressaltado.

Sim, ele tinha avistado uma pessoa atravessando a rua que com certeza era Rayburn. Pagett seguiu-o.

"E sabe com quem eu o vi parar e conversar? Com Miss Pettigrew!"

"Como assim?"

"Sim, Sir Eustace. E isso não é tudo. Tenho feito investigações a respeito dela..."

"Espere um pouco. O que aconteceu com Rayburn?"

"Ele e Miss Pettigrew foram àquela loja de artigos raros da esquina..."

Bufei involuntariamente, e Pagett parou com uma expressão interrogativa.

"Não foi nada", falei. "Continue."

"Esperei do lado de fora por um bom tempo, mas eles não saíram. Por fim, entrei lá. Sir Eustace, não havia ninguém na loja! Devia haver outra saída."

Eu encarei-o, perplexo.

"Como eu estava dizendo, voltei ao hotel e fiz algumas perguntas sobre Miss Pettigrew." Pagett baixou a voz e respirou fundo, como sempre faz quando quer partilhar uma con-

fidência. "Sir Eustace, um homem foi visto saindo do quarto dela ontem à noite."

Ergui as sobrancelhas.

"E sempre a considerei uma dama de respeitabilidade elevada", murmurei.

Pagett continuou sem prestar atenção.

"Fui direto até lá e revistei o quarto dela. O que acha que encontrei?"

Acenei com a cabeça, negando saber.

"Isto!"

Pagett ergueu uma navalha de barbear e um sabão de barbear.

"O que uma mulher iria querer com essas coisas?"

Suponho que Pagett nunca lera os anúncios nos jornais femininos de classe alta. Eu, sim. Embora não me propusesse discutir com ele o assunto, recusei-me a aceitar a presença da navalha como prova positiva do sexo da Miss Pettigrew. Pagett está tão desesperadamente atrasado. Eu não ficaria nem um pouco surpreso se ele tivesse apresentado uma cigarreira para corroborar sua teoria. No entanto, até Pagett tem seus limites.

"Você não está convencido, Sir Eustace. O que me diz disso?"

Inspecionei o artigo que ele balançava no ar de um jeito triunfante. "Parece cabelo", comentei, enojado.

"É cabelo. Acho que é o que chamam de toupée, uma madeixa postiça."

"De fato", confirmei.

"Agora está convencido de que aquela tal Pettigrew é um homem disfarçado?"

"Realmente, meu caro Pagett, acho que estou. Eu devia já ter adivinhado pelos pés dela."

"Então, é isso. E agora, Sir Eustace, quero lhe falar dos meus assuntos privados. Não me resta dúvida, por suas insinuações e por suas contínuas alusões à época em que estive em Florença, de que o senhor descobriu tudo."

Por fim, o mistério do que Pagett aprontou em Florença será revelado!

"*Pode abrir o coração, meu caro amigo*", instiguei com gentileza. "*Da melhor maneira possível.*"

"*Obrigado, Sir Eustace.*"

"*É o marido dela? Sujeitos irritantes, esses maridos. Sempre aparecendo quando menos se espera.*"

"*Não estou entendendo, Sir Eustace. Marido de quem?*"

"*O marido da dama.*"

"*Que dama?*"

"*Deus abençoe minha alma, Pagett, a dama que você conheceu em Florença. Deve ter havido uma dama. Não me diga que simplesmente roubou uma igreja ou esfaqueou um italiano pelas costas porque não gostou das fuças dele.*"

"*Não consigo compreender o senhor, Sir Eustace. Suponho que você esteja de pilhérias.*"

"*Às vezes sou um sujeito divertido, quando me dou ao trabalho, mas posso garantir que não estou tentando ser engraçado neste momento.*"

"*Eu esperava que, como eu estava bem longe, o senhor não tivesse me reconhecido, Sir Eustace.*"

"*Reconhecido você onde?*"

"*Em Marlow, Sir Eustace?*"

"*Em Marlow? Que diabos você estava aprontando em Marlow?*"

"*Achei que o senhor entendesse que…*"

"*Estou começando a entender cada vez menos. Volte ao início da história e recomece. Você foi para Florença…*"

"*Então, no fim das contas, o senhor não sabe… e não me reconheceu!*"

"*Pelo que consigo julgar, você parece ter se entregado desnecessariamente… acovardado que foi por sua consciência. Mas poderei contar melhor quando ouvir toda a história. Agora, respire fundo e recomece. Você foi para Florença…*"

"*Mas eu não fui para Florença. É exatamente essa a questão.*"

"*Bom, então para onde você foi?*"

"*Fui para casa… para Marlow.*"

"Por que diabo você quis ir para Marlow?"

"Quis ver minha esposa. Ela estava com a saúde delicada e esperando..."

"Sua esposa? Mas eu nem sabia que você era casado!"

"Não mesmo, Sir Eustace, é exatamente isso que estou lhe dizendo. Enganei o senhor a respeito disso."

"Há quanto tempo é casado?"

"Pouco mais de oito anos. Estava casado havia apenas seis meses quando me tornei seu secretário. Eu não quis perder o posto. Um secretário residente não deveria ter esposa, por isso omiti esse fato."

"Você me deixou sem fôlego", comentei. "Onde ela esteve todos esses anos?"

"Há mais de cinco anos temos um pequeno bangalô às margens do rio, em Marlow, bem perto da Casa do Moinho."

"Deus abençoe minha alma", murmurei. "Filhos?"

"Quatro, Sir Eustace."

Olhei para ele com uma espécie de estupor. Eu devia ter sabido desde o início que um homem como Pagett não podia ter um segredo punível. A respeitabilidade de Pagett sempre foi minha ruína. Esse é exatamente o tipo de segredo que ele teria: uma mulher e quatro filhos.

"Você contou isso a mais alguém?", perguntei, por fim, depois de já tê-lo encarado com fascinado interesse por um bom tempo.

"Apenas a Miss Beddingfeld. Ela veio até a estação de Kimberley."

Continuei olhando para ele. Ele se remexeu, desconfortável com meu olhar.

"Espero, Sir Eustace, que o senhor não esteja seriamente aborrecido."

"Meu caro amigo", falei, "não me importo de lhe dizer, aqui e agora, que você meteu os pés pelas mãos!"

Saí, cheio de irritação. Ao passar pela loja de artigos raros da esquina, fui acometido por uma tentação súbita e irre-

sistível e entrei. O proprietário avançou de forma obsequiosa, esfregando as mãos.

"Posso mostrar alguma coisa ao senhor? Peles, artigos raros?"

"Quero algo bem fora do comum", respondi. "É para uma ocasião especial. Pode me mostrar o que o senhor tem?"

"Talvez queira ir até minha sala dos fundos? Temos muitas especialidades lá."

Foi aí que cometi um erro. E eu pensei que seria muito inteligente. Eu o segui através das portières *balançantes.*

Capítulo 32

(Aqui se retoma a narrativa de Anne)

Tive grandes problemas com Suzanne. Ela discutiu, implorou, até chorou antes de me deixar executar meu plano, mas no final consegui o que queria. Ela prometeu seguir minhas instruções ao pé da letra e desceu à estação para se despedir de mim com lágrimas nos olhos.

Cheguei ao meu destino na manhã seguinte bem cedo, tendo sido recebida por um holandês baixote de barba preta que eu nunca tinha visto antes. Ele tinha um carro esperando, e nós partimos. Houve um estranho estrondo ao longe e eu lhe perguntei o que era.

— Armas — respondeu ele de um jeito lacônico.

Então, havia combates acontecendo em Joanesburgo!

Concluí que nosso objetivo era chegar a um lugar em algum ponto nos subúrbios da cidade. Viramos, tomamos curvas e fizemos vários desvios para chegar lá, e, a cada minuto, as armas de fogo pareciam mais próximas. Foi um momento emocionante. Finalmente paramos diante de um prédio um tanto decrépito. A porta foi aberta por um menino negro. Meu guia fez um aceno para eu entrar. Parei ali, indecisa, no sombrio saguão quadrado. O homem passou por mim e abriu uma porta.

— A jovem vai visitar Mr. Harry Rayburn — disse ele e riu.

Assim anunciado, entrei. O quarto tinha uma mobília escassa e cheirava a fumaça de tabaco barato. Atrás de uma mesa, um homem estava sentado, escrevendo. Ele olhou para cima e ergueu as sobrancelhas.

— Meu Deus — disse ele —, se não é Miss Beddingfeld!

— Devo estar enxergando em dobro — falei em tom de desculpas. — É Mr. Chichester ou é Miss Pettigrew? Há uma semelhança extraordinária entre vocês dois.

— Os dois personagens estão suspensos no momento. Deixei de lado minhas anáguas... e também meus trajes de reverendo. Não deseja se sentar?

Aceitei um assento de forma muito composta.

— Parece — observei —, que vim ao endereço errado.

— Do seu ponto de vista, receio que sim. Francamente, Miss Beddingfeld... cair na armadilha pela segunda vez!

— Não foi muito inteligente de minha parte — admiti com humildade.

Algo em meus modos pareceu confundi-lo.

— Não parece chateada com o ocorrido — comentou ele, seco.

— Será que, se eu mostrasse heroísmo, teria algum efeito sobre o senhor? — perguntei.

— Certamente, não.

— Minha tia-avó Jane sempre dizia que uma verdadeira dama não fica chocada nem surpresa com qualquer coisa que possa acontecer — murmurei de um jeito sonhador. — Eu me esforço para viver de acordo com os preceitos dela.

Li a opinião de Mr. Chichester-Pettigrew tão claramente escrita em seu rosto que me não me demorei para falar de novo.

— Você é realmente um artista com maquiagem — falei com generosidade. — Durante todo o tempo em que você foi Miss Pettigrew, não o reconheci, mesmo quando quebrou o lápis no choque ao me ver subir no trem na Cidade do Cabo.

Ele bateu na mesa com o lápis que segurava naquele momento.

— Tudo muito bom, tudo muito bem, mas precisamos ir direto ao assunto. Talvez, Miss Beddingfeld, a senhorita consiga adivinhar por que exigimos sua presença aqui?

— O senhor vai me desculpar — respondi —, mas faço negócios apenas com superiores.

Tinha lido a frase ou algo parecido em uma circular de uma agência de empréstimos e a achei excelente. Certamente, teve um efeito devastador sobre Mr. Chichester-Pettigrew. Ele abriu a boca e, em seguida, voltou a fechá-la. Abri um sorriso para ele.

— A máxima de meu tio-avô George — acrescentei, como uma reconsideração. — Marido da tia-avó Jane, sabe? Ele fazia ornamentos para camas de latão.

Duvido que alguma vez já zombaram de Chichester-Pettigrew. Ele não gostou daquilo.

— Acho que seria sensato alterar seu tom, mocinha.

Não respondi, mas bocejei. Um bocejozinho delicado que sugeria um tédio imenso.

— Que diabo... — começou ele de um jeito violento.

Eu o interrompi.

— Posso garantir que não adianta gritar comigo. Estamos apenas perdendo nosso tempo aqui. Não tenho intenção de falar com subalternos. O senhor economizará muito tempo e aborrecimento se me levar direto a Sir Eustace Pedler.

— Para...

Ele parecia pasmo.

— Sim — confirmei. — Sir Eustace Pedler.

— Eu... eu... perdão...

Ele saiu desabalado da sala como um coelho. Aproveitei a pausa para abrir minha bolsa e retocar a maquiagem do nariz e também inclinei o chapéu em um ângulo mais adequado. Então, acomodei-me para aguardar com paciência pelo retorno de meu inimigo.

Ele reapareceu com um temperamento sutilmente alterado.

— Poderia vir por aqui, Miss Beddingfeld?

Eu o segui escada acima. Ele bateu à porta de uma sala, um enérgico "entre" veio lá de dentro, e ele abriu a porta e fez sinal para que eu entrasse.

Sir Eustace Pedler levantou-se de pronto para me cumprimentar, cordial e sorridente.

— Ora, ora, Miss Anne. — Ele me saudou calorosamente com um aperto de mão. — Estou muito feliz em vê-la. Venha, sente-se. Não está cansada depois da viagem? Isso é ótimo.

Ele sentou-se de frente para mim, ainda radiante, o que me deixou bastante desconcertada. Seus modos tinham uma completa naturalidade.

— Foi muito correto ter insistido em ser trazida diretamente à minha presença — continuou ele. — Minks é um imbecil. Um ator inteligente... mas um tolo. Foi Minks que a senhorita viu lá embaixo.

— Ah, é mesmo — falei baixinho.

— E agora — continuou Sir Eustace de um jeito animado —, vamos aos fatos. Há quanto tempo a senhorita sabe que eu sou o "Coronel"?

— Desde que Mr. Pagett me contou que o viu em Marlow, quando devia estar em Cannes.

Sir Eustace assentiu com tristeza.

— Sim, eu falei àquele idiota que ele havia mesmo metido os pés pelas mãos. Ele não entendeu, claro. Toda sua mente estava voltada a saber *se* eu o havia reconhecido. Nunca lhe ocorreu imaginar o que eu estava fazendo lá. Foi um belo de um azar. Também organizei tudo com muito cuidado, mandando-o para Florença, dizendo ao hotel que eu passaria uma ou duas noites em Nice. Então, quando o assassinato foi descoberto, eu estava de volta a Cannes, sem que ninguém sonhasse que eu tivesse saído da Riviera.

Ele ainda falava com bastante naturalidade e sem afetação alguma. Tive que me beliscar para entender que tudo aquilo era real, que o homem à minha frente era, na verda-

252   · AGATHA CHRISTIE ·

de, aquele criminoso obstinado chamado "Coronel". Comecei a ligar os pontos.

— Então, foi o senhor quem tentou me jogar ao mar no *Kilmorden* — falei, devagar. — Foi o senhor quem Pagett seguiu até o convés naquela noite?

Ele deu de ombros.

— Peço desculpas, querida criança, de verdade. Sempre gostei de você... mas sua interferência era muito absurda. Eu não podia ter todos os meus planos frustrados por uma garotinha.

— De verdade, acho seu plano nas Cataratas o mais inteligente — falei, esforçando-me para encarar a coisa com imparcialidade. — Eu poderia jurar que o senhor estava no hotel quando saí. É ver para crer.

— Sim, Minks teve um de seus maiores sucessos, como Miss Pettigrew, e ele consegue imitar minha voz com bastante credibilidade.

— Tem uma coisa que eu gostaria de saber.

— Pois não?

— Como induziu Pagett a contratá-la?

— Ah, isso foi bem simples. Ela encontrou Pagett na porta do escritório do Departamento de Comércio ou de Minas ou sabe-se lá aonde eu disse a ele que queria que fosse, dizendo-lhe que eu havia telefonado pressionando e que ela havia sido selecionada pelo departamento governamental em questão. Pagett caiu como um patinho.

— O senhor é muito franco — provoquei, estudando-o.

— Não há razão terrena para não sê-lo.

Eu não gostei daquele tom. Apressei-me em dar minha interpretação a ele.

— O senhor acredita no sucesso desta Revolução? O senhor apostou todas as fichas.

— Para uma jovem tão inteligente, essa é uma observação pouco perspicaz. Não, criança, não acredito nesta Revolução. Mais alguns dias, e ela desaparecerá de forma vergonhosa.

— Não é um de seus sucessos, na verdade? — comentei, com maldade.

— Como todas as mulheres, a senhorita não tem noção de negócios. O trabalho que assumi foi o de fornecer alguns explosivos e armas, muito bem pago, para fomentar o sentimento de forma geral e incriminar certas pessoas de cabo a rabo. Cumpri meu contrato com total sucesso e tive o cuidado de receber o pagamento adiantado. Tive um cuidado especial com tudo, pois pretendia que fosse meu último contrato antes de me aposentar. Quanto a apostar todas as fichas, como a senhorita diz, simplesmente não sei o que quer dizer. Não sou o chefe da rebelião, nem nada parecido... sou um ilustre visitante inglês que teve a infelicidade de bisbilhotar uma certa loja de artigos raros... e vi um pouco mais do que deveria e, coitado de mim, fui sequestrado. Amanhã, ou depois de amanhã, quando as circunstâncias permitirem, serei encontrado amarrado em algum lugar, em um lamentável estado de terror e fome extrema.

— Ah! — exclamei devagar. — Mas e quanto a mim?

— Isso mesmo — quase sussurrou Sir Eustace. — E quanto à senhorita? Trouxe a senhorita para cá... não quero de forma alguma me gabar disso... mas trouxe a senhorita para cá de forma muito cuidadosa. A questão é: o que vou fazer com a senhorita? A maneira mais simples de me livrar da senhorita... e, devo acrescentar, a mais agradável para mim mesmo... é o casamento. As esposas não podem acusar os maridos, você sabe, e eu preferiria que uma esposa jovem e bonita segurasse minha mão e olhasse para mim com olhos brilhantes... não me fulmine assim com eles! A senhorita me apavora. E vejo que o plano não lhe agrada, certo?

— Não mesmo.

Sir Eustace suspirou.

— Uma pena. Mas não sou um vilão clássico. É o problema de sempre, suponho. A senhorita está apaixonada por outro, como se diz nos livros.

— Estou.

— Foi o que pensei... primeiro pensei que fosse aquele idiota pomposo e de pernas compridas, Race, mas suponho que seja o jovem herói que pescou a senhorita nas Cataratas naquela noite. As mulheres não têm bom gosto. Nenhum desses dois tem metade do cérebro que eu tenho. Sou uma pessoa fácil demais de subestimar.

Acho que ele tinha razão quanto a esta última frase. Embora eu soubesse muito bem que tipo de homem ele era e devia ser, não consegui me fazer enxergá-lo. Tentou me matar em mais de uma ocasião, na verdade, assassinou outra mulher e foi responsável por inúmeros outros atos dos quais eu nada sabia, e, ainda assim, fui incapaz de me colocar em tal estado de espírito para poder apreciar seus atos como mereciam ser vistos. Eu não conseguia pensar nele senão como nosso divertido e genial companheiro de viagem. Não conseguia nem mesmo sentir medo dele, mas sabia que ele era capaz de me assassinar a sangue frio se lhe parecesse necessário. O único paralelo que consigo pensar é o caso de Long John Silver, de *A ilha do tesouro*, de Stevenson. Deve ter sido o mesmo tipo de homem.

— Ora, ora — disse essa pessoa extraordinária, recostando-se na poltrona. — É uma pena que a ideia de ser Lady Pedler não lhe apeteça. As alternativas são bastante cruéis.

Senti algo desagradável subindo e descendo pela minha espinha. Claro que sempre soube que eu estava correndo um grande risco, mas a recompensa parecia valer a pena. As coisas aconteceriam como eu havia calculado ou não?

— A verdade é que — continuou Sir Eustace — tenho um fraco por você. Realmente não quero ir a extremos. Suponha que você me conte toda a história, desde o início, e veremos o que podemos fazer com ela. Mas nada de romancear, veja bem... quero a verdade.

Eu não cometeria um erro nesse sentido, pois tinha muito respeito pela astúcia de Sir Eustace. Era um momento de verdade, de toda a verdade e nada além da verdade. Contei-lhe toda a história, sem omitir nada, até o momento em que fui resgatada por Harry. Quando terminei, ele fez que sim com a cabeça em aprovação.

— Garota esperta. Você abriu mesmo seu coração. E, deixe-me dizer, logo eu teria descoberto se não tivesse confessado. De qualquer forma, muita gente não acreditaria em sua história, especialmente na parte inicial, mas eu acredito. A senhorita é o tipo de garota que começa desse jeito... a qualquer momento, pelos motivos mais banais. Você teve uma sorte incrível, claro, mas, mais cedo ou mais tarde, o amador se depara com o profissional e, então, o resultado é uma conclusão inevitável. Eu sou o profissional. Comecei neste negócio quando era bem jovenzinho. Considerando tudo, me parecia uma boa maneira de enriquecer rapidamente. Sempre consegui pensar nas coisas e conceber esquemas engenhosos... e nunca cometi o erro de tentar executar meus planos sozinho. Sempre contrate o especialista... esse tem sido meu lema. Na única vez em que me afastei dele, lamentei sobremaneira... mas não podia confiar em ninguém para fazer esse trabalho por mim. Nadina sabia demais. Sou um homem tranquilo, de bom coração e bom humor, desde que não me decepcionem. Nadina me decepcionou e me ameaçou... exatamente quando eu estava no auge de uma carreira de sucesso. Depois que ela morresse e os diamantes estivessem em minha posse, eu estaria seguro. Cheguei à conclusão agora de que estraguei o trabalho todo. Aquele idiota do Pagett, com esposa e família! A culpa foi minha: meu senso de humor ficou contente ao empregar aquele sujeito, com seu rosto de envenenador do *Cinquecento* e alma vitoriana. Uma máxima para você, querida Anne. Não se entregue a seu senso de humor. Durante anos, tive o instinto de que seria sensato me livrar de Pagett, mas o sujeito era tão trabalhador e zeloso que, sinceramente, não consegui encontrar uma desculpa para demiti-lo. Então, deixei as coisas fluírem.

Mas estamos nos afastando do assunto. A questão é o que fazer com você. Sua narrativa foi muito objetiva, mas há uma coisa que ainda me escapa. Onde estão os diamantes agora?

— Harry Rayburn está com eles — respondi, observando-o.

O rosto dele não se moveu, manteve a expressão de bom humor sarcástico.

— Hum. Eu quero aqueles diamantes.

— Não vejo muita chance de o senhor consegui-los.

— Não vê? Ora, eu vejo. Não quero ser desagradável, mas gostaria que você refletisse que uma garota morta, ou algo assim, encontrada neste bairro da cidade não causará surpresa alguma. Há um homem lá embaixo que faz esse tipo de trabalho com muito capricho. Agora, você é uma jovem sensata. O que proponho é o seguinte: você se sentará e escreverá para Harry Rayburn, dizendo-lhe que venha ter com você aqui e traga os diamantes com ele...

— Não farei nada disso.

— Não interrompa os mais velhos. Proponho fazer um acordo com você. Os diamantes em troca de sua vida. E não se engane, sua vida está inteiramente nas minhas mãos.

— E Harry?

— Tenho um coração muito terno para separar dois jovens amantes. Ele também será libertado, desde que, claro, nenhum de vocês interfira nas minhas questões no futuro.

— E que garantia eu tenho de que o senhor cumprirá sua parte do acordo?

— Absolutamente nenhuma, minha querida. Terá que confiar em mim e torcer pelo melhor. Claro, se estiver com o temperamento heroico e preferir a aniquilação, a história muda de figura.

Era para isso que eu estava jogando. Tomei cuidado para não morder a isca. Aos poucos, me permiti ser intimidada e persuadida a ceder. Escrevi seguindo o ditado de Sir Eustace:

Querido Harry,

Acredito que vejo uma oportunidade de estabelecer a sua inocência sem qualquer dúvida. Por favor, siga minhas instruções minuciosamente. Vá para a loja de artigos raros de Agrasato. Peça para ver algo "extraordinário para uma ocasião especial". Então, o homem pedirá que você "entre na sala dos fundos". Acompanhe-o. Você encontrará um mensageiro que o trará até mim. Faça exatamente o que ele lhe disser. Não deixe de trazer os diamantes com você e não diga uma palavra para ninguém.

Sir Eustace parou.

— Deixo os toques sofisticados para sua imaginação — observou ele. — Mas tome cuidado para não cometer erros.

— "Sua para todo o sempre, Anne" será suficiente — comentei.

Eu anotei as palavras. Sir Eustace estendeu a mão para pegar a carta e leu-a na íntegra.

— Parece que está tudo certo. Agora, o endereço.

Dei o endereço para ele. Era o de uma lojinha que recebia cartas e telegramas mediante pagamento.

Ele bateu na campainha de mesa. Chichester-Pettigrew, também conhecido como Minks, atendeu ao chamado.

— Esta carta deve ser enviada imediatamente... do jeito habitual.

— Muito bem, "Coronel".

Ele olhou para o nome no envelope. Sir Eustace observava-o atentamente.

— Um amigo seu, acredito? — perguntou Sir Eustace.

— Meu? — Minks soou surpreso.

— Você teve uma conversa prolongada com ele ontem em Joanesburgo.

— Um homem apareceu e me interrogou sobre seus movimentos e os de Coronel Race. Dei-lhe informações enganosas.

— Excelente, meu caro amigo, excelente — disse Sir Eustace de forma cordial. — Engano meu.

258

Por acaso, olhei para Chichester-Pettigrew quando ele saiu da sala. Estava com os lábios brancos, como se estivesse sentindo um terror mortal. Assim que saiu, Sir Eustace pegou um tubo acústico que ficava perto de seu cotovelo e falou por ele.

— Schwart? Dê uma olhada no Minks. Ele não pode sair de casa sem ordens.

Ele deixou de lado o tubo acústico e franziu a testa, batendo levemente na mesa com a mão.

— Posso fazer algumas perguntas, Sir Eustace? — perguntei depois de um ou dois minutos de silêncio.

— Sem dúvida. Que nervos de aço você tem, Anne! É capaz de ter um interesse inteligente por coisas quando a maioria das garotas estaria fungando e torcendo as mãos.

— Por que aceitou Harry como seu secretário em vez de entregá-lo à polícia?

— Eu queria aqueles malditos diamantes. Nadina, aquela diabinha, estava jogando seu Harry contra mim. A menos que eu lhe desse o preço que ela queria, ameaçou vendê-los de volta para ele. Este foi outro erro que cometi: pensei que ela os levaria consigo naquele dia. Mas era inteligente demais para cometer esse erro. Carton, o marido, também estava morto... Eu não fazia a menor ideia de onde os diamantes estavam escondidos. Então, consegui uma cópia de um telegrama enviado a Nadina por alguém a bordo do *Kilmorden*. Se Carton ou Rayburn, eu não sabia qual. Era uma cópia daquele pedaço de papel que você pegou. "17, 1, 22", era o que estava nele. Achei que era um encontro com Rayburn e, quando ele ficou tão desesperado para embarcar no *Kilmorden*, fiquei convencido de que eu estava certo. Então, fingi engolir suas declarações e o deixei embarcar. Fiquei de olhos bastante abertos quanto a ele e esperava aprender mais. Então, encontrei Minks tentando jogar por conta própria, interferindo em minhas coisas, e logo dei um basta. Ele se rendeu mais do que depressa. Foi enervante não conseguir a cabine 17 e me preocupou não conseguir enquadrar a senhorita. Você era a jovenzinha inocente que parecia ou não? Quando Rayburn decidiu cumprir o compromisso naquela noite, Minks foi instruído a interceptá-lo. E fracassou, claro.

— Mas por que o telegrama dizia "17" em vez de "71"?

— Já pensei nisso. Carton deve ter dado à telegrafista seu memorando para copiar em um formulário e nunca leu a cópia inteira. A operadora cometeu o mesmo erro que todos nós e leu como 17.1.22 em vez de 1.71.22. O que não sei é como Minks chegou à cabine 17. Deve ter sido por puro instinto.

— E o despacho para o General Smuts? Quem o alterou?

— Minha querida Anne, não acha que eu veria muitos de meus planos serem revelados sem fazer esforço para salvá-los? Tendo como secretário um assassino fugitivo, não hesitei em substituir por folhas em branco. Ninguém pensaria em suspeitar do pobre e velho Pedler.

— E Coronel Race?

— Sim, esse foi uma pedra no sapato. Quando Pagett me contou que ele era membro do Serviço Secreto, uma sensação desagradável percorreu minha espinha. Lembrei-me de que ele andara bisbilhotando Nadina em Paris durante a guerra... e tive uma horrível suspeita de que ele estava atrás de *mim*! Não gosto do jeito como ele tem estado em meu encalço desde então. É um daqueles homens fortes e silenciosos que sempre têm um truque na manga.

Um apito soou. Sir Eustace pegou o tubo acústico, ouviu por um ou dois minutos e, em seguida, respondeu:

— Muito bem, vou vê-lo agora.

Então, se virou para mim e observou:

— Negócios. Miss Anne, deixe-me mostrar-lhe seus aposentos.

Ele me conduziu para um apartamento pequeno e dilapidado, um garoto negro trouxe minha malinha, e Sir Eustace, instando-me a pedir tudo o que eu quisesse, retirou-se, o exemplo de um anfitrião cortês. Havia uma lata de água quente no lavatório, e comecei a desempacotar algumas coisas necessárias. Alguma coisa dura e desconhecida que estava em minha bolsinha de esponja me intrigou muito. Desamarrei o barbante e olhei para dentro.

Para minha total surpresa, tirei dela um pequeno revólver de cabo perolado. Não estava ali quando eu saí de Kimberley. Examinei o objeto com todo o cuidado. Parecia estar carregado.

Senti-me confortável mexendo nele, uma coisa útil para se ter em uma casa como aquela. Mas as roupas modernas são deveras inadequadas para o porte de armas de fogo. Por fim, encaixei-a com cuidado na liga da minha meia comprida, que criou uma protuberância terrível, e eu esperava a cada minuto que a arma disparasse e me cravasse um tiro na perna, mas, na verdade, parecia ser o único lugar adequado.

Capítulo 33

Só fui levada à presença de Sir Eustace no final daquela tarde. O chá das onze e um almoço substancial foram-me servidos no meu apartamento, e me senti revigorada para novos conflitos.

Sir Eustace estava sozinho. Andava de um lado para o outro na sala, havia um brilho naqueles olhos e uma inquietação nos modos que não me escaparam. Ele estava exultante com alguma coisa. Havia algo diferente em seu comportamento em relação a mim.

— Tenho novidades para você. Seu jovem está a caminho, chegará aqui em alguns minutos. Modere seu entusiasmo... tenho outra coisa a lhe dizer. Você tentou me ludibriar pela manhã. Alertei que seria sensato se você não me faltasse com a verdade, e até certo ponto você me obedeceu. Aí você saiu dos trilhos, tentando me fazer acreditar que os diamantes estavam na posse de Harry Rayburn. Naquele momento, aceitei sua declaração porque facilitava minha tarefa... a tarefa de induzi-la a atrair Harry Rayburn até aqui. Mas, minha querida Anne, os diamantes estão em minha posse desde que deixei as Cataratas... embora só tenha descoberto o fato ontem.

— O senhor sabe! — arfei.

— Talvez lhe interesse saber que foi Pagett quem entregou esses pontos. Ele insistiu em me aborrecer com uma história longa e inútil sobre uma aposta e uma lata de filme.

Não demorei muito para somar dois mais dois: a desconfiança de Mrs. Blair no Coronel Race, sua agitação, seu pedido para que eu cuidasse de seus *souvenirs*. O excelente Pagett já havia aberto as caixas por puro excesso de zelo. Antes de sair do hotel, transferi todos os rolos de filmes para o meu bolso. Estão ali no canto. Admito que ainda não tive tempo de examiná-los, mas noto que um tem um peso diferente dos outros, faz um barulho peculiar e evidentemente foi selado com cola forte, o que exigirá o uso de um abridor de lata. O caso parece claro, não é? E, agora, observe, coloquei vocês dois com facilidade na armadilha... É uma pena que não tenha apreciado a ideia de se tornar Lady Pedler.

Não respondi. Fiquei olhando para ele.

Ouvimos o som de pés na escada, a porta foi aberta, e Harry Rayburn foi empurrado para dentro da sala entre dois homens. Sir Eustace lançou-me um olhar triunfal.

— De acordo com o plano — disse ele, baixinho. — Vocês, amadores, *insistem* em se meter com profissionais.

— O que significa tudo isso? — gritou Harry com voz rouca.

— Significa que você entrou em minha sala de estar... respondeu a aranha para a mosca — comentou Sir Eustace em tom jocoso. — Meu caro Rayburn, você é muito azarado.

— Você disse que era seguro, Anne!

— Não a repreenda, meu caro. O bilhete foi escrito por ordem minha, e a dama não teve escolha. Teria sido mais sensato se não o tivesse escrito, mas eu não lhe disse isso à época. Você seguiu as instruções dela, foi até a loja de produtos raros, foi levado pela passagem secreta da sala dos fundos... e se viu nas mãos de seus inimigos!

Harry olhou para mim. Compreendi seu olhar e me aproximei de Sir Eustace.

— Sim — murmurou este último —, sem dúvida alguma, você não tem sorte! Este é... deixe-me ver, o terceiro encontro.

— Você está certo — disse Harry. — Este é o terceiro encontro. Duas vezes você levou a melhor... nunca ouviu fa-

lar que na terceira vez a sorte muda? Esta é a minha vez...
Aponte para ele, Anne.

Eu estava pronta. Em um piscar de olhos, tirei a pistola da meia-calça e encostei na cabeça dele. Os dois homens que protegiam Harry avançaram, mas a voz dele os deteve.

— Mais um passo... e ele morre! Se chegarem mais perto, Anne, aperte o gatilho... não hesite.

— Não hesitarei — respondi, entusiasmada. — Tenho bastante medo de puxá-lo.

Acho que Sir Eustace compartilhava de meu medo, pois tremia como uma gelatina.

— Fiquem onde estão — ordenou ele, e os homens pararam com toda a obediência.

— Ordene que saiam da sala — pediu Harry.

Sir Eustace deu a ordem. Os homens saíram, e Harry trancou a porta.

— Agora podemos conversar — observou ele em um tom sombrio e, atravessando a sala, tirou o revólver da minha mão.

Sir Eustace soltou um suspiro de alívio e enxugou a testa com um lenço.

— Foi um choque saber como estou fora de forma — observou ele. — Creio que devo ter coração fraco. Fico feliz que o revólver esteja em mãos competentes. Eu não confiei em Miss Anne para segurá-lo. Bem, meu jovem amigo, como disse, agora podemos conversar. Estou disposto a admitir que me roubou a vantagem. Sabe-se lá de onde diabos veio aquele revólver. Mandei revistar a bagagem da garota quando ela chegou. E de onde você o tirou agora? Não estava com ele um minuto atrás.

— Sim, estava — respondi. — Na minha meia.

— Não sei o bastante sobre mulheres. Devia tê-las estudado mais — admitiu Sir Eustace com tristeza. — Imagino se Pagett saberia disso?

Harry deu uma pancada forte na mesa.

— Não se faça de bobo. Se não fosse pelo seu cabelo grisalho, eu o defenestraria agora. Canalha maldito! Com cabelo grisalho ou sem, eu...

Ele avançou um ou dois passos, e Sir Eustace saltou com agilidade para trás da mesa.

— Os jovens são sempre tão violentos — retrucou ele em tom de censura. — Incapazes de usar o cérebro, dependem apenas dos músculos. Vamos conversar com tranquilidade. No momento, você está na vantagem, mas esse estado de coisas não poderá continuar. A casa está cheia dos meus homens. Vocês estão em menor número, sem dúvida. Sua ascendência momentânea foi conquistada por acidente...

— Foi mesmo?

Algo na voz de Harry, uma provocação sombria, pareceu atrair a atenção de Sir Eustace. Ele encarou-o.

— Foi mesmo? — repetiu Harry. — Sente-se, Sir Eustace, e ouça o que tenho a lhe dizer. — Ainda apontando o revólver para o outro, prosseguiu: — As cartas estão contra você desta vez. Para começar, *ouça*!

Veio um baque surdo na porta lá embaixo. Em seguida, gritos, xingamentos e, depois, o som de tiros. Sir Eustace empalideceu.

— O que foi isso?

— Race... e seu pessoal. Você não sabia, Sir Eustace, que Anne tinha um acordo comigo pelo qual saberíamos se eram genuínas as comunicações de um para o outro? Os telegramas deveriam ser assinados "Andy", as palavras deveriam ter a letra "e" riscada em algum lugar delas. Anne sabia que seu telegrama era falso. Veio aqui por vontade própria e deliberadamente caiu na armadilha, na esperança de poder pegá-lo na própria arapuca. Antes de partir de Kimberley, ela telegrafou para mim e para Race. Mrs. Blair tem se comunicado conosco desde então. Recebi a carta escrita por ordem sua, que era exatamente o que eu esperava. Eu já havia discutido com Race as probabilidades de existir uma passagem secreta que conduzia à saída da loja de artigos raros, e ele descobriu o local onde ficava a saída.

Houve um som de grito, um barulho de algo sendo rasgado e uma forte explosão que sacudiu a sala.

— Estão bombardeando esta parte da cidade. Preciso tirar você daqui, Anne.

Houve uma explosão brilhante, e a casa em frente foi engolida pelas chamas. Sir Eustace havia se levantado e caminhava de um lado para o outro. Harry o mantinha sob a mira do revólver.

— Então, Sir Eustace, o jogo acabou. Foi você mesmo quem gentilmente nos concedeu a pista de seu paradeiro. Os homens de Race estavam vigiando a saída da passagem secreta. Apesar das precauções que tomou, conseguiram me seguir até aqui.

Sir Eustace virou-se de repente.

— Muito esperto. Merece aplausos. Mas ainda tenho uma palavra a dizer. Se perdi esta partida, você também perdeu. Nunca será capaz de me imputar o assassinato de Nadina. Eu estava em Marlow naquele dia, é tudo o que você tem contra mim. Ninguém pode provar que eu sequer conhecia a mulher. Mas você a conhecia, tinha um motivo para matá-la... e seu histórico vai contar contra você. Você é um ladrão, lembre--se, um ladrão. Há uma coisa que talvez você não saiba. *Eu estou com os diamantes.* E lá se vai...

Com um movimento incrivelmente rápido, ele se esquivou, balançou o braço e arremessou. Houve um barulho de vidro se quebrando quando o objeto atravessou a janela e desapareceu na parede chamejante do lado oposto.

— Lá se vai a única esperança de provar sua inocência no caso Kimberley. E, agora, vamos conversar. Vou lhe oferecer uma barganha. Você me encurralou. Race encontrará tudo de que precisa nesta casa. Eu tenho uma chance se conseguir fugir. Se eu ficar, será fim da linha para mim, mas também para você, meu jovem! Há uma claraboia na sala ao lado. Alguns minutos de vantagem e eu estarei são e salvo. Tenho um ou dois pequenos arranjos prontinhos. Você me tira do caminho e me concede uma vantagem... e deixo-lhe uma confissão assinada de que matei Nadina.

— Diga que *sim*, Harry! — gritei. — Sim, sim, sim!

Ele virou-se para mim com o rosto sério.

— Não, Anne, mil vezes, não. Você não sabe o que está dizendo.

— Sei, sim. Isso resolve tudo.

— Nunca mais conseguirei olhar na cara de Race. Vou arriscar, mas não deixarei essa raposa velha e escorregadia escapar. Não adianta, Anne. Não farei isso.

Sir Eustace riu, aceitando a derrota sem a menor emoção.

— Ora, ora — observou. — Parece que você encontrou seu amo, Anne. Mas posso garantir aos dois que a retidão moral nem sempre compensa.

Veio um estalo de madeira cedendo e passos subindo as escadas. Harry puxou o ferrolho para trás. Coronel Race foi o primeiro a entrar na sala. Seu rosto iluminou-se ao nos ver.

— Você está em segurança, Anne. Fiquei com medo de... — Ele virou-se para Sir Eustace. — Estou atrás de você há muito tempo, Pedler... e finalmente consegui botar as mãos em você.

— Todo mundo parece ter enlouquecido por completo — declarou Sir Eustace de um jeito leviano. — Esses jovens têm me ameaçado com revólveres e me acusado das coisas mais chocantes. Não sei do que se trata tudo isso.

— Não sabe? Significa que encontrei o "Coronel". Significa que, no dia 8 de janeiro passado, você não estava em Cannes, mas em Marlow. Significa que, quando sua ajudante nesse caso, Madame Nadina, se voltou contra você, você planejou acabar com ela... e, por fim, seremos capazes de imputar esse crime a você.

— É mesmo? E com quem conseguiu todas essas informações interessantes? Com o homem que até agora está sendo procurado pela polícia? Suas provas serão mesmo muito valiosas.

— Temos outras provas. Tem outra pessoa que sabia que Nadina o encontraria na Casa do Moinho.

Sir Eustace pareceu surpreso. Coronel Race fez um gesto com a mão. Arthur Minks, também conhecido como Reverendo Edward Chichester, também conhecido como Miss Pettigrew, deu um passo à frente. Estava pálido e nervoso, mas falou com bastante clareza:

— Vi Nadina em Paris na noite anterior à sua ida para a Inglaterra. Na época, eu estava me passando por um conde russo. Ela me contou sobre seu objetivo, e eu a alertei, sabendo com que tipo de homem ela teria que lidar, mas ela não seguiu meu conselho. Havia uma mensagem telegrafada sobre a mesa, eu li. Depois, pensei em tentar pessoalmente ficar com os diamantes. Em Joanesburgo, Mr. Rayburn me abordou e me convenceu a ficar ao lado dele.

Sir Eustace encarou-o. Não disse uma palavra, mas Minks pareceu visivelmente murchar.

— Os ratos sempre abandonam um navio que está afundando — observou Sir Eustace. — Não me importo com os ratos. Mais cedo ou mais tarde, eu destruo os vermes.

— Só há uma coisa que gostaria de lhe dizer, Sir Eustace — comentei. — Aquela lata que o senhor jogou pela janela não continha os diamantes. Tinha pedrinhas comuns. Os diamantes estão em um lugar perfeitamente seguro. Na verdade, estão na barriga da grande girafa. Suzanne escavou-a, colocou os diamantes ali dentro com algodão para que não chacoalhassem e tampou de novo a barriga do *souvenir*.

Sir Eustace olhou para mim por algum tempo. Sua resposta foi característica:

— Sempre odiei aquela maldita girafa — disse ele. — Deve ter sido instinto.

Capítulo 34

Não pudemos voltar a Joanesburgo naquela noite. As bombas estavam caindo com muita frequência, e percebi que estávamos mais ou menos isolados, pois rebeldes conseguiram a posse de uma nova parte das cercanias da cidade.

Nosso local de refúgio era uma fazenda a cerca de trinta quilômetros de Joanesburgo, bem na savana. Eu estava caindo de cansaço; toda a empolgação e ansiedade dos últimos dois dias tinham me deixado em frangalhos.

Fiquei repetindo para mim mesma, sem conseguir acreditar, que nossos problemas realmente haviam terminado. Harry e eu estávamos juntos e nunca mais nos separaríamos. No entanto, durante todo o tempo eu tive consciência de alguma barreira entre nós, uma restrição da parte dele, cujo motivo eu não conseguia compreender.

Sir Eustace foi levado para a direção oposta, fortemente acompanhado por um guarda, e nos deu um aceno distraído ao partir.

Na manhã seguinte bem cedo, saí no *stoep* e olhei para a savana na direção de Joanesburgo. Consegui ver os grandes depósitos de armas brilhando sob o pálido sol da manhã e ouvir o murmúrio baixo e estrondoso das armas. A Revolução ainda não havia terminado.

A esposa do fazendeiro saiu e me chamou para tomar o café da manhã. Era uma alma gentil e maternal, e eu já havia começado a gostar muito dela. Harry saíra de madrugada e não tinha voltado ainda, ela me informou. Mais uma vez senti uma onda de inquietação tomar conta de mim. O que era essa sombra entre nós da qual eu estava tão consciente?

Depois do café da manhã, sentei-me no *stoep*, segurando um livro que não li. Estava tão perdida em pensamentos que nem percebi Coronel Race chegando a cavalo e apeando. Apenas quando ele disse "bom dia, Anne" me dei conta de sua presença.

— Ah — falei com um rubor —, é você.

— Sim. Posso me sentar?

Ele puxou uma cadeira ao meu lado. Era a primeira vez que ficávamos sozinhos desde aquele dia no Matobo. Como sempre, senti aquela curiosa mistura de fascínio e medo que ele inspirava em mim.

— Quais são as novidades? — perguntei.

— Smuts virá para Joanesburgo amanhã. Dou mais três dias para esta insurgência desmoronar por completo. Enquanto isso, a luta continua.

— Eu gostaria que alguém pudesse ter certeza de que as pessoas certas seriam mortas. Digo, aqueles que queriam lutar... e não a todas as pessoas pobres que vivem nas regiões onde os combates estão acontecendo.

Ele assentiu com a cabeça.

— Sei o que você quer dizer, Anne. Essa é a injustiça da guerra. Mas tenho outra novidade para você.

— Pois não?

— Uma confissão de incompetência de minha parte. Pedler conseguiu escapar.

— Como assim?

— É. Ninguém sabe como conseguiu isso. Passou a noite trancafiado em segurança, em um quarto de um sobrado de uma das fazendas que os militares assumiram, mas esta manhã o quarto estava vazio, e o bandido havia escapado.

270

No fundo, fiquei bem feliz. Até hoje não consegui me livrar de um carinho furtivo por Sir Eustace. Ouso dizer que é até repreensível, mas é o que é. Eu admirava-o. Era um vilão completo, ouso dizer, mas era um bem agradável. Desde então, nunca conheci ninguém tão divertido.

Escondi meus sentimentos, claro. Era óbvio que o Coronel Race teria uma opinião bastante diferente. Ele queria que Sir Eustace fosse levado à justiça. Pensando bem, não havia nada de muito surpreendente em sua fuga. Devia ter inúmeros espiões e agentes em toda a Joanesburgo e cercanias. E, independentemente do que o Coronel Race pensasse, eu duvidava muito que algum dia conseguissem apanhá-lo. Provavelmente tinha um esquema de retirada bem planejado. Na verdade, ele havia contado isso para nós.

Mostrei minha consternação de maneira adequada, embora um tanto morna, e a conversa enfraqueceu. Então, Coronel Race perguntou de repente por Harry. Eu lhe disse que ele tinha saído de madrugada e que eu não o tinha visto naquela manhã.

— Você entende, não é, Anne, que, além das formalidades, ele está inocentado? Existem detalhes técnicos, claro, mas a culpa de Sir Eustace está bem comprovada. Não há nada agora para mantê-los separados.

Ele falou tudo isso sem olhar para mim, com voz lenta e entrecortada.

— Eu entendo — falei, agradecida.

— E não há razão para que ele não volte imediatamente a usar seu nome verdadeiro.

— Não, claro que não.

— Você sabe o nome verdadeiro dele?

A pergunta surpreendeu-me.

— Claro que sei. Harry Lucas.

Ele não respondeu, e algo na qualidade de seu silêncio me chamou atenção por ser peculiar.

— Anne, você se lembra de que, naquele dia, enquanto voltávamos de Matobo para casa, eu lhe disse que sabia o que tinha que fazer?

— Claro que eu me lembro.

— Acho que posso dizer que praticamente consegui. O homem que você ama está livre de suspeitas.

— Foi isso que quis dizer?

— Claro.

Abaixei a cabeça, envergonhada da suspeita infundada que alimentei. Ele voltou a falar com uma voz pensativa:

— Quando eu era apenas um jovenzinho, estava apaixonado por uma garota que me abandonou. Depois disso, pensei apenas no meu trabalho. Minha carreira significou tudo para mim. Então, conheci você, Anne... e tudo isso parecia não valer nada. Mas juventude clama por juventude... E eu ainda tenho meu trabalho.

Fiquei em silêncio. Suponho não ser possível amar dois homens ao mesmo tempo, mas é possível sentir como se fosse. O magnetismo desse homem era muito grande. Olhei para ele de repente.

— Acho que você chegará muito longe — falei em um tom sonhador. — Acho que tem uma grande carreira pela frente. Será um dos grandes homens do mundo.

Senti como se eu estivesse sendo profética.

— Mas ficarei sozinho.

— Todas as pessoas que conquistam coisas verdadeiramente grandiosas ficam sozinhas.

— Você acha?

— Tenho certeza.

Ele tomou minha mão e disse em voz baixa:

— Eu preferiria ser... diferente disso.

Então, Harry apareceu caminhando a passos largos ao redor da casa, e Coronel Race se levantou.

— Bom dia... Lucas — disse ele.

Por alguma razão, Harry enrubesceu até a raiz do cabelo.

— Isso — falei com alegria —, você deve ser conhecido pelo seu nome verdadeiro agora.

Mas Harry ainda estava olhando para Coronel Race.

— Então você sabe, coronel — disse ele, por fim.

— Eu nunca esqueço um rosto. Vi você uma vez quando era menino.

— O que está acontecendo? — perguntei, intrigada, olhando de um para o outro.

Parecia estar havendo um conflito de vontades entre eles, e Race venceu. Harry virou-se um pouco.

— Suponho que esteja certo, coronel. Diga a ela meu nome verdadeiro.

— Anne, este não é Harry Lucas. Harry Lucas morreu na guerra. Este homem é John Harold Eardsley.

Capítulo 35

Com suas últimas palavras, Coronel Race se afastou e nos deixou a sós. Fiquei olhando para ele. A voz de Harry trouxe-me de volta à realidade.

— Anne, perdoe-me, diga que me perdoa.

Ele pegou minha mão, e, quase mecanicamente, eu a afastei.

— Por que você me enganou?

— Não sei se consigo fazer você entender. Eu tinha medo de todo esse tipo de coisa... o poder e o fascínio da riqueza. Queria que você cuidasse de mim apenas por mim mesmo, pelo homem que eu era... sem enfeites e adornos.

— Quer dizer que não confiou em mim?

— Pode colocar dessa maneira, se quiser, mas não é bem verdade. Fiquei amargurado, desconfiado, sempre propenso a procurar segundas intenções... e foi maravilhoso ser cuidado da maneira como você cuidou de mim.

— Entendo — comentei devagar.

Estava repassando mentalmente a história que ele me contara. Pela primeira vez notei discrepâncias que havia desconsiderado: uma garantia de dinheiro, o poder de comprar de volta os diamantes de Nadina, a maneira como preferira falar dos dois homens do ponto de vista de alguém de fora. E quando disse "meu amigo", não se referia a Eardsley, mas a Lucas. Era Lucas, o sujeito quieto, que amava Nadina com tanta profundidade.

— Como aconteceu? — perguntei.

— Nós dois fomos imprudentes... ansiosos para sermos mortos. Uma noite, trocamos as placas de identificação... para dar sorte! Lucas foi morto no dia seguinte, despedaçado em uma explosão.

Estremeci.

— Mas por que não me contou antes? Pela manhã! Podia ainda ter dúvidas de que eu me importava com você a essa altura?

— Anne, eu não queria estragar tudo. Queria levar você de volta para a ilha. De que vale o dinheiro se não pode comprar felicidade? Teríamos sido felizes na ilha. Eu lhe digo que tenho medo daquela outra vida... ela quase me apodreceu no passado.

— Sir Eustace sabia quem você realmente era?

— Ah, sim.

— E Carton?

— Não. Ele nos viu com Nadina em Kimberley uma noite, mas não sabia qual era qual. Aceitou minha afirmação de que eu era Lucas, e Nadina foi enganada por seu telegrama. Ela nunca teve medo de Lucas, pois era um sujeito quieto... muito taciturno. Mas eu sempre tive o temperamento do diabo. Ela teria morrido de medo se soubesse que eu voltara à vida.

— Harry, se Coronel Race não tivesse me contado, o que pretendia fazer?

— Não dizer nada. Continuar como Lucas.

— E os milhões de seu pai?

— Para Race, foram bem-vindos. De qualquer forma, ele faria melhor uso deles do que eu jamais farei. Anne, no que está pensando? Você está carrancuda.

— Estou pensando — falei devagar — que quase teria sido melhor se Coronel Race não tivesse feito você me contar.

— Não. Ele tem razão. Eu lhe devia a verdade.

Ele fez uma pausa e, de repente, disse:

— Sabe, Anne, tenho ciúme de Race. Ele também a ama... e é um homem melhor do que eu sou ou jamais serei.

Virei-me para ele, rindo.

— Harry, seu idiota. É você quem eu quero... e isso é tudo que importa.

Partimos o mais rápido possível para a Cidade do Cabo. Suzanne estava esperando lá para me cumprimentar, e abrimos juntos a barriga da grande girafa. Quando a Revolução finalmente foi reprimida, Coronel Race desceu à Cidade do Cabo e, por sugestão dele, a grande mansão em Muizenberg que pertencera a Sir Laurence Eardsley foi reaberta, e todos fixamos residência nela.

Lá fizemos nossos planos. Eu voltaria para a Inglaterra com Suzanne e me casaria na casa dela em Londres. E o enxoval seria comprado em Paris! Suzanne gostou muito de planejar todos esses detalhes. Eu também. Ainda assim, o futuro parecia curiosamente irreal. E, às vezes, sem saber por que, me sentia absolutamente sufocada, como se não conseguisse respirar.

Foi na noite anterior ao nosso embarque. Eu não consegui dormir. Estava infeliz e não sabia por quê. Estava odiando ir embora da África. Quando eu voltasse, seria a mesma coisa? Será que algum dia seria a mesma coisa de novo?

E então fui surpreendida por uma batida autoritária na veneziana. Levantei-me. Harry estava no *stoep* do lado de fora.

— Vista algumas roupas, Anne, e venha aqui para fora. Quero falar com você.

Coloquei rapidamente um vestido e saí para o ar fresco da noite, calmo e perfumado, com sensação aveludada. Harry acenou para nos afastarmos um pouco da casa. Seu rosto parecia pálido e determinado, e seus olhos cintilavam.

— Anne, você se lembra de ter me dito uma vez que as mulheres gostavam de fazer coisas de que não gostavam por causa de alguém de quem gostavam?

— Lembro — respondi, imaginando o que estava por vir.

Ele tomou-me nos braços.

— Anne, venha comigo... agora... esta noite. De volta à Rodésia... de volta à ilha. Não suporto toda esta tolice. Não consigo mais esperar por você.

Eu me desvencilhei por um minuto.

— E meus vestidos franceses? — lamentei em tom de zombaria.

Até hoje, Harry nunca sabe quando estou falando sério e quando estou apenas brincando com ele.

— Que vão ao diabo seus vestidos franceses. Acha que quero fazer você pôr vestidos? É muito mais provável que eu queira arrancá-los de você. Não vou deixar você ir embora, ouviu? Você é minha mulher. Se eu deixar você ir embora, posso perdê-la. Nunca fico seguro quando se trata de você. Você vem comigo agora... esta noite... e que todo mundo se dane.

— Ele segurou-me junto a seu corpo, beijando-me até eu mal conseguir respirar. — Não consigo mais viver sem você, Anne. Não consigo mesmo. Odeio todo esse dinheiro. Deixe Race ficar com ele. Venha. Vamos embora.

— Minha escova de dentes? — hesitei.

— Você pode comprar uma. Sei que sou lunático, mas, pelo amor de Deus, *venha*!

Ele afastou-se em um ritmo furioso, e eu o segui de um jeito tão humilde quanto a mulher *barotsi* que observei nas Cataratas. Só que eu não estava carregando uma frigideira na cabeça. Ele andava tão rápido que estava ficando muito difícil acompanhá-lo.

— Harry — disse eu, por fim, com voz mansa —, vamos a pé até a Rodésia?

Ele virou-se de repente e, com uma grande gargalhada, abraçou-me.

— Estou maluco, meu amor, eu sei disso. Mas eu te amo muito.

— Somos um casal de lunáticos. E, ah, Harry, você nunca me perguntou, mas não estou fazendo sacrifício algum! Eu *queria mesmo* ir!

Capítulo 36

Faz dois anos. Ainda moramos na ilha. Diante de mim, sobre a mesa de madeira rústica, está a carta que Suzanne me escreveu.

Queridos Bebês da Floresta, queridos Lunáticos Apaixonados,

Não estou surpresa, de jeito nenhum. Durante todo o tempo em que estivemos conversando sobre Paris e vestidos, senti que não era nem um pouco real, que um dia vocês desapareceriam do nada para se casar à boa e velha moda cigana. Mas vocês são um casal de lunáticos! Esta ideia de renunciar a uma vasta fortuna é absurda. Coronel Race queria discutir o assunto, mas eu o convenci a deixar a discussão para quando fosse oportuno. Ele pode administrar o espólio para Harry — e não há algo melhor do que isso, porque, afinal, a lua de mel não dura para sempre. Você não está aqui, Anne, então posso dizer com segurança, sem que você voe para cima de mim como uma gata selvagem, que o amor no deserto vai durar um bom tempo, mas um dia você vai começar a sonhar com casas em Park Lane, peles suntuosas, vestidos parisienses, o que há de mais moderno em automóveis e o que há de mais moderno em carrinhos de bebê, empregadas francesas e babás nórdicas! Ah, sim, não tenha dúvida!

Mas aproveitem a lua de mel, queridos lunáticos, e que ela seja longa. E pensem em mim às vezes, engordando confortavelmente em meio aos prazeres da vida!

De sua amiga amorosa,
Suzanne Blair

P.S. Estou lhes enviando um enxoval de frigideiras como presente de casamento e uma enorme terrina de patê de foie gras *para que você se lembre de mim.*

Há uma outra carta que às vezes leio. Chegou um bom tempo depois da outra e foi acompanhada por um pacote volumoso. Parecia ter sido escrito em algum lugar da Bolívia.

Minha querida Anne Beddingfeld,

Não resisto a escrever-lhe, não tanto pelo prazer que me dá escrever, mas pela enorme satisfação que sei que lhe causará receber notícias minhas. Nosso amigo Race não era tão inteligente quanto pensava, não é?

Acho que vou nomear você minha testamenteira literária. Estou enviando meu diário para você. Não há nada nele que possa interessar Race e sua corja, mas imagino que há passagens que possam diverti-la. Faça uso dele da maneira que quiser. Sugiro um artigo para o Daily Budget: *"Criminosos que conheci". Só peço que eu seja a figura central.*

A esta altura, não tenho dúvidas de que você não é mais Anne Beddingfeld, mas Lady Eardsley, reinando em Park Lane. Gostaria apenas de dizer que não lhe desejo mal. Claro que é difícil ter que começar tudo de novo em minha idade, mas, entre nous, *eu tinha um pequeno fundo de reserva cuidadosamente guardado para tal contingência. Foi muito útil, e estou conseguindo reunir um grupinho bastante agradável. A propósito, se você deparar com aquele seu amigo engraçado, Arthur Minks, diga-lhe que não o esqueci, certo? Isso lhe causará um desagradável sobressalto.*

No geral, acho que demonstrei um espírito muito cristão e misericordioso, até mesmo para com Pagett. Por acaso ouvi dizer que ele — ou melhor, Mrs. Pagett — havia trazido ao mundo um sexto filho outro dia. Em breve, a Inglaterra será inteiramente povoada por Pagetts. Enviei à criança uma caneca de prata e, em um cartão-postal, declarei minha disposição de fazer às vezes de padrinho. Posso ver Pagett levando a caneca e o cartão postal diretamente à Scotland Yard sem um sorriso no rosto!

Deus a abençoe, olhos brilhantes. Algum dia você enxergará o erro que cometeu ao não se casar comigo.

Minhas sinceras estimas,

Eustace Pedler

Harry ficou furioso. É o único assunto em que não concordamos. Para ele, Sir Eustace foi o homem que tentou me assassinar e quem considera responsável pela morte de seu amigo. Os atentados de Sir Eustace contra a minha vida sempre me intrigaram, pois não pareciam fazer parte dos planos, por assim dizer. Tenho certeza de que sempre teve um sentimento realmente gentil por mim.

Então, por que tentou tirar minha vida duas vezes?

Harry diz que é "porque ele é um canalha maldito" e parece acreditar que isso resolve a questão. Suzanne era mais exigente. Conversei sobre isso com ela, e ela atribuiu tudo a um "complexo de medo". Suzanne prefere muito mais a psicanálise. Ressaltou-me que toda a vida de Sir Eustace foi motivada pelo desejo de estar seguro e confortável. Tinha um senso aguçado de autopreservação. E o assassinato de Nadina eliminou certas inibições. Suas ações não representavam o estado de seus sentimentos em relação a mim, mas eram resultado de seus temores agudos pela própria segurança. Acho que Suzanne tem razão. Quanto a Nadina, era o tipo de mulher que merecia morrer. Os homens fazem todo tipo de coisas questionáveis para ficarem ricos, mas mulheres não deveriam fingir que estão apaixonadas quando não estão por terem segundas intenções.

Consigo perdoar Sir Eustace com bastante facilidade, mas nunca perdoarei Nadina. Nunca, nunca, jamais!

Outro dia, eu estava desembalando algumas latas embrulhadas com folhas de um antigo *Daily Budget* e, de repente, deparei-me com as palavras: "O homem do terno marrom". Parecia que havia passado uma eternidade! Claro que eu havia interrompido minha relação com o *Daily Budget* muito tempo antes; eu tinha acabado com essa relação antes que ela acabasse comigo. Meu casamento romântico recebeu grande publicidade.

Meu filho está deitado ao sol, com suas perninhas chutando. Ele é um "homem do terno marrom", se assim quiser. Está vestindo o mínimo possível, que é o melhor traje para a África, mas está marrom como uma folha de outono. Está sempre revirando a terra. Acho que ele puxou a meu pai e terá a mesma loucura pela argila do Plioceno.

Suzanne me enviou um telegrama quando ele nasceu:

Parabéns e muito carinho ao último que chegou à ilha dos Lunáticos. A cabeça dele é dolicocefálica ou braquicefálica?

Não aguentei esse chiste vindo de Suzanne e enviei a ela por telegrama uma resposta econômica e direta com uma palavra:

Platicefálica!

Notas sobre
O homem do terno marrom

O homem do terno marrom, publicado pela The Bodley Head em 1924, foi parcialmente inspirado pelo grande tour de Agatha Christie pela Comunidade Britânica das Nações. Rascunhado durante a viagem, a rainha do crime terminou de escrevê-lo em seu apartamento no distrito Earl's Court.

O pagamento que Agatha Christie recebeu pela publicação desta história serviu para que ela comprasse seu primeiro carro, um Morris Cowley cinza.

O Coronel Race, uma figura proeminente no livro, aparece em outros três romances de Christie: *Cartas na mesa, Morte no Nilo* e *Um brinde de cianureto*.

Sir Eustace Pedler foi baseado no chefe do primeiro marido de Christie, Major Belcher, que foi muito insistente em seu desejo de se tornar um personagem do próximo livro dela.

A Agência Cook, mencionada no Capítulo 1, muito provavel-mente é uma referência à agência de viagem Cook & Sons, que empreendia populares viagens ao Nilo e serviu de pano de fundo para o livro *Morte no Nilo* (1937).

A Revolução de Witwatersrand, na África do Sul, aconteceu de verdade entre dezembro de 1921 e março de 1922. Nela, trabalhadores brancos de uma mina na região, liderados pelo político do Partido Trabalhista, Jimmy Green, empreenderam um levante armado. Para reduzir custos por conta da queda do preço do ouro, as empresas de mineração começaram a cortar salários dos trabalhadores brancos e a enfraquecer a proibição de cor — um sistema informal que proibia os negros de trabalharem em determinadas áreas, protegendo interesses dos ingleses e sul-africanos brancos. Por isso, esses trabalhadores brancos começaram a fazer greves cada vez mais constantes até a rebelião de 16 de março de 1922.

O *shovel-board*, mencionado no Capítulo 9, também conhecido como *shuffleboard*, é um jogo parecido com o jogo de malha, porém se pratica com ajuda de uma espécie de taco com que se empurra discos de metal por uma pista até chegarem a uma determinada pontuação.

No Capítulo 11, Mrs. Blair proclama: "Dizem que dormir dez horas é para um tolo!". A frase é uma referência a um dito atribuído a Napoleão Bonaparte (1769-1821): "Seis horas de sono para um homem, sete para uma mulher, oito para um tolo".

Hawley Harvey Crippen (1862-1910), também citado no Capítulo 11, era conhecido como Dr. Crippen e foi um médico norte-americano radicado na Inglaterra, condenado à execução por ter envenenado a própria mulher; foi o primeiro criminoso a ser capturado com o uso da radiotelegrafia.

A palavra *kafir*, usada por Sir Eustace Pedler no Capítulo 13, é um termo pejorativo usado na África do Sul nos anos 1920 para se referir a pessoas negras originárias do país.

O Duomo di Firenzi, citado no Capítulo 16, é a Catedral de Santa Maria del Fiore, em Florença, com início de construção em 1296 e término em 1436. Anne se usa desse conhecimento para pegar Mr. Pagett na mentira, ao sugerir que o Duomo é, na verdade, um rio.

A montanha da Mesa, vista por Anne no Capítulo 18, é a Table Mountain, uma montanha que se destaca na paisagem da Cidade do Cabo, na África do Sul, e fica dentro de um parque nacional que leva seu nome. Famosa atração turística da cidade, ela tem o cume plano, por isso leva o nome holandês de Tafelberg (literalmente, montanha da Mesa), conta com um teleférico e seu cume pode ser acessado por trilhas.

O Protetorado da Bechuanalândia, pelo qual Sir Eustace Pedler passa no Capítulo 22, foi estabelecido em 31 de março de 1885 pela Grã-Bretanha e obteve sua independência em 1966, quando adotou o nome de República do Botsuana.

Karosse, mencionado por Anne no Capítulo 23, é uma espécie de cobertor macio de pele de animal usado como manto, cobertura para cama ou tapete. É usado por diversos povos do sul e do sudoeste africanos, como os khoi-khois, os xossas, os basotos, os zulus e os lozis.

No Capítulo 24, Anne vai visitar o túmulo do colonizador Cecil John Rhodes (1853-1902), que foi um magnata e político inglês que atuou como Primeiro-Ministro da Colônia do Cabo entre 1890 e 1896 e foi um dos fundadores da empresa de diamantes De Beers, também mencionada neste livro. Seu túmulo fica até os dias de hoje no Parque Nacional de Matobo, no Zimbábue.

"Por esse pecado caíram os anjos", trecho citado pelo Coronel Race no Capítulo 24, é uma fala da peça de Shakespeare *Henrique VIII*, Ato III, Cena II.

O homem do terno marrom foi adaptado para a televisão pela CBS em 1988, estrelando Edward Woodward, Tony Randall, Rue McClanahan e Ken Howard. A obra também foi adaptada para quadrinhos na França em 2005.

Este livro foi impresso pela Santa Marta,
em 2024, para a HarperCollins Brasil.
A fonte usada no miolo é Cheltenham, corpo 9,5/13,5pt.
O papel do miolo é pólen bold 70g/m²,
e o da capa é couché 150g/m² e cartão paraná.